Leah Cim

SOFTSPANKING III

Zwölf neue Geschichten über geheime Träume

Bibliografische Information der Deutschen Nationalbibliothek:
Die Deutsche Nationalbibliothek verzeichnet diese Publikation
in der Deutschen Nationalbibliografie; detaillierte bibliografische
Daten sind im Internet unter http://dnb.dnb.de abrufbar.

Herstellung und Verlag: BoD - Books on Demand,
Norderstedt
© 2020 Leah Cim
ISBN: 978-3-7504-9816-7

Inhaltsverzeichnis

Sabines Abitur

Die Tür öffnete sich. Mich sah eine schlanke, mittelgroße junge Frau an. „Sie kommen wegen der Anzeige?" „Äh…, ja." „Treten Sie ein."

Bevor ich mich umsah, sah ich zunächst die Frau an. Sie hatte ein schwarzes Kleid übergeworfen, das zwar undurchsichtig war, aber vermutlich das einzige, was den weiblichen Körper verdeckte. Der Busen drückte sich nicht auffällig heraus, aber eine sichtbare Wölbung sorgte für Appetit. Als sie vor mir herging, um mich ins Wohnzimmer zu geleiten, musterte ich ihre Beckenregion, um die es bei unserer Sitzung entscheidend gehen würde. Doch, die Verdickung schien mit genügend Speck für unseren Zweck gewappnet zu sein.

Wir setzten uns gegenüber, Sabine auf die Couch und ich auf einen Sessel gegenüber. Zwischen uns stand der niedrige Tisch, auf den ich ein Papier deponierte. „Zunächst, Sabine: Bleibt es dabei?" „Ja, es bleibt dabei." „Dann bitte ich dich, so leid es mir tut, zu unterschreiben, dass alle heutigen Handlungen auf deinen Wunsch geschehen. Ich hoffe, du verstehst das." „Sicher." „Vorher noch zwei Dinge." „Ja?" „Ich bin der bestellte ältere Herr. Du hast etwas von Respekt geschrieben, den du empfinden möchtest, aber mit ‚Sie' möchte ich dennoch nicht angeredet werden; das fände ich angesichts unseres Vorhabens albern. Ich heiße Gunnar." „Okay, Gunnar. Und das Zweite?" „Du bist doch schon 18? Eine Minderjährige kann unterschreiben, was sie will; ich wäre im Fall einer Anzeige dran." „20. Mit 18 schaffen nur Überflieger das Abitur und ich bin zusätzlich einmal sitzengeblieben. Es wäre schon damals besser gewesen, meine Eltern hätten mich ordentlich durchgeprügelt, aber das wäre und ist ihnen niemals eingefallen. Im Nachhinein glaube ich jedoch, dass ich mich dadurch massiv verbessert hätte. So musste ich dich nach meinem Abiturdesaster aus eigenem Antrieb bestellen."

Sabine unterschrieb.

„Okay. Darf ich dein Zeugnis sehen?" „Sicher."

Sabine holte den Wisch. „Hm. Betragen ‚leidlich', deutsch 3, englisch 4, französisch 5, Mathematik 4, Physik 4, Gemeinschaftskunde 2, Philosophie 1, Kunst 1 und Sport 3.

Das ‚Betragen' lasse ich auf sich beruhen", lachte ich, „zu brave Jugendliche finde ich daneben. Ansonsten schlage ich dir vor, dass du Kunst- oder Philosophiestudentin werden solltest." „Philosophie finde ich nicht schlecht, aber ich fürchte, es ist brotlos." „Sag' das nicht; wenn jemand in seinem Beruf wirklich gut ist, kann er es in jedem zu etwas bringen. Unser Informatikchef ist Philosoph, weil die Geschäftsleitung der Meinung war, auf so einem Posten dürfe sich keinesfalls ein Technikfreak austoben. Der Erfolg gab ihr Recht.

Immer noch bereit zur Bestrafung?" „Sicher." Das hatte sich als Sabines Lieblingswort herausgeschält. „Ich muss für praktisch alle Fächer einen brauchbaren Notendurchschnitt vorweisen. So bleibt mir nichts anderes übrig, als zahllose Praktika anzuzetteln. Mit deren Abschluss muss ich so viele Boni einheimsen, dass ich irgendwann doch mit dem Studium anfangen darf."

„Okay. Übrigens…." Ich sah mich um. Sabine erriet meine Gedanken. „Das ist ein freistehendes Haus und meine Eltern sind für mehrere Tage fort. Ich glaube, sie sind über mein miserables Abschneiden bitter enttäuscht. Statt mich übers Knie zu legen…; naja, das besorgst du jetzt ja.

Eventuelle laute Geräusche wird niemand hören, wollte ich sagen. Wie stellst Du's dir vor?" „Was möchtest du bestraft wissen? Ab Vier oder schon Dreier?" „Schon Dreier. Auch die ziehen den Schnitt 'runter." „Okay. Ich dachte jede Note mit sich selbst multipliziert und alle addiert. Bei zwei Dreiern wären das zwei Mal neun, bei drei Vierern drei Mal 16 und bei einer Fünf – naja, 25. Insgesamt 91, wobei für die Dreier und Vierer die flache Hand genügt und für den Fünfer Haarbürste oder Fliegenklatsche angemessen ist. Ist dir das zu viel?" „Nein, geht in Ordnung." „Um den Strafcharakter hervorzuheben, hast du jeden Klaps mitzuzählen und dich dafür zu bedanken. Siehst du das ein?" „Sicher."

Wir kamen zu den Einzelheiten. „Setzst du dich auf die Couch und ich lege mich über deinen Schoß?" „Ich glaube, das ist das Beste. Dann kannst du deinen Kopf auf ein Kissen betten und dich insgesamt entspannen.

Übrigens bin ich Linkshänder."

Ein wunderschöner Frauenkörper ergoss sich über die Couch und meine Oberschenkel. Als ich das Kleid über Sabines Po schob, bestätigte sich mein Anfangsverdacht: Sie hatte nichts drunter. „Auf den Nackten hast du von vornherein geplant?" „Sicher. Ich muss ja 'was spüren.

Sag' mal...." „Ja?" „Machst du das öfter? Du wirkst enorm professionell." „Gut erkannt. Ich bin ein Auftragsspanker. Weißt du, von wem die meisten Anforderungen kommen?" „Von faulen Schülerinnen wie mir, die einsehen, dass sie so nicht weitermachen sollten?" „Nein, dass sie wie du selbst aktiv werden, ist selten. Meine wichtigste Kundschaft besteht aus gestandenen Frauen, auch älteren. Dann aus Eltern fauler Schülerinnen, die selbst nicht Hand anzulegen wagen." „Keine Männer?" „Auch Männer lassen sich spanken, aber nie von Männern, außer sie sind schwul. Die bleiben aber unter sich. Mir kam jedenfalls nie einer unter. Faule Schüler werden meistens von den eigenen Vätern verarztet, bei Jungs haben sie weniger Hemmungen. Übrigens gehe ich bei Schülerinnen nicht unter 16 Jahre."

„Das wäre 'was für mein damaliges Sitzenbleiben gewesen. Da war ich gerade 16. Aber meine Eltern sind zu gutmütig. Sie dürfen auch das heute nicht erfahren."

Geschlechtsverkehr war laut Sabines Anzeige ausdrücklich untersagt und ich durfte mir nicht erlauben, auch nur ansatzweise gegen diese Auflage zu verstoßen. Blieb mir also nichts als das mir entgegenfiebernde weiße Hinterteil in ein herrlich rosafarbenes Leuchtfeuer zu verwandeln.

Ich knetete kräftig herum. „Was machst du da?" „Ich prüfe, ob genügend Polster vorhanden ist. Wenn Knochen 'rausragen, weigere ich mich zuzuschlagen." „Und?" „Bestens. Bevor es losgeht, lass' dir eins gesagt sein: Auch wenn du anfängst zu weinen oder zu schreien, wird die Bestrafung fortgesetzt. Gut so?" „Natürlich." „Das Ausstiegskennwort ist ‚Feuer'. Wenn du das rufst, höre ich sofort auf."

Für den Ersten hielt ich meinen Arm eine Zeit lang erhoben, um Sabines Geduld zu strapazieren. Ich registrierte, dass sie gespannt nach hinten schaute. Dann landete die Handfläche und erzeugte den ersten Fleck auf der bisher jungfräulichen linken Backe. Sabine zuckte leicht. „Eins. Ich hab's verdient. Danke." „Noch weitere 17 für die Dreier. Die sind zum Anwärmen; bilde dir nicht ein, dass es so sanft bleibt. Bereit?" „Ja." KLATSCH! „Zwei. Ich hab's verdient. Danke." KLATSCH! „Drei. Ich hab's verdient. Danke."

Nach den 18 fragte ich: „Brauchst du eine Pause?" „Nein, zieh's durch. Das ist mir lieber."

Die Rundungen zeigten sich rosafarben und handwarm. „So leid mir's tut, Sabine, aber das wird richtig heiß werden." „Ist der Sinn der Sache."

KLATSCH! „Aua! 19. Ich hab's verdient. Danke." KLATSCH! „Autsch! 20. Ich hab's verdient. Danke." KLATSCH! „Boah! 21. Ich hab's verdient. Danke."

Sabine hielt auf diese Weise bis 50 durch, dann geschah etwas Seltsames. Sie begann mit den Unterschenkeln Fahrrad zu fahren und brachte die Zahlen und den Dank kaum mehr heraus, weil sich laute Lacher dazwischenschoben. Ab 55 verwandelten sich die Laute in eine Art wieherndes Gelächter, das sie nicht mehr zu bändigen vermochte; ich musste an ihrer Stelle weiterzählen. Als die 66 durch waren, glühte Sabines Po wie ein Ofen und sie beruhigte sich nur langsam.

Ich streichelte ein wenig die Backen, was sie mit einem wohligen Schnurren beantwortete. Ich fragte nicht, was sie empfunden hatte, sondern sagte lediglich: „Jetzt musst du leider aufstehen und die Haarbürste holen."

Sie gab mir das zweckentfremdete Kämminstrument in die Hand und legte sich wieder in Positur. „Gut, dass das meine Eltern nicht erleben; ich glaube, sie hielten das für abartig." Damit hatte Sabine selbst preisgegeben, was in ihrem Körper geschehen war.

Ich enthielt mich eines Kommentars und sagte nur: „Es folgen die 25 für die Fünf. Allerdings nur aus disziplinarischen Gründen, denn ich muss zugeben, dass ich für eine Fünf in Französisch Verständnis aufbringe.

Denk' dran, ‚Feuer', wenn du's gar nicht mehr aushältst." „Ich versuche es auszuhalten." „Bist du bereit?" „Ja."

Diesmal zuckte sie bei jedem Treffer, sog zischend die Luft zwischen den Zähnen ein und keuchte. KLATSCH! Zucken, zischen, keuchen. „67. Ich hab's verdient. Danke." KLATSCH! Zucken, zischen, keuchen. „68. Ich hab's verdient. Danke." KLATSCH! Zucken, zischen, keuchen. „69. Ich hab's verdient. Danke." Sabines Finger krallten sich immer fester im Sofastoff fest und Tränen begannen zu fließen.

Sie hielt die 25 durch, ohne ‚Feuer' zu schreien. Bis zu einem Orgasmus war es bei dieser Runde nicht gediehen, dazu war sie zu heftig gewesen. Ich hatte das schon öfter erlebt und wusste, dass das Schmerzmaß genau passen muss, damit die Vagina stimuliert wird. Sabine erhob und streckte sich, was bei ihrem kurzen Kleid einen erfreulichen Anblick bot, und rieb intensiv ihren Allerwertesten. „Boah", deklamierte sie immer wieder wenig literaturnobelpreisfähig, „boah! Boah! Das Ding ist richtig hart. Mir ist, als drücke mir jemand glühende Kohlen dran." Sie hechelte, als fehle ihr Luft, und ihr Gesicht war schweißgebadet.

Ich war abmarschbereit. „Bleib' auf einen Kaffee, Gunnar", bat sie mich, „ich muss beichten." „Beichten? Du mir?" „Ja.

Erst der Kaffee."

Sabine ließ sich mit verzerrtem Gesicht auf dem harten Küchenstuhl nieder. „Nimm doch ein Kissen." „Nein, nein. Es muss so gehen."

Ihre Kaffeekochkünste waren tadellos und wir hielten uns eine ganze Weile an dem Getränk fest. „War das das erste Mal, dass du geschlagen wurdest?" „Das erste Mal im Leben." „Dann ist mir fast mulmig – gleich so kräftig." „Es war doch mein Wille. So konnte es nicht weitergehen und ich glaube, eine ausgiebige Tracht Prügel ist heilsam. Gegen Faulheit, meine ich."

Dann waren die Tassen geleert. „Du weißt, was am Ende der zweiten Staffel passiert ist?" forschte Sabine. Ich lächelte. „Ich weiß es. Erzähl' nicht, dass du deswegen ein schlechtes Gewissen hast." „Ein bisschen. Bin ich pervers?" „Quatsch. Ein Frauenpo ist sensitiver als einer von Männern und dessen Wärmewellen breiten sich aus, vor allem ins vordere Lustzentrum. Bei genau der richtigen Dosierung ist ein Abgang kaum zu vermeiden. Was meinst du, was meine gestandenen Frauen anstreben? Garantiert keine Bestrafung für schlechte Schulnoten."

Sabine strahlte mich an. „Danke. Das erlöst mich von meinem Problem. Ich hab' aber noch eins." „Und das wäre?" Sabine strahlte immer noch. „Ich glaube, jetzt spielst du mit Absicht den Begriffsstutzigen. Was, denkst du, geht in meinem Schoß vor sich? Du hast's ja eben erklärt." „GV ist ausdrücklich ausgeschlossen…." „Deine ‚Arbeit' ist erledigt. Was jetzt folgt, ist privat. Ich habe doch gemerkt, dass sich auch in deiner Hose 'was regte.

Keine Widerrede. Soll ich mich auf den Rücken legen oder lieber über den Sessel bücken?" „Wenn ich dir schon zu herrlich heißen Schinken verhelfen durfte, drücke ich meine Lenden gern gegen sie." Es gibt eben keine anständigen Männer. –

Etliche Jahre später begegnete ich Sabine zufällig in der Stadt. Im Schlepptau hatte sie eine ältere Dame, in der ich ihre Mutter vermutete, und drei Kinder in – wie man so schön sagt – Orgelpfeifenanordnung. Der Jüngste und die Mittlere sahen sicher jemandem aus der Familie ähnlich, aber die Physiognomie des Ältesten erschreckte mich. Sabine erkannte mich ebenso auf Anhieb wie ich sie erkannt hatte und winkte mir zu: „Hallo Gunnar!" „Hallo Sabine", erwiderte ich ihren Gruß, „schön, dich wiederzusehen. Wie ich sehe, bist du inzwischen stolze Mama." Höflicherweise grüßte ich die Dame und die Kinder ebenfalls. „Das ist Mutti und das sind Gerhard, Helene und Ingmar. Sagt schön guten Tag, Kinder." Und zu ihrer Mutter gewandt: „Das ist Gunnar, ein alter Lehrer von mir." „Guten Tag, mein Herr. Sind Sie mittlerweile im Ruhestand?" „Äh, ja." „Weißt du was, Mutti? Die Kinder wollen gern ins Kinderland. Kannst du mit ihnen hingehen? Dann trinke ich mit meinem alten Pauker einen Kaffee." „Gern. Dort geben sie hoffentlich für eine Weile Ruhe."

Wir saßen vor unserem latte macchiato. „So gut wie deiner ist er nicht", kommentierte ich. „Danke.

Weißt du, dass es niemals mehr nötig wurde?" Ohne Rückfrage wusste ich, wovon Sabine sprach. „Das heißt, du hast deine Praktika gemacht, studiert und bist nun…?" „Lehrerin in Geschichte und Philosophie." „Und hast dabei drei Kinder großgezogen, alle Achtung." „Naja, noch nicht ganz. Es scheint aber alles zu klappen." „Der Erste kam wohl bald danach…?"

Sabine wurde ernst. „Ich merkte praktisch sofort, was los war, ermutigte meinen Freund, mit dem ich damals noch in vorsexueller Phase irrlichterte, rasch zur Attacke auf meine vermeintliche Unschuld und mich zu heiraten, als die Schwangerschaft diagnostiziert war. Ich hatte Glück und er stellte sich als brauchbar heraus. Er unterstützte mich während meines Werdegangs, wo und wie er konnte, und stellte seinen eigenen hintan. Finanziell unterstützten mich meine Eltern in großzügiger Weise, als sie sahen, dass ich meine Faulheit offenbar überwunden hatte. So machte es auch nichts, dass ich während des Studiums zwei weitere Male niederkam. Ich habe nur eine 50%-Stelle auf dem Gymnasium, damit die Kinder etwas von mir haben. Nun ist es mein Mann, dem ich soweit es geht unter die Arme greife, bis er seinen Abschluss als Informatiker in der Tasche hat.

Das ist im Groben mein Lebenslauf seit – seit damals." Wir schwiegen eine Weile. „Hast du vor, irgendwelche Konsequenzen zu ziehen?" hörte ich mich mit einer Stimme sagen, die mir fremd klang. „Nein. Ich werde Gerhard aufklären – nicht über Bienen und Blüten, meine ich –, wenn er volljährig wird. Was er dann mit dem Wissen anfängt, überlasse ich ihm." „Und…; und dein Mann?"

Sabines Stirn umwölkte sich. „Das ist mein größtes Problem. Meines Erachtens ahnt er sowieso, was los ist. Vorhin sah meine Mutter dich. Sie ist nicht dumm und gute Augen hat sie auch. Kurz und gut, wenn mich eine oder einer von beiden zur Rede stellt, werde ich nicht lügen." „Hast du vor, mich ins Spiel zu bringen?" „Von mir aus nicht. Natürlich kann und will ich dir dein Recht nicht vorenthalten. Mir wäre aber lieb, wenn du nicht unangemeldet in mein Leben platzst. Gib mir deine Handynummer oder besser deine Emailadresse; ich werde dich informieren, wie's weitergeht. Einverstanden?" „Einverstanden, versprochen." „Danke.

Eine Sorge braucht dich übrigens nicht zu bedrücken." „Welche?" „Ich hatte an jenem Abend gesagt: ‚Eine Tracht Prügel ist heilsam gegen Faulheit'. Wenn ein Erwachsener, sagen wir ab 16, das findet und sich selbst verordnet, gibt's daran nichts auszusetzen – wie ich damals. Ich versichere dir jedoch, dass ich niemals ein hilfloses Kind schlagen werde. Beruhigt dich das?" „Das beruhigt mich. Ich danke dir, dass du es zur Sprache gebracht hast."

Als Sabine Richtung Kinderland aufgebrochen war, um sich wieder bei ihren Leuten einzuklinken, ließ sie mich nachdenklich zurück. Eins war klar: So gern ich mit meinem Sohn Kontakt aufnähme, so wenig war ich gewillt, eine intakte Familie zu zerstören – in deren Leben zu platzen, wie Sabine es ausgedrückt hatte. Ich zahlte die Rechnung und strebte langsam meiner Wohnung zu. Sabine würde ich in Ruhe lassen, bis sie es sich eventuell aus eigenem Antrieb anders überlegen sollte, das stand fest wie der Felsen von Gibraltar.

Als ich in Gerhards Gesicht geschaut hatte, hatte ich in das des neunjährigen Jungen geschaut, der einst ich gewesen war.

Raumpflegerin Miranda

Ich sah mich eingeschüchtert um. Das hier sollte mein Arbeitsplatz werden? Ein schlossartiger Treppenaufgang aus Marmor mit Geländern, deren Basen so breit wie mein Flur zu Hause waren, endeten vor einem Mahagoniportal, das einer vierspännigen Königskutsche Durchlass gewährt hätte, wäre ihr nicht wegen der Stufen verwehrt gewesen, bis dahin vorzudringen. Waren die Einfassungen der Butzenscheiben etwa mit Blattgold belegt?

Und wo um alles in der Welt befand sich die Klingel? Ich sah eine Kordel auf der rechten Seite herabbaumeln und entsann mich, dass solche in alten Herrschaftshäusern irgendwo oben ins Haus umgelenkt wurden und irgendwo tief drinnen auf den Besucher aufmerksam machten. Ich umfasste den goldfarbenen – oder goldenen? – Knauf am unteren Ende der Konstruktion und zog.

Ich hörte nichts, aber nach einiger Zeit meinte ich hinter den abgedunkelten Butzenscheiben Bewegung wahrzunehmen. Die Tür öffnete sich und ein Mann aus dem 19. Jahrhundert sah mich an. Er entsprang sicher nicht dem 19. Jahrhundert, aber Frack, Fliege, blütenweißes Hemd und eine Miene, die jeden unterhalb des Rangs eines Präsidenten veranlasst hätte, sich klein und hässlich zu fühlen, wiesen ihn als Butler alter Schule aus, wie sie in historischen Kinoschinken zu sehen waren. „Sie wünschen, Madame?"

So höflich die Anrede war, so abschätzig meinte ich sie deuten zu müssen. Ich empfand mich in meinen Jeans und meinem T-Shirt als derart durchschnittlich, dass ich trotz meiner sonst forschen Art zunächst schluckte. „Ich…; ich komme wegen der Anzeige." Anscheinend hatte man in diesem Hause nur eine aufgegeben, denn der Diener / Butler / Rausschmeißer (?) nickte verstehend, trat einen Schritt zurück und öffnete die Tür oder besser gesagt das Tor weit. „Kommen Sie bitte."

Der dienstbare Geist – ich hatte beschlossen, meinen Führer vorerst so zu nennen – schritt voraus, führte mich durch ein Foyer, das ich mir für Versailles auch nicht voluminöser und prachtvoller vorstellte, an einem kaum kleineren Treppenhaus vorbei vor eine Tür, die im Vergleich zum bisher Gesehenen geradezu bescheiden wirkte, und klopfte. Du liebes Bisschen, dachte ich, wenn ich hier putzen soll, reichen zwei Stunden am Tag nicht. Genau genommen dürfte es für eine Einzelperson unmöglich sein, das Staubfängersammelsurium, dessen ich bei meinem ersten Eindruck ansichtig geworden war, bei Dienstbeginn Montag 0:00 Uhr und -ende Sonntag 24:00 Uhr und ununterbrochenem Einsatz sauber zu halten.

„Herein!" Der dienstbare Geist hielt ihr die Tür auf und verschwand wie ein wirklicher Geist, nachdem er mich angemeldet hatte. „Bitte kommen Sie herein." Ein Mann erhob sich hinter einem normalen Schreibtisch, umrundete ihn, kam auf mich zu und bot mir die Hand. „Weller, Alwin Weller", stellte er sich vor, „ich bin der Sekretär des Klubs. Bitte fühlen Sie sich wie zu Hause." „Miranda Köhler. Ich komme wegen Ihrer Anzeige für eine Putz…, äh Raumpflegerin." Ich sah mich schnell um. Hier drin sah alles wie ein normales Büro aus, außer dass der Raum exorbitant hoch war. Normale Büromöbel, zwei Notebooks auf dem Schreibtisch und etliche Smart- und Iphones, die wahllos herumlagen. Auch Herr Weller wirkte in seiner Kombination und seinem hellblauen Hemd, das keine Krawatte zierte, bei Weitem nicht so furchteinflößend wie der männliche Türdrache.

„Freut mich. Setzen wir uns doch." Herr Weller wies auf eine Sitzgruppe. „Erlauben Sie, dass ich uns zunächst einen Kaffee zubereite?" „Äh, gern." Fasziniert sah ich zu, wie der Mann geschickt an der Maschine hantierte. „Milch? Zucker?" „Nur Milch bitte."

Da saßen wir nun in unseren Sesseln und rührten in unseren Tassen. „Sie wissen, auf welche Anzeige Sie sich gemeldet haben?" „Äh, ja: Der Herrenklub Goldfasan sucht eine Raumpflegerin für täglich montags bis freitags 18:00 Uhr bis 20.00 Uhr; Bezahlung weit übertariflich." „War das alles?" Was sollte die Frage? „Hm, nein, da stand noch etwas von ‚vom Üblichen abweichenden Aufgaben'." „Ausgezeichnet. Bevor ich ins Eingemachte gehe, erzähle ich Ihnen etwas zur Klubgeschichte.

Wissen Sie, was ein Goldfasan ist?" „Ein nachgebildeter Fasan mit Goldüberzug, aus Gips vielleicht?" „Nicht abwegig, trifft für uns aber nicht zu. Ich muss Ihnen leider sagen – und ich sage es Ihnen, bevor Sie es nachträglich spitzkriegen und möglicherweise empört die Brocken hinschmeißen –, dass das Volk während des Dritten Reichs die Günstlinge Hitlers so nannte. Kurz und gut, der Klub mitsamt Gebäude ist Gründung blasierter Nazigrößen. Mir ist unverständlich, warum der Name in der Nachkriegszeit nie geändert wurde, obwohl die Initianten sogar Humor bewiesen hatten. Schließlich drückte der Begriff Goldfasan eine gute Portion Verachtung aus und wurde nur hinter vorgehaltener Hand in den Mund genommen." „Das wusste ich nicht." „Das weiß heute so gut wie niemand mehr. Ich versichere Ihnen aber, dass wir heute über das alles hinweg sind. Unmittelbar nach dem Krieg mag es den einen oder anderen schwerreichen Industriellen gegeben haben, der der alten Zeit mit unbezahlten Zwangsarbeitern nachtrauerte, aber 120jährige haben wir keine mehr.

Einige unserer Mitglieder mögen Ihnen komisch vorkommen. Sie sind aber lediglich skurril und verschroben...." „Werde ich denn mit denen zu tun bekommen?" „Hm, wahrscheinlich. Das hat mit den abweichenden Aufgaben zu tun. Zunächst zur Bezahlung." Ich vermochte nicht zu verhindern, dass ich ein wenig zappelig wurde. Als Putzfrau bin ich nicht auf Rosen gebettet und um jedes Kupferstück froh, das ich bei einer neuen Stelle mehr als bei meiner bisherigen verdiene. Als ich die Zahl hörte, wurde ich blass. „Hören Sie, Herr Weller...." „Ja?" „Entweder kennen Sie unsere Tarife nicht oder es gibt einen Haken. Möglicherweise schade ich mir selbst, wenn ich Ihnen sage, dass der Stundenlohn, den Sie mir gerade nannten, den üblichen um das Fünffache übersteigt."

Herr Weller schnaufte tief durch. „Das ist mir bekannt. Ich werde Ihnen nun zeigen, was Ihre Arbeit sein wird. Folgen Sie mir bitte." Er stand auf, öffnete die Tür und führte mich durch das Treppenhaus in einen Seitengang, an den mehrere Räume anschlossen. Vor einer blieb er stehen. „Vermutlich haben Sie sich bereits umgeschaut und gefragt, wie um alles in der Welt Sie das sauber halten sollen." Ich nickte. „Tatsache ist, dass Sie gar nicht zu putzen brauchen. Das erledigt eine Firma, die mehr oder weniger exklusiv für diesen Kasten zuständig ist. Anders wäre das nicht zu bewältigen." Ich nickte nochmals. „Jetzt werden Sie sich fragen, was Sie tun sollen." Ich nickte zum dritten Mal. „Ich zeige es Ihnen."

Er öffnete entschlossen die Tür und trat durch sie hindurch. Ich folgte ihm. In der Mitte des anschließenden Raums stand ein älterer Herr in feinem Anzug und verbeugte sich artig. „Herr von Godulsdorf, unser Präsident", stellte Herr Weller ihn vor, und auf mich weisend: „Frau Köhler, unsere Bewerberin." Ich versuchte mich in einem Knicks, bin aber mit höfischen Sitten nicht recht vertraut und wäre beinahe gestrauchelt. Die beiden Männer taten, als hätten sie die Ungeschicklichkeit nicht bemerkt. „Haben Sie sich umgesehen?" „Äh, nein." „Dann tun Sie's bitte."

Die Sitzgruppe, die Kommode und die kleine Kaffeeküche muteten normal an. Auch das Bett hätte normal angemutet, wenn nicht…. „Da liegt ja eine Frau drauf. Warum sagt sie nichts?" „Weil sie's nicht kann. Gehen Sie bitte hin und fassen Sie sie an."

Zögernd trat ich näher. Die Frau lag auf dem Bauch und hatte ihre Arme unter ihren in unsere Richtung blickenden Kopf verschränkt. Sie war völlig nackt bis auf ein Paar weißer Socken. Unter ihrem Schoß sorgte ein üppiges Kissen dafür, dass sich das Gesäß sichtbar exponierte. „Nicht so schüchtern." Endlich wagte ich, mit meinen Fingern den Frauenrücken zu berühren. „Streicheln Sie sie ruhig." Ich wurde mutiger. „Das..., das ist eine Puppe!" „Genau. Lassen Sie uns das besprechen."

Die Männer hatten in der Sitzgruppe Platz genommen und luden mich mit Handbewegungen ein, es ihnen gleichzutun. Der Präsident übernahm das Gespräch. „Wie finden Sie die Oberfläche?" „Recht lebensecht..." „...aber doch zu merken, dass es keine echte Haut ist." Ich nickte. Mehr fiel mir nicht ein. Was sollte das? „Wissen Sie, hier laufen ein Haufen alter Männer herum, die ganze Konzerne kommandieren, zu Hause aber verdonnert sind, Geschirrspül- und Windelwickelautomaten zu spielen. Dazu kommen betriebliche Rückschläge, Angriffe durch Presse und soziale Medien und manchmal sogar physische. Sie werden sich wundern, wie frustriert die Typen sind, wenn es uns gelingt, Sie für uns zu gewinnen und Sie sie nach und nach kennenlernen."

Ich habe alle Härten des Lebens durchlaufen und darf behaupten, dass mich das nicht verbittert hat. Naiv bin ich allerdings nicht. Mir schwante, welche Rolle der Puppe zufiel. Und welche...? Gespannt erwartete ich, was Herr von Godulsdorf weiter berichtete. „Kurz und gut, ab und zu müssen sie sich abreagieren oder meinen es zu müssen. Dann kommen sie hier herein und versohlen der Puppe kräftig den Hintern. Allerdings fehlt zur vollständigen Illusion Entscheidendes." „Der Po wird nicht warm und rosa." Die Männer blickten mir erschrocken ins Gesicht. Erschrocken, weil sie sich vorzeitig durchschaut fühlten.

Ich atmete tief durch. „Okay, ihr Herren. Ich bin hier herein geführt worden, weil meine künftige Arbeit hier stattfinden soll. Was soll ich von all' dem hier halten?" Herr von Godulsdorf wandte sich an Herrn Weller. „Hören wir auf, um den heißen Brei herumzureden. Ich glaube, Frau Köhler hat erkannt, worum's geht."

Er sprach mich direkt an. „Kurz und gut, eine Frau aus Fleisch und Blut kann die Puppe nicht ersetzen. Unsere Mitglieder wünschen sich eine solche, auf der sie herumpatschen dürfen." Ich schloss die Augen. „Ihnen ist klar,

20

dass Sie von mir Ungeheuerliches verlangen", sagte ich wie in Trance. „Ich bin glücklich verheiratet, mit zwei Kindern gesegnet und beileibe keine Nutte."

Alwin Weller räusperte sich. „Das sollen Sie hier auch nicht werden. Geschlechtsverkehr, das versprechen wir Ihnen, ist tabu. Falls das einer versuchen sollte, gibt es eine klubinterne Alarm-App. Wenn Sie die auslösen, kommt sofort unser Gorilla gerannt." „Und wenn der Gorilla...?" „Der ist hier angestellt und sehr gut bezahlt. Wenn er sich vergreift, ist er nicht nur seinen Job los, sondern für den Rest seines Lebens ruiniert. Dafür werden wir sorgen."

Ich öffnete die Augen. „Gibt's hier eigentlich überhaupt keine anderen Frauen?" „Hm, nein. Stört Sie das?" „Nein. Mir war nur aufgefallen, Herr Weller, dass Sie zu unserem Einstandskaffee keine Sekretärin herbeipfiffen, sondern die Maschine selbst anstellten." „Sie sind eine gute Beobachterin." „Bilde ich mir ein.

Gut. Wie Sie sehen, bin ich nicht sofort aufgesprungen und empört davongerauscht, als mir klar wurde, was mein Job werden würde; ich bin also gewillt, mit Ihnen Bedingungen auszuhandeln, wobei ich ohne Weiteres zugebe, dass Ihre exorbitante Lohnzusage mich weich geklopft hat. Blutig klopfen lasse ich mich allerdings nicht, mit Peitschen oder so. Wie sieht's damit aus?"

„Schauen Sie sich die Gegenstände auf der Kommode an. Es handelt sich nur um flache: Paddel, Haarbürste und Fliegenklatsche. Das häufigste und wichtigste Instrument liegt nicht da – die offene Hand. Mehr ist nicht. Grenze sind 60 Schläge pro Abend, entweder von einem oder mehreren, sagen wir von Dreien je 20; wenn Sie die empfangen haben, haben Sie Feierabend, auch wenn noch nicht acht Uhr ist. Wenn keiner 'was will, lesen Sie oder schauen Filme an oder machen sonst 'was und gehen um Acht nach Hause. Ihr Geld erhalten sie auf jeden Fall. Sie werden bezahlt, dass Sie zur Verfügung stehen."

Ich wiegte den Kopf. Beschämend! Andererseits hörte ich die Kasse klingeln. Für meine Verhältnisse wäre ich saniert. „Eine Bedingung stelle ich noch." „Welche?" „Eine Probezeit von einer Woche. Wissen Sie, ein bisschen möchte die Delinquentin ihre Spanker kennenlernen, bevor sie endgültig zusagt." „Einverstanden. Wir haben auch eine Bitte." „Lassen Sie mich raten."

Ich erhob mich, schritt zum Bett, legte die Puppe an dessen rückwärtiges Ende und begann mich zu entkleiden. „Sie wollen doch wissen, ob ich eine gute Figur abgebe." Fassungslos nickten die Männer.

Ich hatte mich während meines Akts gekrümmt, damit meine potenziellen Arbeitgeber nicht alles sähen, und nahm die Position meiner künstlichen Vorgängerin ein. „Nun?" „Ein Traum." Selbst beim betagten Herrn von Godulsdorf schien sich einiges zu regen, soweit sich das bei dem steifen Anzug beurteilen ließ. Alwin Weller nahm all' seinen Mut zusammen. „Darf ich...?" „Ein paar Probeklapse liegen drin. Schließlich muss ich meine Qualifikation nachweisen."

Alwin Weller tätschelte auf meinem Fleisch herum. Auch mein Mann knallt mir ab und zu im Schlafzimmer einen hinten drauf und lobt, dass mein Po es schafft, gleichzeitig straff und zart zu sein und wunderbar nachzuwackeln. Ich war folglich sicher, diese Aufnahmeprüfung zu bestehen. „Das ist wirklich etwas ganz anderes." „Wenn alle Herren nicht kräftiger zulangen als Sie, bin ich überbezahlt." „Keine Bange, Sie werden schon einiges zu spüren kriegen.

Jetzt ist aber Schluss!" ermahnte er sich selbst und drehte sein Gesicht der Wand zu. „Los, Kaspar", sagte er zu seinem Präsidenten, „du guckst auch weg, damit sich die Dame wieder anziehen kann; hier geht's ums Geschäft und nicht ums Vergnügen!"

Als Alwin mich zum Ausgang begleitete, gestand er: „Wissen Sie, dass wir neben Ihren – äh – körperlichen Qualitäten einige andere Dinge examiniert haben?" „So? Welche?"

„Naja, wir wollten keine, die sich ständig in ordinären Ausdrücken gefällt. Sie reden erstaunlich gepflegt für Ihre Gilde – entschuldigen Sie." „Macht nichts. Sie würden erleben, dass ich mich in meiner Gilde völlig anders ausdrücke. Zu mehr als zum Hauptschulabschluss hat's leider nicht gereicht – geldlich, meine ich. Ich lese allerdings gern, sowohl Qualitätszeitungen als auch Literatur. Zu Beginn musste ich einige Begriffe nachschauen, die einem Gymnasiasten geläufig sind. Mittlerweile habe ich mich durchgekämpft und bilde mir ein, den Smalltalk eines Diplomatenempfangs durchzustehen, ohne unangenehm aufzufallen. Der heutige Tag scheint der Beweis zu sein. Bei Ihnen hat mein Bluff anscheinend verfangen." Alwin Weller grinste, wie ein richtiger Mann ab und zu grinst. „Sie sind mir ein ganz schönes Früchtchen. Wissen Sie was?" „Soll ich wieder raten?" „Bitte." „Wenn ich ab nächster Woche hier Frustpuppe spiele, verspüren Sie auch hin und wieder Frust." Alwins Mundwinkel erreichten die Ohrläppchen. –

Am heutigen Montag erwartete mich der erste Arbeitstag in meinem merkwürdigen Raumpflegerinnenjob. Während der Mittagspause führte ich wie bisher meine Putzkolonne in der Sparkasse. Vorsichtshalber hatte ich bisher nicht gekündigt und hatte auch nicht vor, das zu tun, bevor ich nicht vom Herrenklub Goldfasan mindestens zwei Gehälter eingestrichen hatte.

Hier, in der Sparkasse, herrschte ein gänzlich anderer Ton.

„Die Fenster sind völlig verschmiert, Wanda. Kneif' die Arschbacken zusammen und mach's ordentlich.

Regula, was soll das denn? Arbeiterinnendenkmal kannst du als Rentnerin spielen.

Wilma, wisch' den Boden nochmal; der sieht ja aus wie nach einer Schlammschlacht." „Du kannst mich am Arsch lecken, Miranda!" „Mach' ich, aber du machst, dass es blitzt und blinkt."

23

Gegen Zwei lag der bisher gewohnte Alltag für heute hinter mir und ich hatte Zeit, mich auf einen vorzubereiten, von dem ich bisher überhaupt keine Vorstellung hatte. Es hörte sich leicht an: Einfach teilnahmslos daliegen und für einen Haufen Geld von alten Männern leichte Haue einkassieren.

Dennoch wurde ich im Lauf der verbleibenden Stunden immer nervöser und stand kurz davor, zum Mobiltelefon zu greifen und in letzter Minute abzusagen. Dann schwebte mir eine Vision von Goldbarren vor die Nase und ich zog entschlossen an der Kordel.

„Pünktlich, wie ich's nicht anders erwartet hatte", begrüßte mich Alwin Weller. Er hatte mir persönlich geöffnet und nicht seinen Drachen zwischengeschoben.

Der Raum war verblieben, wie ich ihn vorige Woche kennengelernt hatte. Nur die Puppe war weg. „Sie ist im Schrank", erklärte mir der Sekretär, „beide gleichzeitig hier drin verwirren unsere älteren Herren möglicherweise. Außerhalb Ihrer Dienstzeiten liegt sie da wie vordem." Du lieber Himmel, mit was für Kalkleisten würde ich mich abgeben müssen?

Weller überreichte mir ein Handy. Hier drauf ist die App, wer sich für den aktuellen Tag angemeldet hat. Sehen Sie...?" „Sicher, ein Graf Götz von Willingen hat sich für 18:30 Uhr angemeldet. Müssen sich alle anmelden?" „Ja, auch die Anzahl Schläge, damit die App weiß, ob sie weitere Reservierungen vornehmen darf. Angenommen, der erste hat wie heute 20 eingegeben, können andere die verbliebenen zubuchen." „Spontan geht gar nichts?" „Doch, wenn wie heute 40 übrig und keine weiteren verteilt sind, kann sie Ihnen einer verabreichen.

Ich schätze, der alte Graf wird vorausgeschickt, um die Sache auszuprobieren. Wenn er Sie gut findet, das kundtut und 18:40 Uhr kommt einer für den Rest, ist für Sie der Abend beendet. Bedienen Sie sich übrigens im Speisesaal nach Belieben für Ihr leibliches Wohl."

„Liegen ein paar Snacks drin?" „Auch ein vollständiges Abendessen samt Getränken. Wir lassen uns hier nicht lumpen.

Ich habe verbreitet, dass Sie keine Straßennutte sind und Recht auf anständige Behandlung verdienen. Sobald einer unverschämt kommt, informieren Sie mich bitte. Auch reiche Knöppe haben sich zu benehmen."

Der Sekretär sah auf sein Smartphone. „Gleich Sechs. Normalerweise habe ich längst Feierabend. Ich bleibe aber zu Ihrem heutigen Einstand bis Acht. Falls etwas sein sollte, wissen Sie, wo Sie mich finden. Das Kissen auf dem Bett wird übrigens täglich frisch gewaschen."

Da lag ich nun in meiner devoten Pose und wartete auf den Grafen.

Punkt halb Sieben öffnete sich die Tür und ein distinguierter Herr trat ein, den ich auf mindestens 70 schätzte „Guten Abend", sagte er höflich. „Guten Abend", erwiderte ich. Er betrachtete mich eingehend. „Sie sind wirklich keine Puppe." Ich schaffte es nicht, ein Lachen zu unterdrücken. „Nein, wirklich nicht." „Und ich darf wirklich…?" „Sie dürfen wirklich."

Vorsichtig tätschelte er an meinem Backen herum. Ich wusste nicht, ob mir Kommentare erlaubt waren, aber andererseits war ich als Mensch und nicht als Puppe angestellt. „Darf ich fragen, was Sie frustriert?" Graf Götz von Willingen räusperte sich. „Wissen Sie, vermutlich bin ich in Ihren Augen sorgenfrei. Das bezieht sich aber nur aufs Finanzielle. Was glauben sie, was mich meine Frau und meine faulen Söhne belasten. Alle fordern sie nur und sind nicht bereit, irgendwas zu geben." „Und statt Ihre Frau haben Sie bisher die Puppe vermöbelt?" „Hm, ja." „Wissen Sie was? Sie üben an mir und machen bei Ihrer Frau weiter. Und Ihre Söhne schmeißen Sie 'raus."

Graf Götz von Willingen sah mich verblüfft an. „Meinen Sie wirklich?" „Ja. So wie ich hier liege bringt's nicht viel. Sie setzen sich aufs Bett, packen mich, legen mich übers Knie und los."

Er benahm sich so ungeschickt, dass ich mich eisern beherrschen musste, nicht wieder laut loszulachen. Schließlich hatte er es geschafft, mich zu umklammern und über seinem Schoß zu platzieren. Natürlich wäre es mir ein Leichtes gewesen, mich seinem Zugriff zu entziehen, aber ich wurde nicht nur dafür bezahlt, ihn machen zu lassen, sondern war nun selber gespannt, wie er sich weiterentwickeln würde.

Nach den ersten paar Klapsen sagte ich: „Augenblick bitte." „Zu fest?" „Im Gegenteil. Sie müssen Ihre Fingerabdrücke auf der Haut sehen. Nur zu!" Nach und nach fand sich Herr Graf in seine Rolle und er begann sogar mitzuflüstern: „Da hast du's! Und da! Und da!" Er ging ein paar Schläge über die bestellten 20 hinaus, aber die ersten Berührungen – mehr waren es ja nicht gewesen – strich ich aus meiner kopfinternen Liste.

Ich stand auf und legte ein großes Handtuch um mein Becken. Außer dass ich mich komplett angekleidet hätte, hatte ich für oben nichts, womit ich den Herrn Grafen in arge Verlegenheit brachte. „Sie dürfen ruhig gucken." Wie erlöst betrachtete er meine Brüste eingehend. „Da 'ranlassen darf ich Sie leider nicht. Wann haben Sie zum letzten Mal eine junge Frau – naja, so jung bin ich gar nicht – angesehen?" Er versuchte sich zu erinnern. Er war anscheinend so unbeleckt, dass er trotz seiner finanziellen Möglichkeiten niemals daran gedacht hatte, einen Puff aufzusuchen.

„So richtig mutig sind Sie bis jetzt nicht", ging ich in die Offensive, „ich unterbreite Ihnen einen Vorschlag. Ich bin bis Freitag hier. Sie tragen sich für die ganze Woche täglich ein. Dann sollte ich Sie soweit haben, dass Sie wissen, wie Sie Ihrer Frau richtig den Hintern versohlen – so, dass sie's auch spürt. Einverstanden?" Der Graf sah mich fassungslos an. „Das wollen Sie ertragen?" „So schlimm ist's nicht. Ich würde auch protestieren, wenn's zu hart käme. Ich glaube aber nicht, dass das passieren wird."

Ich entließ einen völlig verwirrten Adligen. Ich wusste nicht, ob ich je erfahren würde, was er seinen Klubkameraden erzählen würde, aber das ließ nicht lange auf sich warten.

Ich blieb, in mein Handtuch gehüllt, auf einem der Sessel sitzen. Zwei Stunden auf dem Bauch zu liegen und dabei den Kopf aufzustützen strengt ganz schön an. Sollte jemand kommen, reichte die Zeit auf jeden Fall, mich wieder hinzudrapieren.

Viertel vor Acht erschien Alwin. Auch er starrte wie hypnotisiert auf meine Brüste. „Mehr nördliche Richtung, ins Gesicht bitte", forderte ich ihn auf. „Entschuldigung", stotterte er, „aber die männlichen Hormone….

Wissen Sie, dass Sie sich bei Ihrer Einstandssitzung einen sagenhaften Ruf erworben haben?" „So?" „Graf Götz von Willingen lobt dich…, entschuldigung, lobt Sie über den grünen Klee. Äh…; darf ich Miranda sagen?"

„Gern. Ich bin zwar die einzige Frau, würde aber nie wagen, in diesem vornehmen Haus einem der Herren das Du anzubieten. Demnach habe ich meinen ersten Probetag zur Zufriedenheit absolviert, Alwin?" „Mehr als das. Wenn du so weiter machst, sparen wir in Zukunft den Psychotherapeuten. Der ist nämlich viel teurer als du.

Aber, sag' mal…." „Ja?" „Wie geht's dir – ich meine, leidest du nicht zu sehr?" Ich hoffte, dass das Lächeln, das meine Mundwinkel umspielte, nicht zu verächtlich wirkte. Mein Mann verpasst mir zwar immer nur einen, bevor er sich meiner Vorderfront widmet, aber der sitzt.

„Bisher brauchst du dir keine Sorgen zu machen. Ich weiß zwar nicht, wer und was auf mich während der nächsten Tage auf mich zukommt, aber ich glaube, keiner wird eine rote Linie überschreiten.

Freut mich, dass ich für Herrn von Willingen zunutze war. Hab' ich jetzt Feierabend?"

„Natürlich. Bis morgen." „Bis morgen." Hatte mir Alwin nicht zur Begrüßung gesagt, er sei normalerweise um sechs Uhr abends nicht mehr da? –

Da Graf Götz von Willingen jeden Tag nur 20 angemeldet hatte, blieb Raum für weitere Kandidaten. Herr Aindiguer, ein mittelständischer Unternehmer, trat deutlich forscher auf und war auch deutlich jünger als sein adliger Vorgänger, aber bevor er zur Tat schritt, hielt er inne. „Muss ich Ihnen erzählen, worin mein Frust besteht?" „Natürlich nicht. Sie dürfen gern in mir die Puppe sehen, die bis vorige Woche hier lag."

Er überlegte. „Nein, das ist doch etwas anderes. Ich finde, Sie sollten es wissen." „Auch kein Problem. Vielleicht weise ich Ihnen den Weg zur Lösung." „Das bezweifle ich, aber gut. Ich betreibe eine Firma, die hochwertige Sensoren herstellt. Ich habe im Schnitt zehn Akquisiteure und alle betrügen mich." „Alle?" „Was soll ich davon halten, wenn ich sie auf Messen schicke, sie aber immer ohne Aufträge zurückkommen. Kurze Zeit später kündigen sie und gründen einen eigenen Laden, um mir Konkurrenz zu bieten." „Wie soll das denn gehen?" „Wie meinen Sie das?" „Ich habe Sie richtig verstanden: Sie stellen die Sensoren her und sind kein Zwischenhändler dafür?" „Richtig." „Wie soll Ihnen aus Ihren fahnenflüchtigen Vertretern Konkurrenz erwachsen? Sie müssten eine Produktionsstraße aufbauen, was vermutlich jahrelanges sorgsames Vorgehen und ein gewaltiges Kapital voraussetzt. Dazu kommt, dass Akquisiteure vermutlich von Technik wenig Ahnung haben. Sie müssten folglich teure Ingenieure engagieren." „Hm, stimmt. Aber warum rennen sie mir alle davon?"

Ich setzte mich entgegen meinen Bestimmungen auf. Herr Aindiguer hatte ich in so nachdenkliche Stimmung versetzt, dass er nicht einmal meinen wogenden Busen beachtete. Ich fuhr eindringlich fort: „Wäre es möglich, dass Sie wenig oder gar keine Provision zahlen?" „Keine. Ich zahle ein ansehnliches Festgehalt. Das muss reichen und ich hatte, als ich selbst noch Versicherungsvertreter war, die Erfahrung gemacht, dass Provisionen zu unseriösem Handeln führt. Ich muss zugeben, dass ich mich von gewissen gierigen Gedanken durchaus hinreißen ließ." „Lobenswert, das muss ich sagen. Leider gehört Gier zur menschlichen Natur und wenn ein Konkurrent, mit denen Ihre Leute auf Messen zwangsläufig zu tun haben, Ihren Leuten das Blaue vom Himmel verspricht…." „Aber sie eröffnen einen eigenen Laden." „Mag sein, aber haben Sie einmal nachgeforscht oder nachforschen lassen, ob die sogenannten Selbstständigen nicht exklusiv auf Rechnung eines bestimmten Mitbewerbers arbeiten?"

Herr Aindiguer starrte mich an wie einen Außerirdischen. „Sind…, sind Sie Ökonomin?" Ich lachte. „Nein; Sie würden sich wundern, wie wenig an technischem oder ökonomischem Wissen ich in die Waagschale werfen kann. Aber die Abgründe der menschlichen Seele sind mir vertraut. Wenn ich von irgendeiner Hinterhältigkeit oder Niedertracht höre, überlege ich automatisch, welchen Nutzen sie für den Verursacher haben könnte. In Ihrem Fall eröffnet er sich mir unmittelbar."

Herr Aindiguer schluckte und wandte sich zum Gehen. Den ursprünglichen Grund seines Hierseins hatte er anscheinend vergessen. Als er zur Klinke griff, rief ich: „Halt! Sie haben doch 20 Schläge auf meinen Po angemeldet!" Er drehte sich um und sagte leise zu mir: „Ach richtig. Wissen Sie was? Ich schenke sie Ihnen, denn ich brauche meinen Frust nicht mehr abzuladen." „Tun Sie mir einen Gefallen?" „Gern." „Führen Sie sie dennoch durch. Ich werde dafür bezahlt und bin ein ehrlicher Mensch; das heißt, ich möchte mir mein Geld verdienen. Außerdem ist mein Po richtig gut. Sie werden sehen, dass es Ihnen Spaß macht." Ich nahm wieder meine Puppenposition ein, die den erwähnten Körperteil dank des dicken Kissens einladend exponierte. „Na los; ich versichere Ihnen, dass Sie mir einen Gefallen tun."

Doch, es bereitete Herrn Aindiguer Vergnügen. Nachdem er einmal beobachtet hatte, wie schön meine Backen im Nachgang wackeln, bedauerte er, dass ich nach der angemeldeten Stückzahl „Schluss!" rief. Immerhin gehorchte er sofort. „Leider darf ich Ihnen nicht die restlichen 20 des Abends erlauben", informierte ich ihn, „für die hat sich ein Herr Wanderwecken angemeldet. Sollte er um – ich warf einen Blick auf mein Smartphone – halb Acht nicht kommen, dürfen Sie zehn Minuten später noch einmal vorbeischauen. Spätestens dann habe ich seine Anmeldung gelöscht." „Der Pankraz?" lachte Herr Aindiguer, „der Lustmolch kommt bestimmt. Ich werde mir morgen 30 reservieren. Sie hatten Recht: Wenn meine Frau so einen tollen Po wie Sie hätte, bräuchte ich keine Alternative auf Ihrem zu suchen. Leider ist da alles recht flach." „Probieren Sie's doch mit einem Kissen unter ihrem Schoß wie Sie's hier sehen oder notfalls zweien." Nun hatte ich Herrn Aindiguer zum zweiten Mal innerhalb kurzer Zeit verblüfft. „Hm. Sie haben Recht. Allerdings kann der meiner Wanda mit Ihrem trotzdem nicht mithalten; viel zu wenig Speck. Das kommt von diesem blöden Veganfimmel."

Herr Wanderwecken – Pankraz Wanderwecken – mochte ein Lustmolch sein, aber Frust hatte auch ihn hergetrieben. „Wissen Sie", verkündete er, „als Künstler bleiben Sie Ihr Leben lang unverstanden. Sie können die feurigsten Schlachtenszenen, die feinfühligsten Porträts und die zartesten Stillleben auf die Leinwand werfen; die Leute sagen ‚schön, schön' und das war's." Erstaunlich, dass bis jetzt keiner einfach hereinkam, meinen Hintern versohlte und wieder davonrauschte, sondern ein ausgesprochenes Mitteilungsbedürfnis an den Tag legte. Zu reden ist für Enttäuschte eine deutlich bessere Therapie als sie irgendwo draufhauen zu lassen, und das vermag eben keine Puppe zu bieten. „Und so bleiben Sie frei nach Carl Spitzwegs ‚Der arme Poet' auf Ihren Werken sitzen, in Ihrem Fall auf Ihren Bildern?" Wovon bezahlst du dann die vermutlich horrende Klubgebühr? fragte ich mich und wurde umgehend aufgeklärt. „Im Gegenteil, meine Malerei wird mir für Unsummen aus den Händen gerissen", erläuterte Pankraz mir ohne jeden Stolz, „aber verstehen Sie – sie wird nicht gewürdigt." Ich verstand nichts. Da ich von einem Maler namens Pankraz Wanderwecken noch nie etwas gehört oder gelesen hatte, würden meine Hausaufgaben für heute Abend darin bestehen, das im Wikipedia festzustellen. Für den Augenblick musste ich improvisieren. „Ich wäre trotzdem froh." „Darüber soll ich froh sein? Ich möchte Anerkennung genießen." „Ist nicht der Kauf auch eine?" „Schon, aber ich möchte in Kunstausstellungen und -museen präsent sein. Die erlauchten Kreise gewähren mir aber keinen Zutritt zu ihren Gefilden." Nun verstand ich. Der gute Pankraz erschuf wahrscheinlich Auftragsarbeiten, die er zum ausschließlichen Zweck des Verschenkens anzufertigen hatte. Ein Originalgemälde ist ein tolles Mitbringsel, sei es noch so hässlich oder unverständlich.

Mir fiel aber auch für Pankraz ein Trost ein, den ich in die Form eines Nicht-Trosts kleidete. „Wissen Sie, es mag Ihnen wenig Trost bieten, aber die meisten wirklich großen Künstler der Welt wurden erst nach ihrem Tod gewürdigt. Sie haben im Gegensatz zu denen immerhin den Vorteil, nicht am Hungertuch zu nagen. Ich versichere Ihnen, dass sich alles andere finden wird." Wieder die sichtbare Verblüffung, die ich mit meinen Worten in das Gesicht meines Kunden zauberte. Dann begann er zu strahlen. „Doch", flüsterte er beinahe, „doch, das ist ein Trost. Ein gewaltiger sogar. Ich glaube, ich bin erlöst."

Was sollte das heißen? Wollte auch Pankraz – ich sah mich außerstande, ihn im Stillen anders als mit seinem ulkigen Eisheiligen-Vornamen zu bezeichnen – mich im Stich lassen? Fast wäre es soweit gekommen, aber rechtzeitig besann er sich seines Rufs als Lustmolch. Er trat an das Bett und besah meine Rundungen. „Ich bin heute nicht der erste?!" „Natürlich nicht, das können Sie auf der App ja sehen; stört Sie die rosa Färbung?" „Nein, überhaupt nicht. Eins bin ich allerdings nicht gewohnt." „Und das wäre?" „Dass ich eine Frau, der ich den Hintern versohle, mit Sie anrede. Ich bin der Pankraz." „Soso. Sie…, du versohlst also öfter einer Frau den Hintern?!" Pankraz wurde rot. „Die, bei denen ich das bisher in meiner Fantasie tat, habe ich jedenfalls immer geduzt."

Ich lachte. „Dann will ich's mal glauben. Ich bin Miranda. Bist du Rheinländer?" „Wie hast du das denn erkannt? Ich bilde mir ein, perfektes Hochdeutsch zu sprechen." „Nur der Rheinländer stellt sich mit ‚ich bin der…' vor. Jeder andere begnügt sich mit ‚ich bin…'." „Ich hoffe, du bist keine Agentin." „Sehe ich so aus? Wie kommst du überhaupt darauf?" „Eine Agentin sieht nie wie eine solche aus; sie flöge ja sofort auf. Deine brillante Intelligenz legt den Schluss nahe." Das ging mir Öl 'runter. Bei meinen üblichen Putzkolonnen ist Intelligenz und Belesenheit kein Vorteil, sondern ein Hindernis. Zum ersten Mal im Leben hatte ich einen Job, für den sich meine Bemühungen um Niveau zu lohnen schienen.

Es war Zeit, zum Boden der Tatsachen zurückzufinden. „Hör' mal, ich hab' gleich Feierabend. Könntest du…?"

Pankraz konnte. Zum Abschluss meiner heutigen Schicht steckte ich einige Kräftige ein. „Tatsächlich ein Lustmolch", murmelte ich. Pankraz erfreute sich leider eines guten Gehörs, denn er lachte. „Das hat dir bestimmt der Alfons gesteckt. Ich habe gesehen, dass er vor mir da war." Nun war ich auch im Gesicht rot. „Entschuldige, ich…." „Das macht doch nichts. Ich versuche immer, mir einen schlechten Ruf zu verschaffen. Das erleichtert das Dasein."

Als ich zum Auto ging, war mir klar, dass mein Allerwertester nicht vor spätabends abgekühlt sein würde. –

Allmählich lernte ich die ganze Meute kennen und schätzen. Erstaunt war ich, wie normal sich spätestens ab der zweiten Sitzung auch die Vertreter edelsten Geblüts gaben. Noch erstaunter war ich, dass mir ausnahmslos alle ab der dritten Sitzung das Du anboten. Sie schienen sich dafür auch nicht überwinden zu müssen, sondern geradezu stolz darauf zu sein, dass ihnen eine junge – naja, fast junge Frau auf Augenhöhe begegnete.

Da die Sitzungen mehr und mehr in Seelsorge ausarteten, hatte ich mir angewöhnt, meine Kunden im Sitzen zu empfangen. Zu diesem Zweck wickelte ich nicht nur das große Handtuch um mein Becken und verknotete es hinten, sondern hatte auch einen genügend breiten Schal mitgebracht, den ich mir in der gleichen Weise oben herumband. Ich wollte die armen Kerle nicht allzu sehr irritieren. Wenn sie verstohlen versuchten, einen Blick auf die Schätze unter meinem Handtuch zu erhaschen, da sie wussten, dass ich nichts darunter trug, gönnte ich ihnen hin und wieder einen Erfolg. Männer bilden sich tatsächlich ein, ihnen gelängen unbemerkt heimliche Erkenntnisse. Eine Frau wird auch im kürzesten Rock zu verhindern wissen, dass ein Unbefugter zu sehen kriegt, was er nicht sehen soll.

Nachdem sich meine Klienten ausgeweint haben, muss ich sie beinahe zwingen, Hand anzulegen. Ich gestattete ihnen auf Wunsch, mich in gebückter Position zu bedienen.

Wer mich gar nicht schlagen, sondern lediglich streicheln wollte, war Herr von Deubenzahn. Auch er älteren Semesters hatte er sich mit einer 35 Jahre jüngeren Frau belastet, die von ihm Übermenschliches verlangte.

„Sagen Sie – ich erzähle von unserem ersten Treffen –, sind Sie eifersüchtig? Ehrlich bitte." Herr von Deubenzahn räusperte sich. „Habe ich dazu nicht allen Grund? Schließlich erwartet sie von mir mehr, als ich ihr bieten kann, und befürchte, dass sie sich andernorts holt, was sie bei mir vermisst." „Warum befürchten Sie?" „Wie meinen Sie das?" „Ich meine, dass Sie das nicht befürchten, sondern hoffen sollten. Haben Sie einen konkreten Verdacht?" „Mehrere. Allerdings scheint unser Stallmeister ihr Favorit zu sein, ein junger, kräftiger Kerl, der ihr seinerseits vielsagende Blicke zuwirft." „Demnach besitzen Sie Pferde?"

„Ein ganzes Gestüt bester Züchtungen." „Auf Pferde fahren Frauen ab. Und dann so ein Stallmeister….

Geben Sie ihrer Angetrauten eine Chance." „Ich muss Sie nochmals fragen, wie Sie das meinen." „Lassen Sie sie für eine Stunde unbeobachtet und lassen Sie sie das auf diskrete Weise auch wissen, sagen wir zwei Mal die Woche." „Na hören Sie mal…!" „Sie werden nicht glauben, wie zärtlich und lieb danach Ihre Frau zu Ihnen sein wird. Wenn sie eine Stunde lang ausgiebig 'rangenommen wurde, wird sie schnurren wie eine beschmustes Kätzchen. Sie haben dann die beste Gattin der Welt."

Herr von Deubenzahn wiegte zweifelnd den Kopf. „Glauben Sie's mir. Ich bin eine Frau und weiß, was in meinen Genossinnen vorgeht." Er verließ mich, ohne von den 20 Eingetragenen Gebrauch zu machen.

Beim zweiten Besuch strahlte er mich an. „Meine Frau ist wie umgewandelt. Sie hatten recht: Ein zahmes Kätzchen und willig bis zum geht-nicht-mehr." „Oje, dann brauchen Sie mich gar nicht mehr als Frustpuppe.

Sie haben mich sowieso bisher schmählich im Stich gelassen. Sie wissen doch, wozu ich da bin." „Hm, muss ich jetzt ein schlechtes Gewissen haben?" „Das nicht gerade. Vielleicht hilft's Ihnen trotzdem, wenn Sie mal einen Frauenpo spanken." „So einen ähnlichen Vorschlag hat mir meine Frau auch gemacht." „Ähnlichen?" „Oder genau den. Sie nämlich zu Dings, äh…." „Zu spanken?" „Genau. Leider weiß ich nicht, was das ist." Ich lachte. „Heute muss alles englisch sein. Spanken heißt den Po versohlen, exakt das, wozu ich eingestellt wurde. Super. Dann können Sie sofort richtig schön üben und ich brauche kein schlechtes Gewissen zu haben."

Wie befürchtet begann Herr von Deubenzahn überaus schüchtern. „So werden Sie Ihrer Frau nicht imponieren. Fester!" „Aber…, aber das tut doch weh." „Soll es ja! Was glauben Sie, was Schinkenspeck aushält. Wie sieht's denn bei Ihrer Gattin hinten aus? Üppig oder eher flach?" „Hm, üppig. Sogar mehr als bei Ihnen." „Dann keine Hemmungen. Wenn Ihre Frau richtig darauf abfährt, dringt die Wärme sogar bis vorn durch und sie hat einen Abgang ohne weitere Stimulation. Erschrecken Sie nicht, wenn sie plötzlich zu stöhnen und zu jauchzen anfängt und sich aufbäumt. Machen Sie dann besonders kräftig weiter.

Glauben Sie's mir", doppelte ich nach, als ich Zweifel in seinem Gesicht wahrnahm. „Und Sie?" stieß er unvermittelt hervor, „haben Sie auch, ich meine...?" „Einen Orgasmus? Kann passieren. Allerdings bin ich hier fürs Arbeiten da, nicht fürs Vergnügen. Ich verkneif's mir also.

Habe ich Sie überzeugt?"

Die letzten Zehn saßen richtig gut. „Soll ich Ihnen etwas gestehen, auch wenn's mir peinlich ist?" Ich sah Herrn von Deubenzahns Hose an. „Es überkommt Sie?" „Hm, ja." „Warum ist Ihnen das peinlich? Wie frau es schafft, ist doch egal. Praktisch alle Männer erregt es über das Normale hinaus, einen weiblichen Hintern auszuklopfen, zu spanken. Bei mir dürfen Sie Ihre Lust nicht vollenden, aber das ist gut so. Sich auswärts Appetit holen und zu Hause essen ist das richtige Rezept.

Ich gebe Ihnen einen Tipp: Machen Sie mit Ihrer Frau ein Kennwort aus. Dann ziehen Sie sich beide aus und Sie legen los. Sobald Sie scharf sind, sagen Sie das Kennwort. Ihre Frau sollte dann unverzüglich auf den Rücken wirbeln und sich öffnen. Dann wird's klappen, da bin ich mir sicher."

Beim dritten Besuch brauchte mir Herr von Deubenzahn nichts zu erzählen, denn sein strahlendes Gesicht sprach Bände. Ab diesem Tag war er für mich der Archibald.

Ich sinnierte, wie unterschiedlich die Menschen, auch die weiblichen sind. Während Germunds, das heißt des Grafen Götz von Willingens Gattin den Arsch vollgehauen verdiente, damit sie zur Vernunft kam, war es bei Archibalds genau anders herum: Sie bot freiwillig ihr Gesäß an, um ihrem Mann zu einem Ständer zu verhelfen. Ich nahm an, dass dabei ein bisschen ihr schlechtes Gewissen nachgeholfen hatte, weil sie das Futter für ihre Muschi aus einem fremden Stall besorgt. Wobei ich hoffte und vermutete, dass ein prickelnder Po ihrer eigenen Neigung entsprach.

Eines Tages drangen mit dem Präsidenten und dem Sekretär gleich zwei Männer mein Refugium ein, während ich mich einem Kaffee widmete. Die kleine Küche nutzte ich weidlich und häufig. „Wir wissen, Frau Köhler, dass wir nicht angemeldet sind", entschuldigte sich Kaspar von Godulsdorf. „Du brauchst dich nicht 'rumzudrehen", lachte Alwin, „du bist gemeint." „Oje, dienstlich. Erfülle ich eure – Ihre Erwartungen nicht?" „Bin ich eigentlich der einzige, der mit Ihnen nicht per Du ist?" Das war wiederum der Präsident. „Ja." Meine Antwort war so einfach wie wahrheitsgemäß. „Dann bitte ich Sie, das hier und jetzt zu ändern. Ich bin Kaspar." „Miranda. Warum bittest du darum? Ich bin es, die darum bitten müsste." „Keineswegs. Du bist die Frau und dir steht das Recht zu, das zu bestimmen, ob bei einem Straßenkehrer oder einem Präsidenten." „Danke. Darf ich erfahren, worum es geht?"

Alwin übernahm die Erklärung. „Wir haben festgestellt, dass sich immer mehr Mitglieder in der App mit Null eintragen. Was hat es damit auf sich?" Es war zwar keine Vorgabe, aber es hatte sich eingespielt, dass die Anmeldungen im Halbstundenabstand erfolgen. Natürlich genügen für ein paar Klapse wenige Minuten, aber dass geredet wurde, schien durchaus im Sinn der Klubleitung zu liegen. „Ihr werdet es nicht glauben, aber die meisten wollen nur ihr Herz ausschütten oder Rat bei Problemen holen. Ich empfange sie so, wie ihr mich jetzt seht. Ich hoffe, dass ich damit keine Kompetenz überschreite." Dass ich die reinen Seelsorgesitzungen insgeheim Audienzen nenne, geht niemanden etwas an.

„Überhaupt nicht", beruhigte mich Kaspar, „was unsere Mitglieder zufrieden stellt, ist zulässig." „Wir vermuteten das auch ungefähr", nahm Alwin den Ball auf, „wollten uns aber vergewissern." „Hoffentlich ziehe ich mir nicht selbst meinen Job unter dem A…, unter mir weg." „Keine Bange. Seit du da bist, ist die ganze frühere Griesgrämigkeit verschwunden und alle lächeln um die Wette. Du scheinst hypnotische Fähigkeiten zu haben." Außer bei meinem Mann, dachte ich bekümmert. „Übertreibt nicht. Ich habe lediglich eine gewisse Lebenserfahrung zu bieten, die, äh, reiche…" „…sag' ruhig alte Säcke", warf Kaspar ein, „ich bin der letzte, den das beleidigt." „Okay. Ich nehm' jetzt kein Blatt vor den Mund, selber schuld! Junge Männer haben das gegenteilige Problem wie, äh, alte." Kaspar beugte sich vor, unverhohlen interessiert. „Die jungen sind im Verlangen, an weiblichem Fleisch zu naschen, manchmal unpassend ungestüm, während alte eher das Problem plagt, wie sie es zufriedenstellen können – das weibliche Fleisch, meine ich.

Naja, da kann ich mit ein paar Tricks aushelfen. Spanking, also mein hiesiger Job, gehört dazu. Der Witz ist, dass es dann nicht mehr nötig zu sein scheint, wenn man darüber redet. Das tun eure – unsere – Mitglieder erstaunlich offen. So, es ist heraus. Schmeißt du mich jetzt 'raus, Kaspar?" Der Angesprochene sah mich fassungslos an. „Bist du verrückt? Du ersetzst ein Dutzend Psychofritzen. Du bist Gold wert." Ich wurde rot. „Überschätz' mich bitte nicht. Ich bin eine ganz einfache Frau von der Straße." „Genau das ist wohl dein Geheimnis. Die alten, reichen Säcke wissen nicht, wie's auf der Straße zugeht, und die hochstudierten und hochdotierten Therapeuten genauso wenig. Woher auch? Du zeigst den Weg dorthin.

Weißt du was? Wir lassen dich nicht wieder weg und erhöhen dein Gehalt." Nun war es an mir zu schlucken. „Danke. Das…, das ist sehr nobel von euch. Nein sage ich natürlich nicht."

„Kommt nach uns eigentlich jemand?" schaltete sich Alwin wieder ins Gespräch ein. „Nein." „Dann hast du ja Feierabend." „Ich gönnte mir noch die Tasse Kaffee hier. Und wollte auch in der Küche fragen, ob eine Köstlichkeit für mich übrig ist." Alwin grinste. „Mach' das. Alles, was wir für dein Wohlbefinden tun können, werden wir tun." „Ich habe immer daran gezweifelt, dass es gute Feen gibt", meinte der Präsident zum Abschluss des Gesprächs. „Seit einiger Zeit weiß ich nicht nur, dass es sie gibt, sondern auch, wie sie aussehen." Nun ging mein Gesicht endgültig in Flammen auf. –

Eine Ausnahme stach aus der Gilde der alten Säcke heraus. Was den jungen Künstler Pankraz Wanderwecken bewogen hatte, dem verstaubten Herrenklub Goldfasan beizutreten, entzog sich meiner Fantasie. Der frühe Erfolg, den er irgendwie in gesellschaftliches Ansehen hatte ummünzen wollen?

Er war der einzige, der mich ungefähr im Wochentakt buchte, und zwar unverfroren alle 60, sofern ihm keiner zuvorkam. Das geschah auf Grund der Nullbuchungen immer seltener, sodass ich an diesen Tagen mit einem Pavianpo das Etablissement verließ. Er haute nämlich richtig zu.

„Holst du dir eigentlich Appetit für zu Hause?" fragte ich ihn eines Tages. „Nein, denn ich bin allein. Ich sag' dir jetzt 'was." „Na, was?" „Du weißt schon…." „Sicher weiß ich das. Ich will aber, dass du es aussprichst." „Naja, ich möchte dich mit nach Hause nehmen und dort als Mahlzeit einnehmen. Ich möchte dich ficken." „Was für ein Wort in diesen heiligen Hallen." „Hätte ich sagen sollen: Mein Sperma in deine Vagina ejakulieren?" Ich lachte. „Ich dachte eher an vögeln oder bumsen oder, ganz vornehm, Beischlaf. Bleibt sich aber gleich."

Ich überlegte. Mein Mann war Fernfahrer und meistens nur an den Wochenenden zu Hause. Ich war ihm bisher immer treu geblieben, obwohl ich wusste, dass an verschiedenen Autobahnraststätten seiner Routen die eine oder andere Angestellte wartete, die ihm im Behindertenklo oder in der Besenkammer ihre verlotterte Öffnung hinhielt, um sich von ihm einen Quickie 'reindrücken zu lassen. Ich hatte darüber hinweggesehen, genauso über seine ungehobelte Art. In heftigem Wortwechsel hatte ich so manche

Backpfeife eingesteckt, was ich stets für mich behalten hatte. Ich entstamme einem Milieu, das mir kultivierte Männer kennenzulernen bisher verwehrt hatte. Und nun der feingeistige Pankraz….

Ich holte tief Luft. „Okay. Wann?" –

Ich sah mich in Pankraz' Atelier um. Es hing voll Bilder, die mir gefielen. „Bei Porträts bist du stark. Malst du auch eins von mir?" „Ich hab' mehrere vor. Eins als Akt, also nackt…." „Ich weiß, was ein Akt ist." „Entschuldige, ich unterschätze dich immer.

Eins ganz normal, in Jeans und T-Shirt, wie du immer herumläufst, eins gern im Minirock und eins, äh…." „Sprich dich aus." „Naja, danach, wenn du meinst, was ich meine." Ich stellte mich dumm. „Nach was?" „Es soll Züchtigung heißen. Eine Bleistiftzeichnung, in der nur ein exponierter Körperteil in leuchtendem Rosa strahlt." „…das ich dir als Modell hinstrecken soll." „Richtig, ja.

Bist du böse wegen dieser Idee?" Ich lachte. „Nein, wieso sollte ich? Unser Spank ist sowieso geplant; warum ihn nicht künstlerisch auswerten?" Pankraz atmete hörbar auf. „Ich danke dir. Übrigens darfst du natürlich im Zeitalter der Gleichberechtigung bei mir Revanche üben." „Wenn du darauf bestehst. Muss aber nicht sein." „Sag' mal…." „Ich sage." „Wenn ich die 60 wirklich durchziehe, bemühst du dich zumindest im Klub um Beherrschung. Ich bin aber überzeugt, dass dich zwischendurch ein Orgasmus schüttelt. Ganz verbergen kannst du's nicht." Ich gab ihm einen spielerischen Klaps auf die Wange. „Habe ich dir erlaubt, meine Gefühle zu durchleuchten? Du hast aber Recht, sobald die Wärme nach vorn durchgeströmt ist, komme ich leicht." „Super. Du machst mir Freude. Hier brauchst du dich nicht zurückzuhalten. Du darfst jauchzen, stöhnen, zappeln und was dir sonst einfällt. Je mehr, desto heißer werde ich."

Unseren ersten Durchgang zogen wir splitternackt durch. Ich gestaltete ihn ungewöhnlich, indem ich von Anfang an aus vollem Hals lachte. Pankraz gelang nicht, mir das Lachen auszuklopfen, obwohl er sich alle Mühe gab. Er hatte mich übers Knie gelegt und ich spürte, wie sein bestes Stück allmählich Stahlqualitäten annahm. Ich kam gut, während ich geschlagen wurde, und er schaffte es, mich freizugeben, bevor ihm die Kontrolle über seine fünfte Extremität entglitt, und mich minutenlang durchzunudeln. Offenbar erregte ihn meine glühende Kehrseite, an die er seine Lenden presste, zu dieser Leistung. Ich hätte nie gedacht, dass ein ‚Studierter' so viel Kraft aufbringt. Immer bewusster wurde mir, dass ich unter diesen Umständen meinen Mann nicht mehr brauchte. Sollte er sich an seinen Raststättendosen austoben! Tochter und Sohn waren mit 25 und 23 Jahren längst aus dem Haus und gingen ihren Berufen nach. Zum Glück traten sie in Umgang und Verhalten eher in meine als ihres Vaters Fußstapfen. Ich glaubte nicht, dass sie diesen ernsthaft vermissen würden.

Es geht das Gerücht, dass Pablo Picasso 1959 für sein Bild ‚Stierkampfarena' zur Vorstudie schwarz-weiße Aquatinta-Radierungen schuf, die er zunächst vollständig ausmalte. Dann reduzierte er die Details immer weiter, bis er wusste, wie viele Linien ausreichen, damit das Motiv dem Betrachter erkenntlich bleibt.

Pankraz malt und zeichnet realistisch, aber nicht fotografisch. Im Gegensatz zu Picassos Stierkampfarena ist seine Technik jedoch additiv und nicht subtraktiv. Nach wenigen Ansätzen war aus der Perspektive von schräg hinten bereits mein Körper erkennbar, wie er gebückt, sozusagen devot die Streiche empfängt. Auf der fertigen Zeichnung fehlt die zuschlagende Männerhand, aber auf den rosafarben ausgemalten Rundungen ist bei genauem Hinsehen der Abdruck von vier Fingern geringfügig dunkler gehalten. Der Rest besteht aus dahingeworfenen Bleistiftstrichen. Die linke Hand stützt sich auf meinem Oberschenkel ab und der dazugehörige Arm verdeckt meine Brust. Meine Haare bilden ungeordnete Strähnen. Meine Züge, obwohl dem Betrachter nur zu zwei Dritteln zugewandt, sind klar erkennbar und künden auf unnachahmliche Weise vom Widerstreit zwischen Pein und Entzücken.

Kunst kommt von Können. Das würde ich niemals können, und wenn ich 50 Jahre übte. Ich gab meiner Bewunderung rückhaltlos Ausdruck. „Übertreib' nicht", versuchte er mein Lob zu relativieren, „das ist mein täglich Brot." Sein dunkel angelaufenes Gesicht bewies, dass er nichtsdestotrotz darauf stolz war.

Auf eine kleine Spitze verzichtete ich nicht. „Hättest du mich in der Pose nicht ohne Vorbereitung malen können?" „Wie meinst du das?" „Ohne mir die Tracht Prügel zu verabreichen. Die Farbe kriegst du doch auch so hin." „Die Farbe vielleicht, aber nicht deinen Gesichtsausdruck; da muss alles der Wirklichkeit entsprechen." „So wie dein Aquarell ‚Sodom und Gomorra' dahinten; da warst du vor 5000 Jahren sicher dabei." „Das ist eine andere Sparte." „Weißt du, warum der Teufel seine Großmutter verjagte?" „Warum?" „Weil sie keine Ausrede mehr wusste."

Pankraz sah richtig bestürzt aus. Ich lächelte ihn an und tätschelte seine Wangen. „Nimm doch nicht alles ernst, was ich sage. Wenn ich die Haue nicht selber gewollt hätte, hätte ich mich gewehrt. Und ich bin stolz, dass das Bild die Realität mit meinem Profil zeigt." „Wirklich?" „Glaub's mir. Nur ich weiß, dass die Züchtigung kein Fake ist. Das kann mir keiner nehmen."

Es sei angemerkt, dass ‚Die Züchtigung' bis heute als Pankraz' wichtigstes Werk gilt, als ahne die kritische Gemeinde, dass die Mimik des Modells ungestellt ist.

Die Porträts in normalem Outfit – einmal in Turnschuhen, Jeans und T-Shirt und einmal in Minirock und Netzbluse – sind hervorragend, aber irgendwie durchschnittlicher. Zur Minirockvariante steuerte ich meine Sicht bei. „Ich weiß einigermaßen, wie Männer ticken. Auf dem Bild sieht man zwar Oberschenkel und durchschimmernde Brüste, aber ins Eingemachte geht's nicht. Das regt die Fantasie viel mehr an als eine völlig nackte Frau." „Dann machen wir die Männer noch heißer." Ein weiteres Bild geriet ähnlich, war aber um ein Accessoire erweitert: In der Rechten halte ich eine Reitpeitsche, als wolle ich sie gleich einsetzen. „Dass die Frau nicht zum Reiten vorbereitet ist, ist an ihrer Kleidung erkennbar. Was will sie mit der Gerte dann?" fragte Pankraz mich herausfordernd. Ich lachte. „Jeder Mann darf sich selbst ausmalen, ob sie sich ihn vornimmt oder eine andere Frau. Und jede Frau darf sich ausmalen, wie das Folterinstrument auf ihren Backen landet."

Wie immer war der Akt, den Pankraz von mir auf die Leinwand warf, überhaupt nicht erotisch. Meine Brüste sind zu sehen, aber die Scham ist durch mein vorgestrecktes linkes Bein verdeckt. „Du bist ein Naturtalent", urteilte Pankraz. „Inwiefern?" „Du weißt genau, wie du deine Pose einnehmen musst; ich brauche dir praktisch keine Anweisung zu erteilen.

Weißt du, dass ich an der Kunstakademie eine Professur habe?" „Bisher nicht. Find' ich aber gut und du hast sie auch verdient. Was hat das mit mir zu tun?" „Wir suchen ständig Modelle. Du müsstest dich dann natürlich vor einigen Dutzend Studentinnen und Studenten präsentieren, damit sie Aktmalerei üben können."

Das wär's! Die einfältige, ungebildete Miranda Köhler an der Universität. Welch' ein intellektueller Quantensprung zu meinem bisherigen Leben! Nun galt es das offene Meer der Freiheit anzusteuern und meinen Göttergatten loszuwerden. –

Zunächst gestand ich mir selbst nicht ein, dass ich es provoziert hatte. Ich hielt mich immer länger im Klub auf, saß außerhalb meiner Arbeitszeit mit den Männern im Speisesaal, unterhielt mich mit ihnen, was sichtbar wohlgelitten war, und nahm den einen oder anderen Happen zu mir. Filetsteak und Kaviar waren ungefähr das Billigste, das dort aufgetischt wurde, eine Dimension, von der ich bisher nur hatte träumen dürfen. Hätte mir jemand vor meinem Job im noblen Goldfasan prophezeit, dass ich jemals erfahren würde, wie Trüffelöl und -pasta schmecken, hätte ich ihn für verrückt erklärt. Dass ich Crevetten und Hummer auf dem Teller zu bändigen wusste, brachte mir unverhohlenen Respekt ein. Kurz und gut, ich genoss das Klubleben, obwohl ich nicht mehr als eine bezahlte – naja, Halbnutte war. Betrachtete ich mich als gute Fee, durfte ich mir das Verweilen zwischen all' den gesitteten Herren als angemessener einreden.

Kurz und gut, ich kam immer später nach Hause. Wie erwähnt war mein Mann an Werktagen meistens unterwegs. Das war aber nicht immer der Fall. An jenem Abend erwartete er mich wutschnaubend. „Da bist du ja, du Flittchen. Dass du dich überhaupt noch herwagst."

Ich verschränkte die Arme. „Du weißt genau, was für einen Job ich habe. Anschaffen gehe ich trotzdem nicht." „So? Du bist reichlich und verdächtig lange abends weg." „Auch das weißt du. Ich hatte bisher nicht den Eindruck, dass du über das Geld böse bist, das ich nach Hause bringe und du postwendend an deine Tussis weitergibst."

Das war zuviel. Ein einfaches Gemüt von seinem Schlag überfordern Wahrheiten, wenn es nicht die sind, die es sich selbst zurechtgebogen hat. Bevor ich mich versah, hatte ich gleichzeitig mit seinen Worten: „Zeit, dir die Fresse zu polieren, du Schlampe!" die Erste gefangen, der weitere Saftige beidseitig in raschem Rhythmus folgten. Mein Kopf federte im selben Rhythmus von der rechten auf die linke Seite und zurück. Den Gefallen zu jammern, in Tränen auszubrechen oder zu betteln, er möge aufhören, tat ich dem Dreckskerl nicht.

Nach einem guten Dutzend hatte er sich abreagiert. Ich verschränkte wieder die Arme, die ich erschrocken ausgebreitet hatte, als es auf mich einzuprasseln begann, und blickte ihn kalt an. „Pack' deinen Koffer und hau' ab! Wenn du in einer Stunde für immer weg bist, verzichte ich auf eine Anzeige."

Hinter der Schädeldecke hörte ich förmlich, wie es in seinem Schaltkasten knirschte. Mit einem abermaligen Ohrfeigengewitter wagte er mich dank meiner Drohung nicht mehr einzudecken und einen anderen Ausweg gab es nicht, das begriff sogar seine IQ-Kategorie. Praktisch alles in dieser Wohnung gehörte mir. Nach einer endlosen Weile knurrte er: „Gut."

Solange ich meinen Ex in Bad und Schlafzimmer herumhantieren hörte, setzte ich mich an den Küchentisch, bedeckte meine glühenden Wangen mit den Handflächen und rührte mich nicht, bis ich die Haustür zuschlagen hörte. Dann griff ich zum Telefon.

„Pankraz?" „Ja, Miranda?" „Du hattest mir doch angeboten, dass auch ich dir einmal den Hintern versohlen dürfe. Gilt das noch?" „Sicher. Was ist der Grund für deinen Gesinnungswandel?" „Frust." „Du frustriert? Was ist passiert? Ich durfte noch nie einen Menschen kennenlernen, der so in sich ruht wie du." „Im Augenblick nicht. Ich bin nämlich seit wenigen Minuten Single. Wenn du mein geschwollenes Gesicht sähest, wüsstest du, dass die Trennung nicht ganz schmerzfrei ablief." „Ich werde dein geschwollenes Gesicht sehen und versuchen, die Schmerzen durch streicheln und küssen zu lindern. Schwing' dich ins Auto und komm' her.

Und, Miranda...." „Ja?" „Bring' deine Zahnbürste mit."

⌘

Für die vorgesehene Paarkombination primitiver Mann vs. kultivierte Frau bot sich der Beruf des Fernfahrers an, um dramaturgische Glaubwürdigkeit zu erzielen. Keinesfalls liegt in meiner Absicht, mit der Erzählung Fernfahrer pauschal als grobschlächtig und gewalttätig abzuqualifizieren.

Trigonias Wette

Trigonia

Anna, Bea und Clio bildeten ein unschlagbares Kaffee-klatsch-Team. So unschlagbar, dass sie sich öfter sahen und etwas gemeinsam unternahmen als mit ihren jeweiligen Ehemännern.

„Das liegt am modernen Strafrecht", seufzte Anna, „ein Mann darf einer Frau nicht mal mehr hinterher pfeifen." „Das ist auch ordinär. Er darf aber ebenso wenig einer Frau an der Bar einen Drink anbieten, obwohl die Bar dafür da ist." „Nur, wenn sie es nicht will." „Das ist der Punkt. Da er das bei der Probeanmache nicht wissen kann, ist sie auf jeden Fall strafbar."

„Selbst die eigenen Männer...", sinnierte Anna. „Meiner hat mittlerweile Angst, mich überhaupt anzufassen aus Angst, ich würde ihn wegen häuslicher Gewalt anzeigen." „Mir geht's kaum anders", erwiderte Bea, „meiner hat Angst vor einer Anzeige wegen häuslicher Vergewaltigung. Ich mach' für ihn so gut wie nicht mehr die Beine auseinander."

„Und für andere?" gierten Anna und Clio unisono zu wissen. „Ihr seid die letzten Schnepfen, aber ich muss euch enttäuschen. Ich fühle mich tatsächlich an mein Jawort gebunden, so altmodisch das klingen mag, und bin bisher nicht auf Beutejagd gegangen." „Bisher?" „Ihr seid wirklich die letzten Schnepfen. Ich gebe zu, dass ich immer mal mit mir ringe, aber bisher – eben, bisher – hat der Anstand gesiegt."

Clio stand auf, um der Kaffeemaschine eine weitere Tasse zu entlocken. Während sie davor stand, wehten hänselnde Stimmen vom gedeckten Tisch an ihr Ohr. „Und du, Clio?"

Clios Eltern hatten den abstrusen Einfall gehabt, ihre Tochter Cleopatra zu taufen. Als Kind und Jugendliche war sie durch das Fegefeuer endloser Spötteleien gegangen, bis sie sich selbst mit der Tatsache versöhnt hatte, dass sie wie ein Autotyp hieß – selbstverständlich hatte sie niemand je mit ihrem vollen Namen angesprochen außer ihrer Mutter, wenn sie etwas angestellt hatte – und ihre Not in die Tugend des Selbstbewusstseins umgewandelt.

„Was ist mit deinem?" begehrten Anna und Bea zu wissen. „Bea, du bist genauso eine Schnepfe. Ich sag's euch aber. Meiner hat Angst vor allem. Ich mag's, wenn ich sanft im Gesicht gestreichelt werde und das geschah zu Anfang auch häufig. Seit längerer Zeit entfällt das, weil ich darauf so abfahre, dass meine Wangen zu glühen beginnen. Nun hat mein Göttergatte panische Angst, dass das jemand sieht und ihn anzeigt, weil er mich geohrfeigt habe. Leider sieht's tatsächlich so aus."

„Und, hat er mal...?" „Ihr blöden Kühe, natürlich nicht. Mein Mann würde mich nie schlagen." „Leider?" „...und blöde Gänse dazu." „Nana, wir beobachten dich manchmal, wie du dir selbst einen hinten drauf haust, und das nicht nur sanft." „...und blöde...; mehr fällt mir nicht ein. Lassen wir's bei blöden Gänsen.

Naja, es kribbelt recht angenehm. Natürlich nur dort, alle anderen Körperteile sind tabu. Erzählt mir nicht, dass ihr nicht auch manchmal etwas vermisst. Nicht nur in euren Grotten, meine ich."

„Hm." Anna und Bea wirkten nachdenklich, während sich Clio mit ihrer gefüllten Kaffeetasse zu ihnen setzte. Eine Weile schwiegen alle Drei.

„Kennt ihr Jean de Lafontaines Gedicht ‚Die Wette der drei Freundinnen'?" Clio war die Belesenste der Gruppe und spielte diese Karte häufig erbarmungslos aus. Immerhin glomm in Bea eine Ahnung auf, um wen es sich handeln könnte. „Ist das nicht der Franzose mit den schlüpfrigen Geschichten?" „Stimmt, und zwar stets in Reimform, also Gedichten. Er lebte zur Zeit Ludwig XIV, des Sonnenkönigs, und war gut mit anderen Größen seiner Zeit wie Boileau, Racine und Molière befreundet." „Und die oder das – Geschichte oder Gedicht – mit der Wette?"

46

„Passt auf. Drei Freundinnen wie wir ist langweilig wie uns. Jede erzählt von ihrem Mann wie wir und stellt fest, dass Entscheidendes fehlt…" „…wie uns!" „Richtig. Die erste hat einen Sanften, aber immerhin Aufmerksamen, die zweite einen Naiven, der ihr alles abkauft und die dritte einen eifersüchtigen Racheengel. Die wetten nun, welche von ihnen den skurrilsten Seitensprung hinkriegt." „Erzähl' weiter!" Annas und Beas Wangen röteten sich vor Spannung wie Clios nach den Streicheleinheiten, die sie eigener Beichte nach so liebte.

„Gut, dass ihr nicht neugierig seid.

Die erste hat ein Auge auf einen hübschen Jüngling, fast Knaben geworfen, denn sie verkleidet und als Kammerzofe anstellt. Nun ist ihr Angetrauter zwar sanft, aber nicht unbedingt ein Kind von Traurigkeit. Er fällt auf die Verkleidung 'rein, lockt die Zofe zu sich ans Bett und wird prompt von seiner Frau erwischt, die den Knaben, bevor der Betrug auffliegt, zu sich nimmt, um ihren Mann vor künftiger Versuchung zu bewahren. Großzügig verzeiht sie ihm seine unehrenhafte Absicht."

„Ganz gut. Und die zweite?" „Die finde ich die Beste. Sie flaniert mit ihrem naiven Männe und einem Diener in ihrem Park und wünscht von diesem, dass er ihr von einem Birnbaum eine Frucht hole. Der tut das und tadelt von oben seinen Herrn, dass er nicht warten kann und sich hier, mitten in der Öffentlichkeit, an seiner Frau zu schaffen mache. Der Mann streitet das empört ab und der Diener, wieder im Gras, fordert seinen Herrn auf, das selbst zu prüfen. Kaum ist dieser nach oben geklettert, sieht er, dass der Untergebene auf seiner Frau liegt, wackelt und keucht. Die beiden schaffen es gerade noch, sich wieder ordentlich herzurichten, bevor der Herr kopfschüttelnd neben ihnen steht. Ein zweiter Versuch bringt dasselbe Ergebnis. Vorsichtshalber lässt frau den ‚Zauberbaum' fällen, damit der Schwindel nicht im Nachhinein entlarvt würde. Das wäre heute natürlich nicht mehr so einfach möglich – das Fällen, meine ich."

„Stimmt, guter Einfall. Ganz schöne Früchtchen, damals, im 17. Jahrhundert." „Und die dritte?"

„Ihr könnt's wirklich nicht erwarten. Das ist die mit dem Eifersüchtigen. Die knotet einen Faden an ihren großen Zeh und verbindet ihn mit der Vordertür. Der Hausherr entdeckt das, ahnt 'was und setzt sich, mit Flinte im Anschlag, an den Eingang, um den Ehebrecher zu stellen. Währenddessen lässt die Kammerzofe einen Dienstboten durch den Hintereingang herein und die Herrin sich von diesem zwei Nächte lang bedienen."

„Und? Welche Freundin hat gewonnen?" „Das überlässt Lafontaine dem Leser. Für mich ist, wie gesagt, die mit dem Birnbaum die Siegerin." „Fast wie die biblische Eva."

Anna grinste Clio an. „Du bezweckst doch mit dieser Geschichte etwas. Sollen wir auch so eine Wette eingehen?" Clio grinste zurück. „Genau." „Wer den besten Auswärtsfick kassiert?" „Nicht ganz. Fangen wir weiter vorn an. Wenn du nicht schon dement bist, erinnerst du dich, worum es ging." „Um Vermisstes?" „...vermisstes Vergnügen, richtig. Was war der Auslöser?" „Hm. Dass du dir ganz gern einen hinten drauf gibst?" „Richtig. Wie steht's bei euch?" Anna und Bea wiegten die Köpfe. „'raus damit! Beinahe jede Frau träumt doch heimlich davon, einmal als Strafe für Nichtigkeiten kräftige Männerhände zu spüren."

Jetzt, da es heraus war, fiel es den drei Freundinnen leicht, sich in den wildesten Vorstellungen zu ergehen. „Wir können uns ja gegenseitig einheizen." Clio zog einen Schmollmund, wie ihn Brigitte Bardot auf dem Höhepunkt ihrer Karriere nicht besser zu ziehen vermocht hätte. „Ich bin nicht lesbisch und ihr, glaube ich, auch nicht. Es sollten schon die besagten kräftigen Männerhände sein." „Bei mir im Büro ist einer, der guckt immer auf die bewusste Region, wenn ich in knackigen Jeans herumlaufe. Miniröcke törnen ihn wohl weniger an." „Im Tischtennisklub...." „Beim Linedance...."

„Also Mädels", fasste Clio zusammen, „wir gründen für eine einmalige Wette einen Lafontaineklub, der dessen drei Freundinnen zum Vorbild hat. Allerdings geht es nicht einfach um einen Seitensprung, sondern um einen mit Pfiff – in des Wortes wahrster Bedeutung. Jede sucht sich einen, der ihr den Arsch vollhaut. Gewinnerin ist nicht die mit dem intensivsten Rot, sondern die mit dem originellsten Vorgehen." „Was ist mit GV?" „Gehört nicht zur Wette." „Das nicht, aber ich gehe davon aus, dass unser Angebot den Kerlen einen Riesenspaß bereitet. Wir können ihnen nicht zu einem 20 Zentimeter langen Ständer verhelfen und dann ‚ätsch' sagen; das wäre unfair und möglicherweise auch gefährlich. Lassen wir es offen und bestimmen: Wenn es nicht anders geht ja, sonst nicht. Unser schlechtes Gewissen muss so oder so außen vor bleiben."

„Okay. Und wie nennen wir uns?" „Lafontaineklub?" „Es sollte weiblich klingen." „,'was mit drei?!" „Dreigestirn?" „Das ist auch nicht weiblich und klingt zu sehr nach Karneval." „Trimester?" „Triumvirat?" „Trigonia?" „Das ist, glaube ich, gut. Es klingt nach weiblichem Vornamen und verhüllt perfekt die Absicht." „Auf Trigonia, die mit drei Wassern Gewaschene!" „Wisst ihr was? Das ist sogar ein Bier wert."

Anna

Mein Kollege Gustav würde sich freuen, wenn er wüsste, zu welchem Opfer ich ihn auserkoren hatte. Es ihm einfach sagen lag nicht drin, denn damit würde ich mich selbst zur Nutte degradieren und die wichtigste Wettbewerbsbestimmung der Originalität nicht erfüllen. Durch die Blume nützte aus diesem Grund ebenso wenig, denn auch wenn ich es hinbekam, dass er sich für den Aktiven hielt, war Spanking über den Schreibtisch gebückt wahrlich nicht als kreativ zu werten.

Hin und wieder kam es zu gemeinsamen Sitzungen, während denen ich mich kaum auf deren Thema zu konzentrieren vermochte, so fieberhaft überlegte ich, wie ich meine Aufgabe erfüllen könnte. Ich bemühte mich im

Vorfeld, ihm wenigstens so häufig wie möglich meine Kehrseite zu präsentieren. Dann hatte ich einen Einfall.

Wir – das heißt mein Mann und ich – besitzen am Stadtrand ein Studio, das wir einst mit hochfliegenden Plänen eingeweiht hatten, um uns darin bildenden Künsten zu widmen. Wie so häufig bei Berufstätigen, die einen Ausgleich zu ihrer nüchterntechnischen Berufstätigkeit suchen, war trotz Begabung auf Grund unserer Belastung nicht viel daraus geworden. Zu sehr waren mein Mann als Ökonom und ich als Informatikerin in unsere Tretmühle eingespannt.

Immerhin gab es Wochenenden, während denen wir nicht ausflogen. Vorzugsweise trat das bei schlechtem Wetter ein.

„Hör' mal", sagte ich zu meinem Mann, „wollen wir nicht eine LMAA-Wand bauen?" „Eine was?" „Naja, eine leck'-mich-du-weißt-schon-wo-Wand." „Wie soll die um alles in der Welt aussehen?" „Irgendeine einfarbige Wand, sagen wir in Blau, aus dem vier Ärsche 'rausgucken, richtig echt in Fleischfarben. Wir laden dann ein paar Kollegen ein, die daran mit uns zusammen ihren Frust abbauen, indem sie…" „…an den Dingern lecken?" „Nicht gerade lecken, das ist zu unspektakulär. Jeder darf mit voller Kraft nach Herzenslust draufhauen."

Wie gesagt benutzen wir das Studio selten, aber mein Mann weiß, dass ich sehr hartnäckig sein kann, wenn mir eine verrückte Idee im Kopf herumspukt. Nach kurzer Zeit hatte er die Wand fertig. Die Maße der Aussparungen hatte ich ihn von meinem verlängerten Rücken abnehmen lassen.

Während sich mein Mann auf einer Dienstreise befand, bastelte ich die Hinterteile. Mit Hartgummi, Stoff und rosa Latex sahen sie bald wie echte aus – ich wiederhole mich nochmals, indem ich an eine gewisse gestalterische Begabung meinerseits erinnere. Ein prüfender Blick durch den Camcorder ließ keinen proportionalen Unterschied erkennen, ob sich ein künstlicher oder mein eigener Hintern durch so eine Öffnung zwängte, allerdings einen farblichen. Ich musste folglich dafür sorgen, dass ich meinen am Tag X vorher behandelte.

Der Tag X war gekommen, der mit dem Frustabbau-Event. Mein Mann hatte zwei Kollegen mitgebracht und ich auch zwei, darunter Gustav.

„Stellt euch vor, die Ärsche gehören einem, den ihr absolut nicht leiden könnt. Ich hoffe, es fällt euch einer ein." „Aber sicher!" „Nichts leichter als das!" Ich nickte zufrieden. „Okay. Mein Mann bleibt hier bei euch und ich begebe mich hinter das Arrangement, um von da aus das Geschehen zu verfolgen."

Ich machte meine Ankündigung wahr. Hinter der Kulisse zog ich schnell meinen Rock aus, unter dem ich einen hauchdünnen zweiten aus Latex in derselben Farbe trug, der die künstlichen Hinterteile schmückte, und betätigte mein Smartphone. Gleichzeitig mit dem Camcorder schräg hinter meinem Mann, von dessen Existenz er nichts ahnte, erzeugte ich ein merkwürdiges Geräusch über der Tür, das die Männer eine Weile ablenken sollte. Es handelte sich um eine Nadel, die ich durch digitale Fernbedienung auslöste, um mit ihr einen Ballon zum Platzen zu bringen. Die Männer sollten nach einem bisschen Suchen die Geräuschursache ermitteln und sich wieder ihrer Aufgabe zuwenden.

Durch eine weitere Kamera sah ich, dass sich alle fünf der Tür zuwandten. Schnell entnahm ich den dritten Po von links – von der Vorderseite aus gesehen – der Wand und fummelte meinen eigenen hinein. „Seid ihr endlich soweit?" rief ich so laut, dass ich gehört werden musste. „Jaja", antwortete mein Mann ebenso laut, „da hing ein Ballon über der Tür, der anscheinend geplatzt ist." „Ist das wichtig?" „Nein, wir beginnen sofort."

Ich hatte vorher Gustav so platziert, dass er die echten – meine – Rundungen bearbeiten würde. Als er loslegte, blieb mir fast die Luft weg, so heftig knallten seine Hände darauf. „Boah", hörte ich ihn sagen, „prima Material, nicht von echtem menschlichem zu unterscheiden. Soso, dachte ich, du hast wohl schon öfter...? Dann musste ich mich auf mich selbst konzentrieren, damit ich nicht ins Keuchen kam oder mich durch Schreie verriet. Während Gustav immer wieder „da hast du's – und da! – und da!" im Takt seiner Zuwendungen ausrief, hoffte ich, dass ich nicht in Tränen ausbrach. Die Schweißperlen, die sich auf meiner Stirn gebildet hatten, würde ich weggewischt bekommen; ein verweintes Gesicht in wenigen Sekunden zu restaurieren ist hingegen unmöglich.

Endlich ließen Gustavs Anstrengungen nach. Ich erfuhr sogleich den Grund. „Mir tun langsam die Hände weh." „Du hast's ihm auch genug gegeben", hörte ich meinen Mann kommentieren, „die anderen sind längst fertig. Ich möchte nicht das Objekt deines Frusts sein.

Anna?" „Ja?" rief ich so gelassen wie mir möglich war. „Wir sind fertig. Du kannst die Dinger entfernen." Das war so abgesprochen, angeblich, um sie im Anschluss zu untersuchen, in Wirklichkeit natürlich, damit ich mir Gelegenheit gab, unauffällig zurück ins Leben zu kehren.

Ich drückte mich aus der Öffnung, zog eilends meinen Überrock wieder an, entfernte die synthetischen Gesäße ebenfalls und warf sie zu dem einen unbenutzten. Dabei zerrte und schnaufte ich mit Absicht angestrengt. „Geht's?" Die fünf Männer gesellten sich mir zu. „Du bist ja richtig verschwitzt", stellte mein Mann fest. „Du glaubst gar nicht, wie fest die Dinger saßen."

Unsere angeblichen Untersuchungen beschränkten sich auf die erzeugte Wärme. Einen Augenblick befürchtete ich, dass mein Komplott im Nachhinein auffliegen könnte, denn der eine, unbenutzte Torso wies keinerlei erhöhte Temperatur auf – das hatte ich zu berücksichtigen vergessen. Zum Glück fand man das zwar erstaunlich, zog daraus aber keine weiteren Schlüsse.

Bei der anschließenden Kaffeerunde bot sich mein Mann an, das Getränk zuzubereiten. „Das muss nicht immer die Frau besorgen." „Lass' nur, ich mach' das gern." In Wahrheit war ich froh, dass ich das Hinsetzen einige Minuten hinausschieben durfte.

Als es soweit war, kostete es mich größte Anstrengung, nicht einen lauten Schmerzensschrei auszustoßen. Manomann, brannte mein Arsch! Gustav vertrat so vehement die Außenseitermeinung, dass die gebastelten Hinterteile nicht von echten zu unterscheiden seien, dass alle zurück in den Lagerraum kehrten und nochmals alle befingerten. „Nein, die sind alle gleich", urteilten die fünf Männer kopfschüttelnd. Ich nutzte die Gelegenheit des unbeobachteten Augenblicks, den versteckten Beweis-Camcorder auszuschalten und in meiner Handtasche zu verstauen. Denselben unbeobachteten Augenblick nutzte ich zudem, den tatsächlich bearbeiteten Körperteil zu befühlen und seine Wärme in meine Hände abzuleiten. Wenn du wüsstest, Gustav! dachte ich.

Trotz des schmerzhaften Kollateralschadens war ich zufrieden. Auf den Nackten war nicht verlangt gewesen und originell war mein Beitrag sicher.

Bea

Mir war immer schon der Gedanke durch den Kopf gegangen, dass ein Tischtennisschläger genau auf eine Pobacke passt, hatte aber bisher keine Überlegungen angestellt, diesen Ansatz in wirkliches Erleben umzusetzen. Nun stand angesichts unserer Wette ein solches an, denn der Anspruch auf Originalität verlangte mehr als sich bücken und verbläuen lassen.

Bei allen drei Freundinnen in dem Lafontaine'schen Gedicht war mir aufgefallen, dass sie ihre Seitensprünge im Beisein ihrer Ehegatten ausführten. Zumindest das gedachte ich nachzuahmen.

Mein Mann und ich spielen im selben Tischtennisklub und zuweilen auch gegeneinander. Da wir ungefähr gleich gut sind, gehen wir außerhalb von Turnieren manchmal dem Sport nach, nicht den Gegner auszutricksen, sondern den Ball sanft zu schlagen, um ihn möglichst lange in Bewegung zu halten. Auch für das Doppel fanden wir im Ehepaar Rita und Volker Gleichgesinnte, wobei stets Rita mit meinem Mann und Volker mit mir spielt.

Volker gibt mir seit Längerem zu denken. Manchmal begutachtet er so intensiv mein Hinterteil, dass mir ein gewisser Verdacht kam. Ich fragte mich, was er wohl mit seiner Frau treibt und ob gewisse Handhabungen bei ihr tabu seien, sodass er sich auf der Suche nach einer Alternative befand.

Nun würde möglicherweise die Gelegenheit nahen, das auszunutzen. Vor dem nächsten geplanten ‚sanften' Doppel galt es nur die Vorbereitung zu treffen, einen Camcorder unauffällig zu platzieren und rechtzeitig zu starten, was ich mit meinem Smartphone würde bewerkstelligen können – das Gerät ist ja immer in Griffweite.

Ein solches Doppel zieht sich erfahrungsgemäß lange hin, bis zu einer Stunde. Heute hatte ich aus meinen diversen Sporttenüs das knappste und dünnste ausgewählt, in dem mein Po zwei appetitliche Apfelsinen-Halbkugeln bildet. Ich spürte Volkers Blick auf ihnen ruhen, bevor es losging. Er ist Rechtshänder und ich bin Linkshänderin, sodass er links steht und ich die rechte Seite einnehme.

Das Doppel unterscheidet sich vom Einzel hauptsächlich dadurch, dass die Ballannahme stets im Wechsel erfolgen muss. Wir stellten uns in Positur und begannen unseren Schlagabtausch. Ich gebe zu, dass mir vor dem ersten Einsatz parallel zum Spiel mulmig war, war die Situation doch dadurch, dass sich zwei Ehepaare gegenüberstanden, doppelt pikant.

Unsere Trainingshalle ist nicht üppig ausgeleuchtet, was mich sonst ärgert, mir heute aber zur Hilfe gereichte. Auch dass ständig Musik rieselt, stört mich sonst, verlieh meinem heutigen Vorhaben aber zusätzlichen Auftrieb, denn ganz geräuschlos würde die Sache nicht abgehen.

Kaum hatte ich zum ersten Satz ausgeholt, gab ich Volker blitzschnell mit dem Schläger einen Kräftigen hinten drauf. Er sah mich so verblüfft, dass er beinahe die Ballannahme verpasst hätte, bekam das aber hin und revanchierte sich unverzüglich. Der erste Aufschlag war so heftig, dass er mir beinahe den Atem nahm und auch ich Mühe hatte, den Aufschlag des Pingpongballs zusätzlich zu parieren.

Wir spielten uns schnell ein, denn Volker hatte begriffen. Aufschlag des Balls – Aufschlag auf den Po – Aufschlag des Balls – Aufschlag auf den Po und so fort. Ich hatte das Gefühl, dass ihm das genauso viel Freude bereitete wie mir. Wir wurden immer besser und bemühten uns, die Backen zu alternieren, obwohl es deutlich mehr Geschicklichkeit bedurfte, die jeweils inneren als die äußeren sauber zu treffen. Ich genoss besonders, dass der Schläger tatsächlich genau eine Wölbung abdeckte. Es brannte herrlich gleichmäßig und beflügelte mich erstaunlicherweise, auch im Spiel eine gute Figur abzugeben. Eine so gute, dass Volker und ich den dritten und vierten Satz absichtlich verloren, damit es zur Verlängerung kam.

Irgendwann war auch der fünfte vorbei und damit unser Spankingerlebnis. Ich war stolz, dass ich Volker ohne vorherige Absprache hatte klarmachen können, worauf ich hinausgewollt hatte. Ein Augenzwinkern war alles, bevor wir auf die Gegner zutraten und uns die Hände schüttelten.

Im Vorbeigehen zur Dusche schaltete ich unauffällig den Camcorder aus. Normalerweise bin ich nicht prüde und habe nichts dagegen, wenn sich Männlein und Weiblein gemeinsam den Schweiß abspülen, aber heute musste ich darauf achten, dass keiner meines Hinterteils ansichtig wurde, denn es erstrahlte sicher rotglühend. Ich stellte mich so, dass es zur Wand zeigte und beeilte mich, die Straßenklamotten überzustreifen. Ein Seitenblick auf die Nachbarkabine bewies mir, dass Volker mit denselben logistischen Schwierigkeiten kämpfte.

Wir wiederholten das Doppelspiel nicht mehr. Ob Volker seiner Rita gebeichtet hat und sie zugänglich wurde, Ähnliches in Zukunft zu Hause in aller Ruhe durchzuziehen?

Nachdem das erste Feuer vorüber war, strahlte eine wohlige Wärme in meinen ganzen Körper ab und sorgte für Entspannung wie nach einem Saunagang. Ich merkte, dass ich bisher etwas verpasst hatte, auch wenn es zu keinem Abgang gekommen war. Einige Zweifel blieben mir wegen der Wette, denn es hatte ausdrücklich geheißen: Kräftige Männerhände. Immerhin hatte eine kräftige Männerhand den Schläger bedient. Sei es wie es sei, ich werde meinen Beitrag einreichen.

Clio

Beim Linedance tanzen die Teilnehmer unabhängig vom Geschlecht neben- und voreinander her. Das ist deshalb wichtig, weil Tanzkurse meistens frauenlastig sind und es deshalb schwierig ist, ausgewogene Gruppen zusammenzubekommen, die beim Paartanz erforderlich sind.

Wie sein Stammvater, der Squaredance, stammt der Linedance aus dem Westen der USA und wird vorzugsweise zu Country-, aber auch zu Popmusik abgeschritten. Die Teilnehmer, vor allem die -innen, geben sich passend westernmäßig in Cowboystiefeln, Jeans und Fransenhemden bzw. -blusen. Dass ich heute einen luftigen Rock anhatte, wenn auch einen moderaten bis kurz über die Knie, erstaunte meinen Mann, nötigte ihm aber keine Frage ab.

Die Angewohnheit, weitab von der Veranstaltungshalle zu parken, kam mir für meinen heutigen Plan zugute. Der riesige Parkplatz wird nämlich von einer Ulmenreihe begrenzt, die den äußeren Stellflächen Schatten bieten. Man sollte meinen, dass an heißen Tagen wie heute alle dorthin streben, aber dem ist nicht so: Lieber nur wenige Meter gehen müssen und abends die Klimaanlage auf volle Kraft stellen, obwohl das bei 15 Minuten Heimfahrt völlig unnütz ist, als eine längere Trampelstrecke in Kauf zu nehmen.

Es sind vor allem die Herren der Schöpfung, die mit dem Argument „da hätte ich ja gleich von zu Hause aus loslaufen können" die nächstmögliche Eingangsnähe anstreben. Mich wundert bei ihnen, die sich immer als technisch so versiert geben, dass sie offenbar die physikalischen Energiegesetze nicht zu begreifen in der Lage sind. Wenn die Auto-Innentemperatur bei 45°C liegt, spielt es keine Rolle, ob ich auf dem Armaturenbrett 25°C oder 10°C einstelle: Bis zum Ziel ist sie auf bestenfalls 38°C gefallen.

Wenn ich fahre, fahre ich. Dass ich nur ans Steuer darf, wenn Männe besoffen ist, kommt mir nicht in die Tüte. So stand unser SUV nun im Schatten einer Ulme, während wir der Halle zustrebten.

Unsere 20er-Gruppe hat immerhin sieben Männer zu bieten, darunter den meinen. Der Ablauf gestaltet sich immer gleich. Nach zwei Stunden tanzen gehen die, die nicht fahren müssen, noch ein Bier trinken, andere in die Sauna oder finden auf einer Picknick-Sitzgruppe zusammen, um sich den Rest des Abends auszutauschen.

Mein Mann gehört zu denen, die sich das Bier gönnen, während ich die Sauna bevorzuge. Heute fiel deren Besuch extrem kurz aus, denn sie hatte das einzige Ziel, mich mit Detlev zu verständigen. Wir beide sind erfahrungsgemäß die einzigen, die sich fürs Saunen interessieren, und das war auch heute so. „In fünf Minuten gehe ich zum Auto – du weißt, wo es steht? – und du folgst drei Minuten später unauffällig. Klar?" In Detlevs Augen blitzte es freudig auf. „Klar!"

Ich parke vorwärts, denn in einen Trichter hineinzukommen ist schwieriger als aus ihm heraus. Auch das ist eine einfache physikalische Regel, die Männer wegen des Beweises unterlaufen zu müssen glauben, wie gut sie ihr Auto beherrschen – in Zeiten der Rückfahrkameras ein besonders albernes atavistisches Verhalten.

Jedenfalls stand unser SUV wie immer mit der Motorhaube Richtung Gebüsch. Es gelang mir, meinen Camcorder an einer Ulme zu befestigen und zu starten, bevor Detlev auftauchte.

„Ein bisschen schnell, aber ich bin bereit." Verdutzt betrachtete der Mann das Arrangement. Ich hatte das Höschen fallenlassen, den Rock hochgeschoben und erwartete ihn gebückt mit über die Motorhaube hindrapiertem Oberkörper. Auch das wäre nicht gegangen, hätte das Fahrzeug in glühender Sonne gestanden.

Detlev begann sich bereits an seiner Hose herumzunesteln, als ich ihn bremste. „So einfach nicht, mein lieber. Erst musst du etwas dafür tun." „Und…; und was?" fragte er verdattert. „Siehst du's nicht? Was sagen dir nackte Frauenbacken?" „Oh."

Anscheinend hatte er begriffen, traute sich aber nicht recht. Die ersten Schläge waren eher Tätscheleinheiten. „Für die ersten zehn okay", kommentierte ich, „aber dann legst du los. Du musst deine Finger auf meiner Haut sehen."

Ich schloss die Augen und genoss die endlich einsetzende Tracht Prügel. Welchen Zweck das Ganze hatte, blieb Detlev naturgemäß verborgen, konnte ihm aber auch egal sein. Nach 60 begann er zu lahmen. „Tut dir die Hand weh?" „Hm, ja." „Dann lass' es gut sein. Du darfst jetzt."

Bevor Detlev dazu kam, die Hose zu öffnen, vernahmen wir zwei Stimmen, von denen eine meinem Mann gehörte. „Scheiße!" stießen wir beide gleichzeitig hervor. Aus den Augenwinkeln sah ich meinen Spanker hinters Gebüsch flitzen, während ich mich richtete: Das Höschen schnell nach oben und fertig war die Laube, denn ein Rock fällt im Stehen zur Erleichterung weiblicher Verrichtungen stets von selbst in die richtige Position. Hinter mir hörte ich es rascheln und ein wenig stöhnen. Der arme, um seine Belohnung gebrachte Kerl! Bestimmt war seine Lage so angespannt, dass er schnellstens einen ins Gebüsch wichsen musste, damit nicht alles in der Hose landete.

„Du bist schon hier?" fragte mein Mann, „ich dachte, du wärst noch in der Sauna." „Ich bin gerade angekommen, um etwas zu holen, bevor ich zurück zu dir wollte. Du bist aber recht schnell mit deinem Bier fertig." „Rainer muss überraschend nach Hause und ich bot ihm an, ihn zu fahren. Dann wäre ich wieder hergekommen." Mit mindestens zwei Bier intus, dachte ich, sagte aber nichts; zum Glück begehrte mein Mann seinerseits nicht zu wissen, was um alles in der Welt ich im Auto vergessen haben mochte. „Ich werde Rainer fahren", bestimmte ich, „dann bin ich wieder da." „Gut."

Rainer wohnt nur zehn Minuten entfernt und nachdem ich auf denselben Parkplatz eingeschwenkt hatte, auf dem ich bereits vorher gestanden hatte, bot sich die Gelegenheit, meinen Camcorder abzustellen und aus dem Baum zu entfernen. Ich hielt nach Detlev Ausschau, sah ihn aber nirgends mehr. Er hatte sich wahrscheinlich frustriert nach Hause getrollt.

Ich war überzeugt, die Wettbedingungen erfüllt zu haben: Spanking in der Öffentlichkeit auf den Nackten von einer kräftigen Männerhand. Ich war gespannt, was der Rest Trigonias zustande gebracht hatte.

Trigonia

Anna, Bea und Clio hatten ihr Kaffeekränzchen beendet. „So, Mädels, nun mal 'raus mit euren Erlebnissen." Anna und Bea waren genauso gespannt, aber Clio war wie immer die, die ihren Gefühlen am Ungestümsten Ausdruck gab. Alle holten ihre Sticks aus den Handtaschen und gedachten auf einem Laptop nacheinander ihre Machwerke zu begutachten, als von der Haustür ein verräterisches Geräusch erklang. „Was zum Teufel…?" „Scheiße!" Clio, die heute Gastgeberin war, fuhr herum, aber es war zu spät. Es trat nicht nur ihr Mann ein, sondern auch die Gatten ihrer Freundinnen. „Manchmal ist eine Notlüge gerechtfertigt", stieß der Hausherr grimmig hervor, „ich bin nicht auf Dienstreise, wie ihr seht, und habe das Gefühl, dass das auch gut so ist." Zustimmendes Gemurmel seiner gedemütigten Genossen ließ nichts Erfreuliches erahnen.

59

Beas Mann trat sogar nach vorn und hob die Hand. Schnell sprang Clio hinzu und hielt sie mit erstaunlicher Kraft fest. „Halt, Jungs", beschied sie, „so nicht. Wir haben gefehlt, das gebe ich hiermit im Namen von uns Dreien zu, aber Ohrfeigen sind menschenunwürdig."

Sie sah ihre Gespielinnen an. „Genugtuung sei ihnen aber gegönnt, oder?" Anna und Bea nickten. Clio wandte sich an die drei Männer. „Wisst ihr, was wir getrieben haben?" „Uns betrogen, was sonst?" „Wir gestehen, dass wir Hand an uns legen ließen. Allerdings wurde keine unserer Öffnungen von fremden Mächten besucht. Wir haben uns etwas geholt, was wir bei euch bis jetzt nicht bekamen." „Na hör' mal, was sollen wir euch nicht bieten können?" Clio atmete innerlich auf. Die Diskussion begann sich auf die Detailebene zu erstrecken und hatte damit ihre unmittelbare Gefährlichkeit verloren. „Ich sagte nicht ‚nicht können'; ich sagte ‚bis jetzt nicht bekamen'." „Wo liegt da der Unterschied?" „In dem berühmten ‚was nicht ist, kann noch werden'. Wollt ihr zuerst die DVDs sehen, die wir selbst noch nicht kennen, oder uns gleich bestrafen?"

Die Männer berieten sich. „Zeigt uns erst die DVDs."

Annas Mann schlug sich die flache Hand vor die Stirn, als er die Szene in ihrem gemeinsamen Studio während des Frustabbau-Events anschaute. „Jetzt wird mir alles klar", schnaufte er, „dein Po hat tatsächlich den von Gustavs Zielobjekt eingenommen. Kein Wunder, dass er steif und fest behauptete, es sei von echtem Fleisch nicht zu unterscheiden. Bei allem Verdruss: Ich hab' dir nichts angemerkt, auch beim Hinsetzen nicht. Es muss ja höllisch gebrannt haben." „Hat's, wenn dich das ein bisschen versöhnt."

Beas Mann schüttelte nur den Kopf. „Das habe ich wahrhaftig nicht gemerkt; fast eine Stunde zusammen Pingpong gespielt und nichts gemerkt." Die Frauen sahen ihm an, dass ihn seine eigene Naivität mehr als der Fehltritt seiner Holden ärgerte.

Der Camcorder war genau richtig platziert gewesen. Detlev stand leicht seitlich und das Objektiv verfolgte, wie Clios Rundungen rot und röter wurden. Als es soweit war, dass der Spanker sich seiner Hose entledigen wollte und durch sich nähernden Stimmen gestört wurde, zischte Clios Mann hörbar durch die Zähne. „Wären Rainer und ich nicht rechtzeitig gekommen, wäre es passiert. Oder, Clio?" Clio senkte den Kopf. „Ja." „Gibt es eine Entschuldigung?" „Nur die, dass ich es in Kauf genommen hätte. Ich weiß, dass das wenig ist." Ihr Mann versenkte den Kopf in seine beiden geöffneten Hände und schwieg. Clio war sichtlich unwohl zumute.

„Wie es aussieht, kam es tatsächlich zu keinem Geschlechtsverkehr mit einem anderen", erklärte Beas Mann nach einer Weile und einem Räuspern, „dennoch habt ihr uns ganz schön verarscht. Ihr bietet uns eine Bestrafung an, die wir auch zu vollziehen gedenken. Worin besteht sie?" „Könnt ihr euch das nicht denken?" „Hm, doch, so ungefähr." „Wir müssen noch eine Vorbereitung treffen." Anna, Bea und Clio verschwanden im Schlafzimmer und kamen in hochhackigen Schuhen wieder. „Damit unsere Muschis in genügender Höhe für eure Werkzeuge bereit stehen."

Im Raum stand ein Sideboard, das genügend seitlichen Platz für alle Drei bot. Anna, Bea und Clio stellten sich im gleichen Abstand voneinander davor auf, ließen ihre Höschen fallen und bückten sich über die Oberseite des Möbels. „Zum Vermöbeln", erklärte Clio sinnigerweise. Bei den Röckchen gab es nicht allzu viel hochzuschieben. Symbolisch taten die Frauen das trotzdem.

„Das findet ihr nicht menschunwürdig?" fragte Beas Mann. „Es gibt natürlich Frauen, die das nicht mögen", klärte seine Gattin ihn auf, „aber wenn man Spanking mag, ist es genauso menschenwürdig oder -unwürdig wie jede andere Form von Sex auch."

„Also, ihr Lieben", begann Clio die improvisierten Spielregeln zu erklären, „wir hatten zwar keine Gelegenheit, uns abzusprechen, aber ich denke, die beiden anderen Mädels werden einverstanden sein.

Ihr dürft jeden Po bedienen, nicht nur den eurer Eigenen. Wenn ihr wollt, wechselt euch ab. Eine Obergrenze setzen wir nicht, da wir uns wirklich grob daneben benommen haben, vor allem ich. Es darf folglich richtig wehtun. Ich erbitte allerdings, dass ihr die ersten Schläge nur mittelstark ansetzt, da vorwärmen uns hilft – auch wenn wir's nicht verdient haben.

Wollt ihr euch nicht – Clio hatte kurz über ihre Schulter geschaut – unten 'rum freimachen? Wie ihr seht, sind wir in der Hoffnung, dass ihr euren Spaß haben werdet, zur Empfängnis bereit."

„Sollen wir ihnen noch 'was zugestehen?" fragte Anna. „Ich kann mir vorstellen, was du meinst. Ich sage ja." „Jeder jede?" vergewisserte sich Bea. „Ja." „Okay."

„Okay, Jungs, ihr habt's vermutlich richtig interpretiert. Jeder darf nicht nur jede nach Belieben abklatschen, sondern auch nach Herzenslust vögeln. Wir hoffen, dass wir euch damit versöhnt kriegen."

„Ein bisschen Ordnung bringen wir 'rein", erklärte Beas Mann, nachdem er sich mit seinen bereits sabbernden Genossen abgesprochen hatte. „Zunächst setzen wir eine Grenze. Jeder haut jeder zehn auf jede Backe, bevor er zyklisch zur nächsten vorrückt. Das heißt, nach 60 Straftreffern ist zunächst Schluss. Dann sind eure Muschis dran." Bea gluckste. Sie kannte ihren Angetrauten. „Du alter Mathematiker. Zyklische Vertauschung. Auf den Einfall kannst nur du kommen. Geht aber in Ordnung. Ihr dürft loslegen."

„Noch eins." Beas Partner sah sich zum Sprecher der drei Ehemänner auserkoren. Die drei Frauen hoben die Köpfe leicht an. „Was?" „Eurem Gnadengesuch wird stattgegeben. Die ersten fünf auf jede Backe nur verhalten. Dann geht's richtig los. Glaubt ja nicht, dass wir mit der ‚fremden' Frau zartfühlender als mit der eigenen verfahren werden."

Die ersten Treffer schallten wild durcheinander. Dann merkten die Spanker, dass synchrones Ausholen wunderbar anregte und begannen ihre Liebkosungen im Takt zu vergeben. Nach jeweils 20 wechselten sie militärisch im Gleichschritt und arbeiteten an der nächsten Delinquentin weiter. Diese mucksten sich eingedenk ihrer Bringschuld nicht und taten, als studierten sie ein Strickmuster. Wie zufällig stand beim Abschlussfick jeder der Männer hinter einer ‚fremden' Öffnung, die sie ohne weitere Rochade bedienten.

Die drei Mal 60 waren durch. Die Frauen richteten sich auf und ihre Kleider bedeckten die geschundenen Rundungen. „Hättet ihr nicht ein bisschen jammern können?" tadelte einer, „wir haben ja das Gefühl, als machtet ihr euch über uns lustig." „Das nicht gerade", tadelte Clio zurück, „aber mir war, als hättet ihr euch nicht wirklich ins Zeug gelegt." „Das hat seinen guten Grund." „So?" „Ihr seid nämlich noch nicht durch. Es folgen zwei weitere Runden." „Oh. Und wann?" „Sobald unsere besten Stücke sich wieder melden. Da könnt ihr ein bisschen helfen." „Inwiefern?" „Na, uns aufgeilen, unter eure Fummel greifen und uns natürlich 'ran lassen." „Einverstanden. Unter Nuttenbedingungen." „Was soll das heißen?"

Clio atmete durch. „Jeder bei jeder wie bisher, ausgenommen oberhalb des Halses. Gesicht streicheln und küssen ist nur bei der Eigenen erlaubt. Beine und Busen stehen dagegen frei zur Verfügung."

Nachdem sich alle gesäubert hatten, stolzierten Anna, Bea und Clio vor ihren Männern hin und her, tanzten einige Schritte, schwangen die Beine hoch und rieben sich selbst, aber auch der nächststehenden Freundin im Schritt. Die Männer begrabschten flächendeckend die dargebotenen Köstlichkeiten und konzentrierten sich mehr und mehr zu Dritt auf denselben Körper. „Könnt ihr euch oben 'rum freimachen?"

Auch den Frauen gefiel, dass gleichzeitig einer sanft die Brüste knetete, der zweite den Rücken ableckte und mit

Küssen abdeckte und der dritte kniend die Schenkel mit seinen Händen ausmaß. Den Männern gefiel ihrerseits, die Brüste zweier Frauen gleichzeitig zu beackern. „Der Mensch ist eine Fehlkonstruktion", analysierte Beas Mann, „bei meinen Vorträgen sind zwei Hände viel zu viel; im Augenblick bräuchte ich sechs und keine wäre unterbeschäftigt."

Der anregende Zeitvertreib hatte zur Folge, dass sich die Männer bald wieder stark fühlten. Allerdings mussten alle Frauen gleich aufmerksam bedient werden, bevor es endgültig frei zur zweiten Runde heißen durfte.

„Was sollen wir nun tun?" erkundigte sich Anna, „jammern, einen Orgasmus vortäuschen oder euch loben, wenn einer besonders gut klatscht?" „Was euch einfällt."

Die zweite Staffel vollzog sich wie die erste, außer dass dank der frei gebliebenen weiblichen Oberkörper die Brüste sichtbar im Takt mitwogten. Nach der Züchtigung fiel Bea auf, dass alle drei Frauen – wiederum zufällig? – einen anderen Kolben hineingerammt erhielten und wiederum nicht den des eigenen Partners. Ihr war klar, dass das der ultimativen Runde vorbehalten blieb. Sie kannte ihren gut genug, um zu wissen, dass er sich mit Vergnügen solche Matrizes ausdachte. Sie erstaunte lediglich, dass auch Männer zu wortloser Verständigung fähig zu sein schienen.

In der zweiten Pause mussten sich die Frauen richtig anstrengen. Es dauerte beinahe eine Stunde, bis wieder Leben in die Samenspender zurückkehrte. „Habt euch nicht so, dafür hatten eure Dinger Zeit zum Abkühlen." „Ist ja kein Vorwurf. Das zeigt aber, dass wir das stärkere Geschlecht sind." „Na wartet, bei der dritten Attacke werdet ihr nicht geschont."

Während ihres Vollzugs leuchteten die sechs Backen in tiefem Dunkelrosa und glühten förmlich, während sich deren Besitzerinnen nicht mehr ganz so souverän wie zuvor gaben. Neben Keuchen und Fäusteballen schwenkten sie ihre misshandelten Hinterteile heftig hin und her, was die Spanker noch heißer werden ließ.

Nach den dritten 60 hatte wie von Bea erwartet jeder Stecker ,seine' Dose vor sich.

Die Bestrafung war endgültig Vergangenheit. „So, Mädels, ich nehme an, dass keine von euch mehr lacht." Anna, Bea und Clio rieben sich intensiv ihre Allerwertesten. „Boah, wirklich nicht. Insgesamt war die Abreibung nicht von schlechten Eltern." „Aber verdient…?" „Verdient, zugegeben. Auch die Backpfeife, denn du wolltest mir ja zuerst eine knallen." „Dafür bitte ich um Entschuldigung, Bea, das sollte nie passieren. Gut, dass mir Clio in die Parade gefahren ist." „Akzeptiert. Nach unserem heutigen Treffen werden solche Eskapaden ja nicht mehr nötig sein."

Das Arrangement hatte sich in ein Stehcafé verwandelt, denn den Frauen war noch nicht nach sitzen und die Männer waren aus Höflichkeit ebenfalls stehengeblieben. „War die Prügel ausreichend für eure Genugtuung?" fragte Clio. „Sicher, alles ist verziehen. Verzeiht ihr uns auch, dass wir recht hemmungslos hinlangten?" „Selbstredend, wir sind ja selber schuld. Außerdem fiel uns auf, dass ihr all' eures Zorns zum Trotz sorgsam darauf geachtet habt, dass es zu keinen Verletzungen kam oder gar Blut floss. Dafür danken wir euch.

Aber, sagt mal…." „Ja?" „Warum war das überhaupt nötig?" „Wie meinst du das?"

Clio seufzte. Die Kerle begriffen immer noch nichts. „Ich meine, ich habe mir doch oft genug in deinem Beisein selbst einen draufgegeben." „Und ich habe dir oft genug mein Gesäß einladend entgegengestreckt", betonte Anna. „Und ich dir ab und zu spielerisch einen Klaps verpasst", doppelte Bea nach, „war das nicht aussagekräftig genug?"

Die Männer stotterten herum. Clio stöhnte in gespielter Verzweiflung. „Normalerweise hat doch jeder Typ Spaß daran, einer – seiner – Tussi mal den Hintern vollzuhauen. Nach dem, was wir heute spüren durften, ist das bei euch nicht anders." „Naja, ich habe ab und zu im Internet ein Filmchen angeschaut", gestand Beas Mann kläglich. „Ich auch", bekräftigten die beiden anderen noch kläglicher.

Clio schnaufte. „Das kann ja wohl nicht wahr sein! Ihr Deppen habt alles im Haushalt, was zu eurer Lustbefriedigung nötig ist, und schaut Filmchen an. Unser Strafrecht hat euch wirklich alle zu Feiglingen degradiert. In Zukunft wisst ihr, welcher Frauenpo der Eure ist, nämlich nicht der aus einem Filmchen."

Die Freundespaare beschlossen, sich einmal im Monat zu einer Flagellantenparty mit Partnertausch zu treffen. „Natürlich nicht so hart wie heute", sagte Beas Mann zum Abschied, „zartrosa und handwarm reichen. Schließlich muss nichts mehr gesühnt werden." Dass der ursprüngliche Sinn des Kaffeeklatschs darin bestanden hatte, die Siegerin des Spankingwettbewerbs zu ermitteln, interessierte angesichts des Klatsch-Ausgangs keine der Frauen mehr. Dass Jean de Lafontaine als Vorlage für sein Wettgedicht sich bei Giovanni Boccaccios Decamerone aus den Jahren 1349-53 (7. Tag, 5., 8. und 9. Novelle) bedient und dieser wiederum aus antiken und mittelalterlichen Quellen geschöpft hatte, interessierte ebenso wenig.

Als Clio in den Schlaf dämmerte, geschah das in dem zufriedenstellenden Gefühl, dank der Gründung von Trigonia drei Ehen auf einen Streich gerettet zu haben. Das war ein heißes Hinterteil mehr als wert. Sie beglückwünschte sich zu der Idee, einen Zettel mit verräterischen Notizen versehentlich so platziert zu haben, dass ihr Mann ihn hatte finden müssen.

Inka als Schulmädchen

Gloria und ich saßen bei mir im Wohnzimmer und genossen ihren Kuchen und meinen Kaffee. „Als Sportlerinnen sollten wir weniger Süßes zu uns nehmen", frotzelte ich. „Ach wo", erwiderte Gloria, „wir trainieren uns doch alles wieder ab – ich jedenfalls. Wie du's sportlich hältst, verfolge ich ja nicht mehr."

Gloria hatte einigen Kummer. Nachdem sie sich mit ihrer – damals unserer – Fußballfrauenmannschaft Gloria Globach in der vorigen Saison in die zweite Liga hochgekämpft und mehr oder weniger einen Durchstart in die erste vor Augen gehabt hatte, stand sie nun im Abstiegskampf. „Du fehlst uns", bekannte sie.

Ich hatte nach dem Erfolg unseres Vereins beschlossen, meinen Rücktritt zu erklären. Es ist zwar ganz schön, im Rampenlicht des Profisports zu stehen, aber Glück und Publikumsgunst sind wacklige Gefährten. Da ich meine schulische Ausbildung mit dem Abitur abgeschlossen hatte, stand mir frei, eine Universität zu besuchen. Informatik und Astronomie schienen mir Fächer, in denen ich mir Aussicht auf einen erfolgreichen Master winkte. Meine bisherigen Noten geben mir Recht.

War ich überrascht, dass Gloria als Trainerin einerseits bedauerte, eine wichtige Mittelfeldspielerin zu verlieren, andererseits aber erstaunlich viel Verständnis zeigte und darauf drang, dass wir in gegenseitigem Kontakt bleiben sollten – oder war ich es nicht?

Gloria wendet nämlich eine ungewöhnliche Motivationsmethode an, um uns, die Globacherinnen, wieder auf Kurs zu bringen, wenn die erste Halbzeit enttäuschend verlaufen war. Jede, die nicht ihr Bestes gegeben oder unnötige Fouls provoziert hat, erhält nämlich zwischen zehn und 50 Hieben mit einem Plexiglaslineal hinten drauf, je nach Schwere der Verfehlung mit oder ohne Trikothose. Die

Methode ist zwar mit den Vorgaben des Sportbundes nicht vereinbar, erweist sich aber erstaunlich oft als erfolgreich.

Im Augenblick offenbar nicht. „Hast du deine Kuranwendung mit dem Lineal aufgegeben?" fragte ich Gloria. „Eingeschränkt, aber nicht aufgegeben." „Vielleicht solltest du sie reaktivieren." „Ich hab' Schiss, dass ich erwischt werde. Dann bin ich meine Lizenz los." Vor allem Ulrike war die, die Schläge gar nicht schätzte und mehr oder weniger gedroht hatte, die Sache auffliegen zu lassen, wenn sie noch einmal so drangenommen würde wie nach einer roten Karte gegen Duesenberg kurz vor Ende der vorigen Saison, als sie 50 auf den Nackten empfangen hatte. Ich weiß, dass das richtig wehtut.

„Naja", sinnierte ich, „du kannst dir deinen Spaß jetzt ja privat holen." Ich hatte Glorias Kontaktangebot genutzt, denn ich hatte eine gewisse Vorstellung gehabt, was sie damit bezweckte. Ich war neben der Torfrau Silvia wahrscheinlich die einzige, die die Prügel genossen hatte. Immerhin war Silvia so beherrscht gewesen, sich während des Vollzugs nicht zu mucksen, während ich nie ein seliges Lächeln zu unterdrücken vermocht hatte. Das musste Gloria aufgefallen sein. Außerdem musste ihr aufgefallen sein, dass ich nach Möglichkeit gegen Ende der ersten Halbzeit in Glorias Blickfeld ein leichtes, folgenloses Foul provozierte, damit ich in der Kabine wenigstens 20 einkassieren durfte.

Es war ihr aufgefallen. Als ich sie zum ersten Mal besuchte, zeigte sie mir zu meiner Überraschung ein Gerät in ihrem Fitnessstudio, das nicht bei jedem und vor allem nicht jeder zur Ausstattung gehört. „Willst du sie ausprobieren?" hatte Gloria mich gefragt. „Ich weiß nicht...; mir von einer Spankingmaschine den Arsch versohlen zu lassen, stelle ich mir nicht so sexy vor. Auf den Bock lege ich mich gern drauf, aber Hand anlegen musst du."

Sehr überrascht war ich nicht gewesen, dass Gloria ihre Neigung auch passiv auslebte. Als ich ihr zum ersten Mal richtig Saures gab, hatte sie vor Vergnügen gestöhnt und einen Abgang durchlebt.

„Weißt du, warum mich gerade dein Lineal so anmachte?" fragte ich sie, als unser Kuchen verspeist und unser Kaffee ausgetrunken war. „Gerade das? Ich hatte gedacht, das wäre egal. Ich benutze es nur, weil es garantiert nicht auffällt." „Das ist mir klar. Bei mir spielt es allerdings eine besondere Rolle." „Erzähl' mal." „Na gut.

Ich hatte wunderbare Eltern, die alles für mich taten, vor allem aber ab und zu ‚nein' sagten. Was sie nie im Leben getan hätten, wäre, mich zu schlagen.

Ab der Mittelstufe meinten sie, mir einen besonderen Gefallen zu tun, indem sie mich auf eine von Nonnen geleitete Eliteschule schickten. Der Unterricht war auch in Ordnung, man lernte viel und gut. Um die Schülerinnen im Zaum zu halten, bedarf es einer gewissen Strenge. Obwohl seit Unzeiten verboten, gehörte zur Strenge durchaus einmal eine körperliche Verwarnung. Damit niemand etwas sah, vor allem die Eltern am Abend nicht, setzte es keine Ohrfeigen wie ganz früher, sondern eine Serie hinten drauf. Das geschah – du wirst es erraten – mit einem Lineal, allerdings mit einem weiß lackierten hölzernen. Es handelte sich um ein Riesending und ich glaube, es wurde ausschließlich zum Zweck der Züchtigung vorgehalten. Jedenfalls habe ich nie gesehen, dass es zu etwas anderem benutzt wurde.

Nun bin ich heavy metal-Fan und war das damals schon. Das ist natürlich eine Musik, die die braven Nonnen für Teufelszeug hielten. Wenn sie mich erwischten, wie ich mich während des Unterrichts davon berieseln ließ, gerieten sie außer sich. Ich muss dazu sagen, dass ich eine gute Schülerin war, die sich solche Ablenkung erlauben durfte, wenn es sich um Fächer wie Mathematik oder Physik handelte. Die beherrschte ich besser als manche unserer Lehrerinnen.

Wir trugen damals Schuluniformen, und zwar solche der Marke Erotikkiller. Schwarze Kniestrümpfe, weiß-rot karierte Röcke und schwarze Tops. Das einzige Anmachende war die Länge der Röcke, die über dem Knie endeten. Wer sich besonders sexy ausstaffieren wollte, verkürzte sie bis auf ein Drittel der Oberschenkellänge, das maximale Zugeständnis der Schulleitung an die moderne Zeit. Du kannst dir denken, dass ich zu jenen Avantgardistinnen gehörte.

Nun wurde ich erwischt, wie ich Mötley Crüe hörte. Komischerweise wusste die Nonne, was das für eine Band war. Vielleicht besuchte sie inkognito im Leopardentanga regelmäßig das Wackenfestival – sie sah nämlich gar nicht schlecht aus. Das gehörte natürlich so wenig in den Alltag, dass ich dafür eine Strafe verdient hatte. Ich musste hundert Mal aufschreiben: ‚I won't listen to Mötley Crüe in class'. Wir hatten nämlich gerade englisch, worin ich auch recht gut war.

Jetzt kommt's: Neben der Strafarbeit wurde ich zu zehn Stock-, also Linealhieben verurteilt, die unverzüglich aufgezählt wurden. In der Ecke stand zur Durchführung ein Katheder, das tief genug war, dass der Oberkörper der Delinquentin vollständig darauf Platz fand. Es war nicht hoch genug, dass ich mein langes Fahrwerk ausstrecken konnte, sodass ich ein x-beinig mit dem Hintern zur Klasse dastand und zu deren Vergnügen ein ziemlich lächerliches Bild abgab. Dass das so war, hat meine Freundin Elisabeth einmal gefilmt; daher weiß ich's.

Naja, dann trat das Holzlineal in Aktion. Als es das erste Mal geschah, war ich zornig und beschämt. Als ich mich wieder setzen durfte, durchströmte mich ein merkwürdig wohliges Gefühl. Kurz und gut, ich provozierte immer öfter eine Tracht Prügel, mal mit Motörhead, mal mit Deep Purple, mal mit Judas Priest und so weiter. Irgendwann ging das soweit, dass ich trotz guter Noten praktisch täglich den Arsch vollkriegte. Meine Klassenkameradinnen betrachteten die ergötzliche Einlage irgendwann als Anspruch. Die eine oder andere wird sich dabei sicher unter den Rock gegriffen haben; die Lehrerin war ja abgelenkt."

Gloria grinste. „Ärgerlich nur, dass du jedes Mal hundert Zeilen schreiben musstest." Nun grinste ich. „Du wirst es nicht glauben; ich handelte mit der Lehrerin einen Deal aus. Die lästige Strafarbeit durfte ich durch eine doppelte Anzahl Schläge kompensieren. Du lieber Himmel, wenn meine Eltern das gewusst hätten! Ich bin mir sicher, dass die Nonne erkannt hatte, dass ich beim Vollzug Vergnügen empfand, und glaube, dass auch sie ihren Spaß hatte. Stell' dir vor, lebenslanges Sexverbot! Da musst du dir doch einen Ersatz schaffen! Ich nehm's ihr jedenfalls nicht übel." „Und der Film deiner Freundin?" „Richtig. Wie ange-deutet war das Ritual immer dasselbe. Wichtig war, dass die Kehrseite zur Klasse zeigte. Eines Tages brachte Elisabeth den Camcorder ihres Vaters mit und filmte meine Züchtigung. Sie hat das gut hingekriegt; du kannst alles sehen und hören." „Äh…, hast du ihn noch?" „Klar, sogar griffbereit. Warte, ich hole ihn."

Ich hatte ihn zur eigenen Belustigung immer mal wieder angeschaut. Er zeigt wirklich gut, wie meine Bückhaltung die Rückseite meiner Oberschenkel beinahe vollständig freigibt. Die Nonne ermahnt mich, das nicht wieder zu tun. Und nach meinem heiligen Versprechen, ab jetzt brav zu sein, beginnt das Lineal fröhlich seinen aufmunternden Tanz. Es sind 20 Schläge – die Verdoppelung wegen des Strafarbeitendeals –, die kräftig genug sind, einen Ruck meines Oberkörpers nach vorn – das heißt gegen die Wand – auszulösen. Ich keuche verhalten. Dann stehe ich auf und wir beide – die Nonne und ich – wissen, dass es morgen trotz meines heiligen Versprechens wieder genau-so abgehen wird. Auf meiner Stirn sind Schweißtropfen zu erkennen.

„Fast ist dein Höschen sichtbar", kommentierte Gloria. Dass der Film sie anmachte, sah ich sofort. „Sag' mal, warst du die einzige, die das Lineal zu spüren bekam?" „Nein, aber ich genoss sicher am häufigsten das Privileg.

Übrigens wurde Elisabeth beim Filmen erwischt und war deshalb ebenfalls mit Zehn ‚dran'. Interessanterweise konfiszierte die Nonne den Chip erst, nachdem meine Freundin Gelegenheit gehabt hatte, ihn zu sichern – als wäre es ihr später eingefallen. Der Lehrerin, meine ich."

„Sag' mal...." „Ich sag's nochmal...." „Blöde Kuh! Hast du deinen Uniformfummel noch?" Ich lächelte Gloria an. „Ja. Ich glaube, ich weiß, was du möchtest. Er passt mir übrigens bis heute."

Das Arrangement war schnell hergerichtet. Die Kniestrümpfe ersetzte ich durch Socken und das Katheder durch meinen Schreibtisch. Ein schwarzes Netzoberteil ließ sich ebenfalls auftreiben. „Ein so riesiges Lineal habe ich nicht", bedauerte ich, „aber immerhin eins aus Holz. Damit musst du Vorlieb nehmen."

Gloria richtete den Camcorder auf mein Gesäß, denn ich wollte ja im Anschluss meine Prügel visuell genießen. Sie stellte sich in Positur und hub mit gestrenger Stimme an:

„Habe ich dir nicht verboten, während des Unterrichts Hammerfall zu hören?"

„Ja, Frau Lehrerin." Meine einsichtige Erkenntnis brachte ich umso kläglicher heraus.

„Du weißt, was darauf steht?"

„Ja, Frau Lehrerin."

„Und du wirst es nie wieder tun?"

„Nein, Frau Lehrerin."

Diese Lüge wurde postwendend vom Lineal belohnt. Das starre Holz kommt anders als Plexiglas. Es zieht weniger stark, gräbt aber tiefer. Deshalb kommt es bei seinem Aufprall zu dem Ruck des Oberkörpers nach vorn. Der Wollrock fing allerdings viel ab. Dabei hatte ich damals gekeucht? Da bin ich heute weit stärkeren Tobak gewohnt!

Nach den 20 sagte ich zweifelnd zu Gloria: „Hast du dich gebremst?" „Nein, wie kommst du darauf?" „Prüf's bitte nach." Gloria hob den groben Stoff, zog den Slip hinunter und befühlte meine Backen. „Hm, handwarm und zartrosa. Hast du nichts gespürt?" „Wenig. Warte, ich hol' einen Kochlöffel."

Die zweite Runde mit dem neuen Instrument brachte es, nicht zuletzt, weil sich Gloria richtig anstrengte. Es brannte flächendeckend und intensiv. Dann waren die zweiten 20 durch und Gloria war es, die keuchte, nicht ich. „Jetzt gut?" „Jetzt ist's gut."

Wir starteten den Film. Beim Betrachten meines wenig erbaulichen Pos in dem Liebestöterrock waren es neben den im Netztop im Takt mitwogenden Brüsten die ulkigen x-Beine, die mich erregten, während Glorias Zunge zwischen meinen gespreizten Schenkeln das Ihre tat, um mir zu einem Abgang zu verhelfen.

Das schaffte sie zwar, aber ich glaube, meine Schulmädchenuniform bleibt in Zukunft im Schrank hängen.

Manuela auf der Mauer

Ich hatte bei unserem ersten Treffen, einer Dorf-Grillparty, Manuela gar nicht richtig wahrgenommen und hätte sie wahrscheinlich bald aus meiner Erinnerung verbannt, wäre sie mir nicht immer wieder über den Weg gelaufen.

Nicht, dass das in einem Dorf ein Kunststück ist. Ebenso wie Datengeheimnisse auf der Strecke bleiben trifft man sich ebenso ständig, ohne mehr als ein „hallo" oder ein kurzes Kopfnicken zum Zeichen des Erkennens zu bemühen.

Immerhin halten sich ein Mini-Supermarkt und eine Bäckerei in fußläufiger Entfernung, sodass die Läden neben dem Schwimmbad und den beiden Kneipen als häufigste Treffpunkte zum Erfahrungsaustausch – man könnte auch sagen Klatsch – dienen.

Von Manuela wurde immer offensichtlicher, dass sie Single war, denn sie trat nie mit einem Partner im Schlepptau oder gar Arm auf. Häufig stand sie an der Supermarktkasse oder am Bäckertresen vor mir, sodass ich nicht umhin konnte, ihre Figur zu mustern. Ab und zu fiel ihr ein Geldstück zu Boden, das ich als Kavalier reflexartig aufhob und ihr zurückgab. Da sie immer Minikleider trug, gewährten mir diese Anlässe einen ungestörten Blick auf ihre Beine, der zwiespältig ausfiel. Schön gerade waren sie ja, aber die Knie ein wenig knochig, ebenso wie ihr Gesicht. Im Grunde war sie keine Schönheit und das schien sie zu wissen, denn sie versuchte nie, sich in den Vordergrund zu drängen.

Das eine oder andere Wort fällt natürlich außer „danke". Auf der Theke liegt immer das Kreisblättchen, das unsere Region zu einem Touristenmagneten hochzujubeln versucht. Manuela entnahm dem Stapel ein Exemplar und hielt mir das Titelbild vors Gesicht. „Kennst du die?" Im Dorf ist es selbstverständlich, dass man sich duzt, auch wenn man sich nicht genau kennt. „Ist das die Ruine Wasserauen?" „Genau. Warst du schon einmal dort?" „Nicht direkt. Ich gehe viel am Rhein spazieren und da kommt man zwangsläufig daran vorbei. Im eigentlichen Sinn besichtigt habe ich sie bisher nicht.

Du bist übrigens dran." „Oh, danke."

Die Ruine Wasserauen ist wirklich eine im Gebüsch versteckte Ruine und kaum einer genauen Betrachtung wert. Hatte Manuela mit dem Hinweis etwas bezweckt? Ich wusste mittlerweile, dass sie drei Häuser weiter wohnte und schlenderte zufällig dort vorbei, als ich von zu Hause aus gesehen hatte, dass sie im Vorgarten werkelte.

„Hallo. Kann ich dir helfen?" Manuela sah hoch, als erblickte sie mich jetzt erst. „Oh, hallo. Nein, ich bin gerade fertig. Hast du Lust auf einen Kaffee?" „Warum nicht?"

Das Kaffeekränzchen verlief extrem gesittet. Dass sie wie immer ein Minikleid trug, war ich gewohnt. Um auch ihre Aussicht zu bereichern, hatte ich eine kurze Hose angezogen, angesichts der herrschenden Hitze nichts Auffälliges. Wie kaum zu vermeiden ist, fiel mir ein Kuchenstück zu Boden und ich ging in Duckstellung, um es aufzulesen. Dabei geriet versehentlich mein Fokus zwischen Manuelas Schenkel, die sie zufällig in diesem Augenblick für zwei Sekunden öffnete. Dabei blieb mir nicht verborgen, dass das Kleidchen das einzige Textil war, das den Frauenkörper bedeckte.

„Hast du denn die Ruine schon einmal durchsucht?" fragte ich. „Einige Male. Es gibt ein paar Stellen, die für Kinder – auch großgewordene wie mich – einen tollen Abenteuerspielplatz abgeben."

Bis dahin ist nur eine halbe Stunde Fußweg zu absolvieren und was lag näher, als die verfallenen Mauern zum Ziel eines Verdauungsspaziergangs zu erküren. Der Weg bietet einige Engstellen, durch die nur eine einzelne Person passt, und ich war so höflich, Manuela vorausgehen zu lassen. Je länger ich ihre Bewegungen und ihre Figur begutachtete, desto besser gefiel mir beides. Sie brachte es fertig, gleichzeitig den energischen Schritt geübten Wanderns und trotzdem eine gewisse Anmut hinzukriegen, und von den knochigen Knieen abgesehen waren ihre Formen tadellos. Der Busen wogte leicht beim Gehen und der Hintern schwenkte gerade im richtigen Maß aus, mehr als gar nicht, aber auch nicht zu wabbelig. Ihre bloßen Arme waren muskulös, aber nicht beängstigend. Allmählich begann sich eine tiefe Sehnsucht in mir auf die kommenden Stunden zu freuen.

Wir hatten das Areal erreicht. „Wirklich Dolles gibt's hier ja nicht zu sehen", maulte ich. „Vielleicht nicht zu sehen, aber zu klettern. Siehst du die Mauer dort?" „Hm, ja." „Kommst du da hoch?"

Ich schaute mir den Wall an. Er reicht mir bis zur Schulter, ist auf drei Metern Länge erhalten und von Wind und Wetter glattgeschliffen. „Denke doch." Ich stemmte mich hoch, drehte mich in der Luft und setzte mich hin. „Warte, ich komm' nach." Jetzt erst registrierte ich, dass Manuela praktisch genauso groß wie ich ist, denn sie zeigte ebenso wenig Mühe mit der Luftpirouette und saß Sekunden später neben mir. „Test bestanden?" fragte ich. „Test bestanden", bestätigte sie. „Und weiter?" „Springst du wieder 'runter?" „Du auch?" „Nein."

Plötzlich war mir klar, was sie wollte. Ich stand unten, Manuela thronte auf der Mauer und ihre Verlockungen befanden sich genau auf meiner Gesichtshöhe. Ostentativ spreizte sie ihre unteren Extremitäten. „Beglückst du mich?" Sie klang herausfordernd und bittend zugleich. Ich näherte mich ihr. Sie streckte ihre Beine in die Luft und platzierte die Oberschenkel auf meinen Schultern. Ich packte diese mit beiden Händen außen und näherte mein Gesicht immer mehr ihrem Lustzentrum. Sie ruckelte ein bisschen hin und her, damit ich bequem Zugang fand, beugte sich leicht nach hinten, um sich abzustützen, und schnurrte, als ich meine Zunge in ihre Grotte gleiten ließ. „Danke", hauchte sie, bevor weitere artikulierte Laute in lautem Stöhnen untergingen.

Im Vorfeld hatte sich Manuela anscheinend in ihrer Vorstellung so stark aufgegeilt, dass sie sofort kam. Daran bestand auf Grund der Menge sprudelnder Vaginaflüssigkeit kein Zweifel. Eine Zunge erlahmt nicht so schnell wie ein männlicher Samenspender, und so nahm ich sie 'ran, bis ich erschöpft war. Ich hatte sechs Ergüsse gezählt.

„Boah", sagte Manuela immer wieder, „boah, boah! Siehst du, was für Abenteuerspiele in den Überbleibseln einstiger Macht möglich sind? Hierher verirrt sich keine Sau." „Schön und gut", erwiderte ich, „aber bei mir klebt's überall." „Da weiß ich Abhilfe. Ums Eck herum ist ein Bachlauf, an dem du dich säubern kannst."

„Ihr Frauen seid zu beneiden", schnaufte ich, denn ich hatte mich ziemlich tief hinunterbücken müssen, um das klare Wasser zu erreichen, „lasst euer Röckchen fallen und alles ist wieder aseptisch." „Nicht ganz. Mir klebt's dazwischen auch. Aber ich entferne noch nichts, denn ich denke, dass einiges hinzukommen wird." „Wie meinst du das?" „Na, hör' mal! Du hast mich wunderbar durchgenudelt. Da hast du eine Belohnung verdient. Hast du keine Schwierigkeiten? In der Hose, meine ich." „Du wirst's nicht glauben: So anregend es war, so sehr musste ich mich auf meine Arbeit konzentrieren. Deine Muschi riecht und schmeckt übrigens köstlich." „Danke. Damit bin ich meine größte Sorge los." „Welche?" „Dass sie dir widerwärtig sein könnte."

Ich sah Manuela prüfend in die Augen. „Du hast sicher schon die ganze dörfliche Männerwelt vor der Mauer gehabt?!" „Nein, ich hatte mir nur immer vorgestellt, wie schön das sein müsse. Dich habe ich, wie ich zugeben muss, regelrecht in die Falle gelockt." „Kein Grund für ein schlechtes Gewissen. Allerdings erinnere ich an die versprochene Belohnung." „Okay. Wie möchtest du's?"

Ich sah mich um. „Wir bräuchten ein Stück weiche Wiese." „Gibt's hier jede Menge. Darf ich dir eine zusätzliche Stimulation anbieten?" „An sich dürfte es funktionieren, wenn ich eine Weile auf dir herumturne. Was meinst du mit zusätzlich?" „Pass' auf."

Manuela führte mich zur Mauer zurück, stemmte sich erneut hoch, drehte sich aber nicht um, sondern bückte sich über den Rand und zog das Kleid über ihren Po, der nun unbedeckt genau in Höhe meiner Nase lockte. „Und", fragte sie, „wie steht's?" „Soll ich dir wirklich…?" „Ich muss doch dafür bestraft werden, dich in die Falle gelockt zu haben. Du siehst, die Mauer ist mehrzweckfähig."

Nach den ersten Schlägen maulte Manuela: „Geht's nicht fester?" „Keine Bange, deine Schinken werden bald glühen. Ich wärm' sie zunächst auf Betriebstemperatur an." „Soso. Der Herr hat also Ahnung." „Hm, ja. Ab und zu habe ich Filmchen aus dem Internet heruntergeladen, die mit Tipps und Ermahnungen nicht sparten." „Du bist mir einer! Naja, jetzt hast du die Chance, Theorie in Praxis umzuwandeln."

Ab dem Elften haute ich richtig drauf und sah und vernahm mit Vergnügen, wie sich meine Finger auf der bereits recht dunklen Haut für wenige Sekunden abzeichneten beziehungsweise die Treffer laut klatschten. Manuela muckste sich nicht. „In Ordnung?" fragte ich sie vorsichtshalber. „In Ordnung", kam es zurück. Ganz gelassen klang sie nicht und mir schien, dass sich ihre Hände zu Fäusten ballten. „Sag', wenn du genug hast." „Noch 20."

Bevor Manuela herunterspringen wollte, forderte ich sie auf, noch eine Weile auszuharren. „Gern." Ich streichelte die herrlich rosafarbene Haut zunächst mit den Händen und legte anschließend abwechselnd meine rechte Wange an ihre linke Backe und umgekehrt und rieb die unterschiedlichen Körperteile zart aneinander. Ein bisschen leckte und küsste ich die heißen Flächen auch. Wann hat man(n) schon mal Gelegenheit, einen präparierten Frauenpo auf Augenhöhe vorzufinden? Manuela schnurrte wieder zufrieden.

Dann sprang sie herunter und besah sich meinen Zustand. „Da muss sofort Abhilfe geschaffen werden", fachsimpelte sie, „du wirst sehen, wie herrlich es dir an meinem Ofen kommt." Sie bückte sich gerade weit genug von der Mauer entfernt, dass sie sich daran abstützen konnte, bildete mit ihrem meterlangen Fahrgestell ein umgedrehtes V und überließ mir, ihr Kleid wieder hochzuschieben. Dank der Wärme, die die Zielöffnung umgab, kam es wie vorhergesagt zu einem Abgang, wie ich ihn nie zuvor erleben durfte. Ich glaube, ich schüttelte Manuela minutenlang durch, bevor mein Verlangen gestillt war.

Beide standen wir keuchend da. „Jetzt zur Wiese", bestimmte Manuela.

Trotz des euphorischen Artikels unseres Kreisblättchens verirrt sich nie jemand zu den kläglichen Trümmern der Ruine Wasserauen und ermöglichte uns, uns bis zum Abend ungestört auszutoben. Die Wiese gab tatsächlich eine wunderbar flauschige Unterlage ab. Manuela schmolz sozusagen rücklings auf sie hin, streckte alle Viere von sich und erbot: „Vögel' mich so lange und so oft du willst." „Oje", sagte ich, „ich fürchte, nur so lange und so oft ich kann."

Manuelas Vagina war genau richtig warm, feucht und eng, sodass sie meinen Kleinen weitere sechs Mal lockte, groß zu werden. Ob sie jeden Stoß mit gleicher Münze erwiderte, entzog sich meiner Kontrolle, aber ich hatte nicht das Gefühl, dass ich ihre Orgasmus-Obergrenze geknackt bekäme. Und so eine Grotte lag bisher brach? Unverzeihlich!

Wenn ich zwischen meinen Hodenentleerungen Manuelas Brüste knetete und gleichzeitig ihren Mund mit meiner Zunge füllte, fiel mir auf, dass sich meine ursprünglichen Vorbehalte – knochiges Gesicht, knochige Knie – in Luft aufgelöst hatten. Ich beackerte die schönste Frau der Welt.

Tanjas sieben Streiche

In Tanjas Nachbarschaft wohnten zwei Männer, über die sie sich heimlich amüsierte. Schon ihre Vornamen empfand sie als lächerlich; wie kann man nur Balduin und August heißen? Deren Schüchternheit, die sie zu beinahe unterwürfigem Verhalten ihr gegenüber veranlasste, wenn sie sich einmal herabließ, einige Worte mit ihnen zu wechseln, war ein weiterer Grund für sie, die Männer zu verachten. Dass sie sich in deren vermeintlich verstohlenen Blicken sonnte, trug dazu bei, das Spannungsverhältnis zu verstärken. Tanja sah nämlich recht gut aus; ihre schwarze Seele blieb ja von außen verborgen.

Langsam bekam sie den Lebensrhythmus der beiden heraus, sodass ihr gelang, sie im Flur abzufangen und vor ihrer Nase herumzuscharwenzeln, wenn sie von der Arbeit kamen, zum Einkaufen gingen oder auf dem Weg in ihre Stammkneipe waren. Sie zog sich zu diesem Zweck offenherzig an und achtete darauf, dass sie sich in dem Augenblick aus nichtigem Anlass bückte, in dem ihre Gestalt in die Sichtachse des Opfers geriet. Qual bereitete sie ihnen auch, indem sie die genau richtige Stufenzahl vor ihnen die Treppe erstieg. Es war den Männern praktisch unmöglich, nicht das Höschen unter dem kurzen Rock zu fixieren, wenn das geschah. Keiner der beiden traute sich, etwas zu sagen oder gar hinzulangen. Na gut, dachte Tanja, dann mach' ich mal auf Max und Moritz.

Als Zielscheibe ihres ersten Angriffs hatte sie Balduin auserkoren. Zu diesem Zweck verfasste sie zunächst einen lyrischen Erguss:

Balduins Unpässlichkeit

Balduin, der arme Tropf
sieht die Mädels 'rumflanier'n.
Bald wütet es in seinem Kopf
ein solches einmal auszuzieh'n.

Zarte Haut, schön stramme Beine,
herrlicher Mund, die Brüste prall.
Er sagt zu ihr: „Du bist die Meine
komm' mit in meinen tollen Stall,

damit ich's dir besorge.
Meine Kleine, ob der Folgen
mach' dir keine Sorge.
Da, schau, mein Kolben

ist schon – nein, nicht bereit."
„Was ist nun?" fragt die Holde,
„wann ist's soweit?"
Doch Balduin, der wollte,

sah den Schlaffen, der um nichts
in der Welt sich aufgestellt.
Balduin fummelt, er probiert's.
Der Dame Lachen gellt

durch die Wände auf die Straße,
dass die Nachbarn 's balde wissen:
Des Vorwitzigen sei die Strafe
impotent zu sein für alle Miezen.

Nicht gerade Goethe, dachte Tanja, aber für meine Zwecke
reicht's. Sie verteilte ihr Machwerk gezielt auf allen ihr zu-
gänglichen Medien und bald war die Wirkung der Kampag-
ne erkennbar. Wo Balduin auftauchte, erhob sich hinter
seinem Rücken Gekicher und Getuschel, zunächst nur
unter Mädchengruppen, mehr und mehr aber auch unter
seinen Geschlechtsgenossen, ohne dass er ahnte, was
die Ursache sein könnte. Es verging eine geraume Weile,
bis die mobbenden Verse sich lahmliefen und ihre Wirkung
verloren.

Dieses war der erste Streich, doch der zweite folgt sogleich.

Wie kommt man an ein elektronisch verriegeltes Auto heran? Sicherungssoftware versucht je nach Hersteller auf
unterschiedliche Weise, ihr Objekt vor Missbrauch zu

schützen. So verschloss sich Augusts Fahrzeug nach wenigen Sekunden wieder automatisch, wenn er es geöffnet hatte, aber weiter nichts unternahm. Hatte er jedoch einmal eine Tür oder den Kofferraumdeckel bewegt, blieb der Zustand des freien Zugangs bestehen.

August war diesbezüglich sehr unvorsichtig, denn er vertraute auf die Ehrlichkeit seiner Nachbarn und ließ sein Gefährt häufig offen, wenn er kurz zurück in die Wohnung eilte, um die zweite Tranche seines Gepäcks zu holen. Der Faule schleppt sich tot und der Fleißige rennt sich tot, lautet eine alte Weisheit der Packergilde, und August zählte zu den Fleißigen.

Tanja sah von oben Augusts Vorbereitungen, steckte ein paar Stück Zucker ein und trat wie zufällig ins Treppenhaus. Diesmal lag ihre Absicht nicht darin, gesehen zu werden, sondern gerade nicht. Hinter Augusts Haustür hörte sie es rumoren und wusste, dass ihr einige Zeit blieb. Rasch war sie unten und schlenderte an Augusts Auto vorbei. Sie sah prüfend nach links und rechts. Niemand in Sicht! Während eines Wimpernschlags war der Tankdeckel geöffnet, der Zucker hineinspediert und der Tankdeckel wieder zu. Pfeifend schlenderte Tanja weiter. Vielleicht wäre für sie besser der alte Vorkriegsspruch ‚Mädchen, die pfeifen, und Hühnern, die kräh'n, soll man beizeiten die Hälse 'rumdreh'n' angewendet worden.

August wischte sich den Schweiß von der Stirn. Geschafft, alles verstaut! Er freute sich auf den Wochenend-Angelausflug auf seinem Campingplatz am idyllischen, bisher kaum entdeckten See, setzte sich auf den Fahrersitz und startete den Motor. Ein paar hundert Meter fuhr sein Auto auch, bevor es zu stottern anfing und nach einigen weiteren hundert Metern endgültig den Geist aufgab. Um nichts in der Welt war es zur Weiterfahrt zu bewegen. August blieb nichts anderes übrig als seine Werkstatt anzurufen und seine Fuhre dorthin schleppen zu lassen.

Der alte Meister hatte sie Ursache recht schnell gefunden. „Kann es sein, dass Sie sabotiert wurden?" fragte er

August. „Wie – sabotiert?" „Naja, Sie haben Fremdstoffe im Benzin, vermutlich Zucker." „Wie soll das denn passiert sein?" „Wenn Sie selbst es nicht waren – und das wäre ja absurd – das, was ich gerade sagte: Sabotage. Haben Sie Feinde?" „Nicht, dass ich wüsste. Andererseits ist der Tankdeckel im Normalfall doch genauso zu wie das ganze restliche Fahrzeug. Ist denn am Schloss manipuliert worden?" „Nein. Haben Sie es in letzter Zeit offen gelassen?" „Nein." Doch, besann sich August, aber in den wenigen Minuten…?

Der Tankinhalt musste erneuert und die Ventile mussten gesäubert werden. An Kosten kamen das Abschleppen und die Entsorgung des Zuckersuds hinzu. Als August seine Reifen endlich Richtung still ruhendem See lenkte, geschah das mit etlichen Stunden Verspätung und etlichen Hundertern weniger im Portemonnaie. Er schwor sich, seinen fahrbaren Untersatz nie mehr unverschlossen am Straßenrand abzustellen, und sei es nur für Sekunden. Den Vorfall polizeilich zu melden kam August nicht in den Sinn, obwohl es sich um vorsätzliche schwere Sachbeschädigung handelte.

Dieses war der zweite Streich, doch der dritte folgt sogleich.

Als sich Tanja sicher war, dass vor morgen früh keiner mehr den Flur betreten würde, schlich sie sich mit einer Taschenlampe bis kurz vor das oberste Geschoss. Dort wohnte Balduin, genau über August und der wiederum genau über ihr. Oder, positiv ausgedrückt: Tanja wohnte im zweiten, August im dritten und Balduin im vierten Stock. Höher ging's nicht mehr, denn ab fünf Stockwerken ist ein Fahrstuhl Vorschrift, den zu bauen und zu warten sich die Baufirma aus Kostengründen gescheut hatte.

Tanja knotete die Kordel erst links am Geländer fest, zog daran, bis sie ihr genügend straff erschien und befestigte dann die rechte Öse am Regal der Korridorwand, das Balduin dort aufgestellt hatte, um seine Schuhe nicht mit in die Wohnung nehmen zu müssen. Das deckte sich zwar nicht mit dem Mietrecht, aber Balduin hoffte, dass sich hier, am Ende der Fahnenstange, niemand daran störte.

Dann schlich sich Tanja in ihre vier Wände zurück.

Am nächsten Morgen sprach nichts dagegen, dass er einer der sonst üblichen werktäglichen werden würde. Balduin hatte gefrühstückt und zog die Wohnungstür hinter sich zu, um sich zur Arbeit zu begeben. Er schritt raumgreifend aus, denn er liebte seinen Alltag und gedachte ihn wie immer zu aller Zufriedenheit auszufüllen. Da verspürte er einen Widerstand am Sprunggelenk und ehe er sich's versah, befand er sich kopfüber auf dem Weg treppabwärts.

Zum Glück war Balduin mit guten Reflexen ausgestattet und das Geländer mit stabilen Querstreben versehen, an denen er dank der Kraft seines rechten Arms seinen Sturz abzufangen schaffte. Sein linker Fuß hing immer noch an einem Widerstand fest, den er erst abschüttelte, als er ihn anhob. Das gelang Balduin, indem er sich am Geländer entlang allmählich hochrobbte. Ein paar Verrenkungen und Balduin stand wieder aufrecht. Er prüfte ein bisschen an sich herum, aber da er mit keinem Körperteil auf den Steinstufen aufgeschlagen war, fand er keine Verletzung und beruhigte sich schnell mit dem Gedanken, dass er mit einem Schrecken davongekommen war. Sein rechter Arm zeigte leichte Dehnungsschmerzen, da dieser kurzzeitig sein gesamtes Körpergewicht hatte tragen müssen, aber die dürften sich bald verlieren. Die Büroutensilien waren zum Glück im Tagesrucksack gut verstaut und dieser fest angezurrt, sodass sie sich nicht bis zum Erdgeschoss gleichmäßig verteilt hatten.

Eine genauere Untersuchung war ihm hingegen das Hindernis wert, das ihn hatte straucheln lassen. Dass der Schuhschrank verrückt war, hatte er bereits während des beginnenden Sturzes im Unterbewusstsein vernommen. Bald war klar, dass dieser den einen Fixpunkt seiner Stolperfalle und das Geländer logischerweise den anderen bildete. Balduin löste nachdenklich die Knoten und betrachtete das Mordinstrument nachdenklich. Ja, das war es – ein Mordinstrument, das gezielt gegen ihn eingesetzt worden war, denn Peter, sein Nachbar auf der anderen Flurseite, war während dieser Woche nicht zu Hause.

Sorgfältig verstaute Balduin das Beweisstück, eine Kordel mittlerer Stärke, wie sie gemeinhin verwendet wird, um ein Paket zu verschnüren, sorgfältig in einer Schublade. Von seinem ersten Reflex, die Polizei zu alarmieren, nahm er Abstand, denn dann hätte er den corpus delicti in seinem ursprünglichen Arrangement belassen müssen und den Arbeitstag verloren. Außerdem hätte er kaum zu beweisen vermocht, dass er nicht selbst den üblen Scherz inszeniert hätte, um Mitbewohner zu verleumden. Auf den Gedanken, dass die Kriminologen ohne weiteres an Hand von Finger-abdrücken herausgefunden hätten, wer der Täter – im vorliegenden Fall die Täterin – war, kam Balduin nicht.

Nicht ganz so fröhlich wie zu Beginn und mit einigen Minu-ten Verspätung begab sich Balduin auf den Weg zu seinem geliebten Alltag. Er würde ab jetzt sehr genau darauf ach-ten, wohin er träte.

Dieses war der dritte Streich, doch der vierte folgt sogleich.

Tanja hatte herausgefunden, an welchem still ruhenden See August seiner Anglerleidenschaft nachging. Diesmal nicht in auffallend-aufreizendem Outfit, sondern Schlabber-hose und Schlabbertop in Farben, die militärischen Tarn-anzügen nachempfunden waren, und einem Auto, das sie über carsharing für einige Stunden ausgeliehen hatte, hatte sie ihr Opfer unauffällig bis zu seinem Ziel verfolgt. Nicht genug, dass sie damit ihre Fähigkeiten als Agentin und V-Frau hinreichend unter Beweis gestellt hatte, gelang es Tanja, sich beim Anschleichen so unsichtbar und unhörbar zu bewegen, dass jeder Trapper vor Neid erblasst wäre. Nur wenige Meter von August entfernt legte sie sich im Gebüsch auf die Lauer.

Wie sie vermutet und erhofft hatte, erfrischte sich August nach einer Weile durch ein Bad, um den Schweiß des heißen Tages loszuwerden. Dabei tauchte er einige Male unter und kam nach wenigen Sekunden blubbernd wieder an die Oberfläche. Bei der dritten Runde hatte Tanja den Rhythmus 'raus: Flugs auf das Stückchen Strand gehechtet, Kleider und Schuhe an sich gerissen und wieder im Gebüsch verschwunden war die Sache dreier Sekunden. Kaum ein echter Soldat wäre in der Lage gewesen, Tanja an Schnelligkeit, Präzision und Entschlossenheit zu überbieten. Indianerartig huschte sie, den Packen unter dem Arm, in Richtung ihres Fahrzeugs, das sie gebührend weit weg geparkt hatte, um zu verhindern, dass ein Zusammenhang zwischen diesem und dem Diebstahl konstruiert werden konnte. Den langen Weg geduckt zurückzulegen ermüdete sie nicht, denn sie war durchtrainiert und sportlich. Jede Armee der Erde hätte sie begeistert als härteste aller Kampfsäue in ihren Reihen begrüßt.

Sie fuhr beim Recyclinghof vorbei und warf Augustins Bündel in den Altkleidercontainer. Dann begab sie sich pfeifend auf den Heimweg, um das Auto abzugeben und sich in die bekannte Tanja zurück zu verwandeln. Lediglich eine Einzelheit hatte sie übersehen: Balduin hatte sich zeitgleich auf dem Recyclinghof befunden, um die Grünabfälle aus seinem Garten abzugeben, und Tanjas Anwesenheit zunächst nicht registriert. Dann fiel ihm eine Frau auf, die sich bewegte wie eine bekannte Mitbewohnerin. Als er Tanjas Gesicht halb von der Seite erhaschte, wurde ihm zur Gewissheit, dass er sich nicht getäuscht hatte. In was für Klamotten um alles in der Welt…? Und in was für einem Vehikel brauste sie davon? Es handelte sich keinesfalls um ihres.

August entstieg dem Wasser, nahm sein Handtuch, das abseits lag und deswegen von Tanja nicht hatte entwendet werden können, trocknete sich ab und gedachte sich wieder anzukleiden, um sich danach mit seinen gefangenen drei Forellen dem heimischen Herd zuzuwenden.

Verblüfft sah er sich um. Er hatte doch sein Zeug hierhergelegt?! Er suchte die Umgebung ab und versuchte sich zu erinnern. Nie und nimmer hatte er es ins Gebüsch geschmissen. Indes, er mochte suchen, wo und wie lange er wollte: Seine Sachen waren nicht zu finden. Dass die zahlreichen Spuren, die sich auf dem kleinen sandigen Areal eingegraben hatten, nicht nur seine eigenen waren, wäre im Nachgang seines verzweifelten Umherirrens auch für den geübtesten Fährtenleser unwiderruflich untergegangen.

Allmählich dämmerte August, dass ihm nichts anderes übrig bliebe, als nach Hause zu fahren wie er war, das Adamskostüm mühsam vom Handtuch bedeckt. An sich verbietet die Straßenverkehrsordnung, mit nacktem Oberkörper und barfuß Auto zu fahren, aber um das zu ahnden, müssen die Ordnungshüter die -widrigkeit auch entdecken. Er parkte, ebenfalls ordnungswidrig, unmittelbar vor seiner Haustür, sprang durch sie in den verlassenen Flur und gewandete sich in seinen vier Wänden erst einmal vollständig, bevor er die weiteren Äußerlichkeiten vorschriftsmäßig wiederherstellte: Seinen fahrbaren Untersatz in die Garage verfrachten und die in ihrem Eimer zappelnden Forellen in der Küche zu deponieren. Dass Tanja aus ihrem Fenster glucksend seine überstürzte Ankunft beobachtet hatte, war ihm entgangen.

Dieses war der vierte Streich, doch der fünfte folgt sogleich.

Balduin beackerte liebevoll seinen außerhalb der Stadt gelegenen Garten, in dem er Obst und Gemüse großzog, aber auch einen prächtigen Rosenstrauch hegte und pflegte, den er als kümmerliches Gestrüpp übernommen und mittlerweile beinahe zu Baumgröße herangezüchtet hatte.

Tanja war klar, dass sie eine üppig dimensionierte Heckenschere mitbringen musste, wollte sie Balduins Stolz zu Leibe rücken. Das Ding effektiv einzusetzen hielt sie sich für kräftig genug. Der Garten war zwar eingezäunt, aber nur halbherzig hüfthoch. Die Schere auf der inneren Seite abgelegt, kurz auf einem Gitterstab abgestützt, ein kühner Schwung und drin war sie. Das Zerstörungswerk dauerte nur wenige Minuten, während der sie darauf achtete, von keinem anderen Gartenbesitzer gesehen zu werden. Es dürften an einem Werktagvormittag sowieso nicht allzu viele sein, die sich auf ihrer Grünfläche herumtrieben, aber immerhin gibt es Rentner....

Genauso schnell wie sie aufgetaucht war, hatte Tanja sich wieder davongeschlichen.

Balduin stand entsetzt und fassungslos vor dem Zeugnis des barbarischen Akts. Bis auf wenige Zentimeter über dem Boden waren seine Rosen, das Ergebnis beinahe jahrzehntelanger Sorgfalt vernichtet und wild über den vorgelagerten Rasen verteilt. Ihm kamen die Tränen. Während er sich, wegen der üblen Stacheln sorgsam behandschuht, ans Einsammeln der sterblichen Pflanzenreste machte, fragte er sich, wer um alles in der Welt ihn dermaßen hasste, dass er ihm das antun konnte. Er war sich keines Feindes bewusst, aber in letzter Zeit hatten sich bedenkliche Vorfälle gehäuft. Das Schmähgedicht, die Stolperfalle. August unter ihm hatte ebenfalls von merkwürdigen Begebenheiten erzählt; auch ihm war schwerer Schaden zugefügt worden, einmal durch Zucker im Tank und einmal durch den Kleiderklau an dessen Angelsee. Hatte er nicht an jenem Tag Tanja beim Altkleidercontainer gesehen, für ihre Verhältnisse mehr als merkwürdig ausstaffiert und in einem ihm unbekannten Auto...?

Balduins Blick fiel auf einen Produktanhänger, der dort nicht hingehörte. Er enthielt eine EAN – eine europäische Artikelnummer – und verwies auf ein Gartencenter, das Gartenwerkzeuge nicht nur verkaufte, sondern auch verlieh. Dort könnte er ja fragen, ob sich jemand daran erinnerte, wer das Teil erstanden oder ausgeborgt hatte.

Dieses war der fünfte Streich, doch der sechste folgt sogleich.

Tanja erinnerte sich ihrer dichterischen Fähigkeiten. Für August existierte sogar eine traditionelle Vorlage, deren Beginn sich trefflich verwerten ließ. Wie von selbst flossen die Reime aus ihren Fingern.

Dummer August

O du dummer Augustin,
Augustin, Augustin,
alles ist hin.

Geld weg, Mädel weg,
kein Kredit, du dummer Geck,
alles ist hin, alles ist weg.

Auto fort, Wohnung fort,
nirgends ist für dich ein Ort,
dummer Augustin, alles ist fort.

Augustin, du dummer,
weiter geht es sicher nimmer,
oder geht es doch noch schlimmer?

O du dummer Augustin,
keine Knete für Benzin,
bleibt dir nur noch Kokain

für des Lebens schönste Wende,
um ganz schnell als buntes Ende
ein Signal zu allen sende.

Wieder kein Goethe, dachte Tanja, noch nicht einmal Schiller; vielleicht Ringelnatz, obwohl der nicht bösartig war. Was soll's, die sogenannten social medias, die eher unter unsocial medias firmieren sollten, sind eh' nichts Besseres gewohnt.

Dieser Erguss erregte zu Tanjas Enttäuschung wenig Aufsehen und verpuffte weitgehend. Niemand glaubte ernsthaft, dass August kokainsüchtig sei oder sich gar einen goldenen Schuss setzen wolle; es tauchten auch keine zwei Polizisten im Flur auf, die sich im Stockwerk über ihr lautstark Zugang zu schaffen versuchten. Nichtsdestoweniger war August dieser Angriff auf seine Integrität nicht entgangen.

Dieses war der sechste Streich, doch der letzte folgt sogleich.

Balduin öffnete und sah zu seiner Überraschung Augustin vor seiner Wohnungstür stehen. „Hallo, komm' rein.

Was hast du da für einen Zettel?" „Keinen Zettel, einen Brief." In Balduin stieg eine Ahnung hoch. „Einen Liebesbrief?" „So ähnlich. Eine Einladung zu einem Date." „Bei einer bestimmten Person, die auf diesem Flur wohnt?" „Genau. Sag' mal…" „Ich sage für heute Abend acht Uhr." „Soso. Ich auch." „Für dieselbe Uhrzeit?" „Für dieselbe Uhrzeit." „Was schließen wir daraus?" „Dass sie Böses beabsichtigt."

Die beiden Männer ließen bei einem Kaffee die Ereignisse der vergangenen Wochen Revue passieren. „Das erste Schmähgedicht, das über meine Impotenz, habe ich von einem zurückverfolgen lassen, der sich in Hackerkreisen einen Namen gemacht hat", erklärte Balduin. „Und?" „Die Spuren weisen auf den zweiten Stock. Hattest du nicht einmal Fremdstoffe in deinem Tank?" „An einem Wochenende, als ich angeln fahren wollte, richtig." „Da habe ich, während du noch einmal in der Wohnung warst, um dein Angelzeug zu holen, aus meinem Küchenfenster die Person aus dem zweiten Stock gesehen, wie sie an deinem Auto vorbeischlenderte. Das ist zwar kein Beweis…," „…aber ein Indiz. Gut zu wissen."

„Das mit der Stolperfalle an meiner obersten Treppenstufe hatte ich dir erzählt?" „Hattest du, Balduin. Im Grunde kann das auch nur jemand aus unserem Treppenhaus gewesen sein. Dann meine Klamotten, als ich kurz in meinem Angelsee untertauchte." „Da hatte ich dir ja schon berichtet, wen ich auf dem Recyclinghof vor dem Altkleidercontainer gesichtet habe. Tauchte dein Zeug eigentlich je wieder auf?" „Nein." „Dann liegt es jetzt wohl in Mali oder Burkina Faso auf einem Marktstand zum Verkauf.

Auf die Person, die die Heckenschere geliehen hat, bekam ich im Gartencenter bereitwillig die Beschreibung einer auffälligen Dame. Der, um die sich alles zu drehen scheint." „Den Urheber des Kokainverdachts konnte ich ebenfalls ausfindig machen. Wer, denkst du…?"

90

Balduin und August nickten sich entschlossen zu. „Es ist gleich Acht. Gehen wir?" „Gehen wir!"

Tanja war überrascht, als Balduin und August gleichzeitig auftauchten. „Oh, hallo. Was führt euch zu mir?" Wie ein Westernheld den Colt aus seinem Halfter zogen die beiden Männer synchron ihre Einladungen aus den Brusttaschen ihrer Polohemden. „Bitte. Die sollten dir doch bekannt sein." „Oh, ja; ich glaube, ich hatte mich vertan." Balduin, der rechts stand, packte Tanjas linken Arm und August ihren rechten. Beide hoben sie in die Höhe und trugen sie wie eine Schaufensterpuppe in ihre Wohnung. „He, was soll das? Das ist Hausfriedensbruch!" „Kaum, denn wir sind ja eingeladen, wie schwarz auf weiß vermerkt ist."

Alle Wohnungen, die übereinander gebaut waren, wiesen denselben Schnitt auf. Deshalb wussten Balduin und August, wo das Wohnzimmer lag. Sie trugen die vor Schreck reglose Tanja durch den Flur bis dorthin und stellten sie an die Wand. Zum ersten Mal begriff diese, dass ihr Ungemach drohte. „Was…, was wollt ihr?" Es klang ein wenig ängstlich.

„Zunächst eine Frage: Was bezwecktest du mit der doppelten eindeutigen Einladung?" „Ich…, ich hab' mich vertan, ich sagte es bereits." „Soso. Wir glauben eher, dass du zugucken wolltest, wie sich zwei Männer um dich schlagen. Stimmt's?" Tanja senkte den Kopf. „Nun haben wir beschlossen, dass wir schlagen, aber nicht uns." Sie sah erschreckt hoch. Balduin hatte bereits die rechte Hand gehoben. Plötzlich schrie Tanja hysterisch: „Nicht ins Gesicht schlagen, bitte, bitte nicht ins Gesicht!"

Eine verzweifelte weibliche Stimme, die um Hilfe ruft, lässt keinen Mann ungerührt. Ohne es zu wollen fragte Balduin: „Und wohin sonst?" „Ich mach' euch ein Angebot." Bevor sich's Balduin und August versahen, hatte sich Tanja losgerissen und war ins Bad gelaufen. In der Annahme, sie wolle sich dort einschließen und mit ihrem Mobiltelefon die Polizei anrufen, rannten die beiden hinterher, aber Tanja kam bereits wieder heraus. In der einen Hand hielt sie eine Haarbürste, in der anderen ein Taschentuch. „Kommt!"

Sie drückte Balduin die Bürste in die Hand, führte ihre Besucher in die Küche, ließ ihr Höschen fallen, beugte sich über den Tisch und schob ihren weiten, luftigen Rock über die Hüfte. Dann seufzte sie „bitte", knüllte das Taschentuch zusammen, biss darauf, stützte sich auf die Ellenbogen und schloss schicksalsergeben die Augen.

Balduin räusperte sich. „Wir nehmen dein Angebot an. Wir werden dir zunächst die Anklagepunkte deklamieren. Wenn du gestehst und bestätigst, dass du bereust, gibt es zehn Streiche für jeden Streich und der betreffende ist abgegolten. Einverstanden?" Tanja nickte. „Es gibt kein Ausstiegskennwort. Klar?" Nicken. „Wir müssten verlangen, dass du mitzählst, dich jedes Mal bedankst und hinzufügst: ‚Ich hab's verdient.' Da wir aber akzeptieren, wie du dich auf die Sache vorbereitest, erlassen wir dir das und zählen selber mit."

Balduin räusperte sich eindringlich. „Die Angeklagte hat ein Schmähgedicht über Balduin, also mich verfasst, in dem sie behauptet, er sei impotent. Gestehst du das?" Nicken. „Und bereust du das?" Nicken. „Bist du bereit, als Sühne dafür zehn Schläge auf dein nacktes Gesäß zu empfangen?" Nicken.

„Okay." Balduin als Rechtshänder hatte sich links von Tanja aufgestellt und begann ihre ihm bequem zugängliche rechte Backe zu bearbeiten. Tanja ballte die Fäuste und kaute mahlend auf dem Stoff, vermochte aber ein Stöhnen der Pein und des Leidens nicht vollständig zu unterdrücken. Sie zuckte bei jedem Schlag heftig zusammen.

Dann waren die Zehn vorbei und Tanja verharrte heftig atmend in ihrer Lage. Balduin übergab August die Bürste, der nun an der Reihe war, sich zu räuspern. „Angeklagte, du wirst beschuldigt, mit Hilfe von Zucker mein Auto unbrauchbar gemacht zu haben. Gestehst du das?" Nicken. „Und bereust du das?" Nicken. „Bist du bereit, als Sühne dafür zehn Schläge auf dein nacktes Gesäß zu empfangen?" Nicken.

August als Linkshänder verpasste nunmehr Tanjas linker Backe dieselbe Farbe wie Balduin bei der ersten Staffel der rechten. Am Ende seiner Prozedur waren beide schön gleichmäßig dunkel.

„Der dritte Anklagepunkt ist der Schwerwiegendste, nämlich die Stolperfalle. Zunächst das Übliche: Gestehst du das?" Nicken. „Und bereust du das?" Nicken. „Bist du bereit, als Sühne dafür zehn Schläge auf dein nacktes Gesäß zu empfangen?" Nicken. „Okay. Du bist dir bewusst, dass das praktisch ein Mordanschlag war und du dafür eigentlich ins Gefängnis gehörtest?" Nicken. „Dann ist dir klar, dass zehn Schläge eine extrem milde Strafe sind?" Nicken. „Okay."

Die siebte Staffel sühnte den augenblicklichen Streich, der gänzlich anders verlief als Tanja es sich vorgestellt hatte. Die zehn Streiche dafür handhabten Balduin und August wechselweise, denn der hatte ja beide zur Zielscheibe. Dann sagte Balduin: „So, du Miststück. Eigentlich sind wir ja durch, aber ich denke, einige Zinsen sind aufgelaufen. Es gibt also noch zehn gemischte und dann hast du's hinter dir." Zu beider Überraschung hatte sich Tanja ab ungefähr der Mitte der Prozedur relativ ruhig zu verhalten und die Treffer immer gelassener hinzunehmen begonnen. Jetzt entfernte sie ihr Taschentuch aus dem Mund und sagte ruhig: „Okay. Ich werde mich ab sofort meinen Pflichten widmen." „Äh…?" „Na, mitzählen und mich bedanken." „Wenn du meinst…."

WACK! „71. Ich hab's verdient, danke." WACK! „72. Ich hab's verdient, danke." WACK! „73. Ich hab's verdient, danke." WACK! „74…".

Die ultimativen Zehn hatten Tanja anscheinend kaum etwas ausgemacht, obwohl auch bei denen die Haarbürste mit unverminderter kinetischer Energie zum Einsatz gekommen war.

Sie erhob sich halb, stützte sich auf dem Küchentisch ab und keuchte wie ein Marathonläufer. Der Rock war auf Grund der Schwerkraftgesetze von selbst über ihre verwüstete Kehrseite gerutscht, die sie sanft rieb, nachdem sie sich vollständig in die Senkrechte begeben hatte. „Tut ihr mir einen Gefallen?" „Komische Frage. Welchen?" „Nennt mich nicht mehr Miststück, sondern bei meinem Namen. Ich habe Scheiße gebaut, das sehe ich ein, bereue es wahrhaftig und bitte euch, mir das zu glauben. Dafür habe ich mich von euch widerstandslos und ohne Geschrei verprügeln lassen. Ich möchte, dass ihr damit alles als abgegolten betrachtet wie mir von dir zugesagt, Balduin. Ich verspreche, nie wieder Untaten zu begehen wie die, die wir gerade verhandelten. Vor allem das mit der Stolperfalle hatte ich nicht überlegt und ist unverzeihlich. Ich bitte dich dennoch um Verzeihung, Balduin. Du hast Recht, dafür sind zehn Haarbürstenhiebe geschenkt.

Ich wage eine Bitte: Darf ich eure Freundin sein?"

Balduin und August zögerten. „Wir werden dir eine Chance geben, Tanja. Aber erwarte von uns keine Begeisterung, zumindest nicht sofort. Zwei Monate werden wir dich beobachten. Sollte in der Zeit nichts vorfallen, betrachten wir deine Bewährungsfrist als beendet und sind bereit, auf deine Bitte einzugehen. Okay?" „Okay."

Bevor Tanja die Haustür hinter ihren Mitbewohnern schloss, hauchte sie: „Danke, Jungs." Die Angesprochenen drehten sich überrascht um. „Dass ihr mich nicht geohrfeigt habt. In Anbetracht eures Zorns war das eine edle Tat."

Allein gelassen tobte in Tanja ein Wechselspiel der Gefühle. Nachdem sie zu Beginn geglaubt hatte, die Züchtigung nicht durchstehen zu können, war es ihr in deren Verlauf immer besser gegangen. Je länger sie dauerte, desto weniger hatte Tanja die Schläge gespürt, sondern eine immer angenehmer sich ausbreitende Wärme, die ihr vorderes Lustzentrum erreicht hatte. Sie fühlte sich auf eigenartige Weise erfrischt. Sie konnte nicht anders: Sie betrat ihr Bad, musterte im Eckspiegel den tiefrosafarbenen, heißen

Po und streichelte versonnen ihren sensitiven Vorder-
bereich. Es ging wie von selbst. Ein galaktischer Orgasmus
schüttelte sie, der lange brauchte, bis er abebbte. Für
eventuelle Folgespanks – die dann in aller Freundschaft –
malte sich Tanja aus, wie zur Krönung ihr Schoß durch
den Besuch eines langen, harten Kolbens erfreut würde,
der jenem eine beachtliche Portion kühler, klebriger
Flüssigkeit schenkte. Tanja zweifelte nicht, dass nach
Normalisierung der diplomatischen Beziehungen Balduin
oder August oder beide sich gern bereitfänden, den bis
jetzt imaginären Kolben zu manifestieren. Die Vorstellung
übermannte sie derart plastisch, dass sie sich, ohne sich
dessen bewusst zu werden, mit wenigen Handgriffen erneut hochstimulierte und ein zweites und drittes Mal kam.

Wieder stand sie keuchend da, diesmal vor ihrem Spiegel,
und sah versonnen zu, wie ihr Schweiß ins Waschbecken
tropfte. Was für ein geiler Abend! „Spieglein, Spieglein an
der Wand, war das gerecht?" *Nein*, antwortete der Spiegel,
war es nicht. „Statt zu sühnen überkam mich Wolllust."
Das hast du richtig erkannt. „Die Jungs waren fair und
ließen sich überreden, mir den Arsch vollzuhauen statt
meine Fresse zu polieren, wie ich es verdient hätte." *Welche Konsequenzen ziehst du?* „Niemand kann mir verbie-
ten, das selbst nachzuholen." *Tu' dir keinen Zwang an.* „Es
wird ja keiner erfahren." *Ich wiederhole mich: Tu' dir keinen
Zwang an.*

Tanja probierte, sich zunächst über Kreuz und dann auf
der passenden Seite Backpfeifen zu verpassen. Da ihre
rechte Hand die geschicktere war, saßen allerdings die
der ‚falschen' nicht richtig. Die beste Methode war, ihre
Ziele mit der Rechten wechselweise zu bedienen.

„So, meine Lieben", erklärte sie ihren Wangen im Spiegel,
„jetzt ist Schluss mit lustig. Ihr kriegt jede eine Watschen
für jeden Streich plus eine als Zinsen." Nach den ersten
beiden stellte Tanja zufrieden fest, dass sich vier Finger
deutlich abzeichneten. Außerdem klingelte es in ihren
Ohren. „Scheint ausreichend saftig zu sein. Also weiter

so." Sie wunderte sich, wie einfach es war, sich selbst brennende Schmerzen zu bereiten. Beinahe mit Vergnügen sah sie, wie ihr Kopf im Takt mitfederte. Nachdem Nummern 15 und 16 – die ‚Zinsen' – eingeschlagen hatten, bedauerte Tanja beinahe, dass es vollbracht war. Ist das dasselbe Phänomen wie beim Spanking? fragte sie sich. Nein, ganz so war es nicht; sie verspürte keine innere Sehnsucht in sich aufsteigen. Sie betrachtete sich nachdenklich, befühlte ihre geschwollenen Gesichtshälften und nickte zufrieden. „Okay, Mädels, jetzt wisst ihr, wie das ist – die Fresse poliert zu kriegen."

Die Wohnung verlassen verbot sich für den Abend von selbst. Als Tanja im Bett lag, spürte sie die allmählich nachlassende Spannung ihrer misshandelten Hautsegmente. Morgen ist alles wieder abgekühlt und in Ordnung, war ihr beruhigendes Résumé, vor allem meine Gehirnwindungen. Wie konnte ich so einen Scheiß veranstalten? Max und Moritz' siebter und letzter Streich ging dergestalt aus, dass sie, zu Kornschrot gemahlen, von Meister Müllers Gänsen aufgepickt wurden. Da ist's bei mir mit einem bisschen Prügel wirklich glimpflich verlaufen, dachte Tanja. Bevor sie wegdämmerte, kamen ihr Wilhelm Buschs Schlussverse in den Sinn:

Gott sei Dank! Nun ist's vorbei
mit der Übeltäterei.

Goldies Geschick

Die Goldie GmbH bietet maßgeschneiderte Softwarepro-
dukte für Produktionsbetriebe an. Ihr eilt der Ruf voraus,
dass sie sorgfältig und zur Zufriedenheit ihrer Kunden ar-
beitet.

Auffällig ist, dass sie nie Aufträge von Firmen einheimst,
die von Frauen geführt werden. Sollte sich ein eifriger Wirt-
schaftsreporter auf die Suche nach der Ursache begeben,
fiele ihm möglicherweise auf, dass die Goldie GmbH das
von vornherein gar nicht versucht. Der eifrige Wirtschafts-
reporter wird bisher allerdings vermisst.

Wakomeze Autoteile ist ein aufstrebendes mittelständi-
sches Unternehmen, das sich der Entwicklung innovativen
Zubehörs verschrieben hat. Der Name setzt sich aus den
Anfangsbuchstaben der Gründer Igor Walden, Heinz Ko-
kottka, Gregor Metten und Phileas Zeiter zusammen. Die
Reihenfolge entspricht keiner Hierarchie, sondern Herum-
probierens, welche Silbenkombination am besten klingt.
Die Geschäftsführung übernehmen die Vier im jährlichen
Wechsel.

Die letzte bahnbrechende Anschaffung war die des größten
3D-Druckers in Europa, mit dem die Herstellung komplexer
Formen in sensationellem Maß verbilligt würde.

Vorausgesetzt, eine passende Software wäre zur Hand.

Von der Stange existierte sie nicht, das war den Jungun-
ternehmern klar. Sie hatten mittlerweile mehrere Anbieter
durch, die aber allesamt mehr durch Vorbehalte als mit
Lösungsvorschlägen geglänzt hatten. „Wer kommt als
nächstes?" „Goldie GmbH." „Von vier Frauen geleitet?"
„Die sollen 'was von Software verstehen?" Heinz, der der-
zeitige Vorsitzende, war sichtbar der Skeptischste der Vier.
„Sie nicht unbedingt, aber vielleicht haben sie gute Leute."
„Gute Referenzen haben sie jedenfalls." „Naja, anhören
können wir sie ja. Wann haben wir Termin?" „Um Zwei."
Ganz zu unterdrücken vermochte Heinz Kokottka sein Ge-

murmel „wie kann man seinen Laden bloß ‚Goldie' nennen?" nicht.

Die Persönchen, die in das Sitzungszimmer geleitet wurden, hätten Vierlinge sein können. Bei genauerem Hinsehen wurde jedoch klar, dass sie das nicht waren. Ihr Auftritt war beeindruckend. Sie waren in Kleider gehüllt, die ihnen ungefähr bis zur Mitte der Oberschenkel reichten, die Arme freiließen und durch ihre Farbwahl auffielen. Eins war in Gelb, das zweite in Rosarot, das dritte in Blau und das vierte in Lindgrün gehalten. Ab Schenkelmitte bis zum Boden gewährten sie Aussicht auf bloße, knusprig braune Beine. Die zarten Füße umwickelten ein paar Riemchen, die versuchten, eine Sohle zu halten.

„Willkommen, meine Damen", flötete Gregor, der Jüngste der Wakomeze, „setzen wir uns doch bitte." Denn wenn sie weiter herumständen, gelänge es ihm nicht, seinen Blick von den vier Beinpaaren abzuwenden. Auch im Sitzen an dem offenen Konferenztisch wurde es nicht besser, denn der Drang von Kugelschreibern, hinunterzufallen und sich unglücklicherweise wieder vom Teppich auflesen lassen zu müssen, blieb übermächtig.

Nach und nach gelang es den Beteiligten, von gegenseitigen Komplimenten auf Sachthemen überzugehen. Hatten die vier Herren angenommen, dass es sich bei den vier Damen um Dummblondchen handelte, sahen sie sich bald eines Besseren belehrt. Diese brillierten mit erstaunlich detaillierten technischen Kenntnissen, wussten aber noch besser, wie ein Projekt aufzuziehen war.

„Möchten Sie unseren Wunderdrucker einmal sehen?" fragte Gregor. „Gern", lautete die Antwort, die so gehaucht war, dass ihre Entschlossenheit geschickt darunter verborgen blieb.

Wakomeze ist ein Unternehmen, das Parkinsons drittem Gesetz von 1962 noch nicht zum Opfer fiel. Es besagt, dass ab Bezug eines neuen, prachtvollen Verwaltungsgebäudes, das mehr den Schrullen des beauftragten Stararchitekten als dem Zweck der Produktionsabläufe dient, dieses unweigerlich dem Weg der Dekadenz, nämlich des Untergangs geweiht ist. Die vier Goldies wirkten in dem Gewimmel primitiv zusammengenagelter Baracken, wild geparkter, ungeputzter Lastwagen, herumliegender Halbfertigteile und sich eilig bewegender Beschäftigten in grober, schmutziger Arbeitskluft wie Diamanten auf schwarzer Lava. Vorsichtig bugsierten sie sich um Öllachen und Dreckstellen herum, um schließlich im Schlepptau der Geschäftsführer eine der rohen Hallen zu betreten, in der der neueste Altar des Fortschritts untergebracht war.

Dann standen sie davor. Mehrere Dutzend Quadratmeter in seiner Ausdehnung und mehrere Meter hoch sah der Drucker wie ein Kunstwerk von Jean Tinguely aus. Wie ein Kunstwerk von Jean Tinguely ließ sich das Gebilde auch zum Leben erwecken. „Kann er denn schon etwas?" fragte die Gelbe. „Das Standardprodukt des Herstellers, einen beliebig gestaltbaren Fahrradrahmen." „Das wird mitgeliefert?" „Richtig." „Und Ihr Wunsch ist es, damit mehr oder weniger alle Bauteile herzustellen, die Ihre Produktpalette umfasst?" „Ebenfalls richtig." „Genügt es denn nicht, Parameter einzustellen, damit um jede beliebige Form zu gestalten?" „Das ist das vollmundige Versprechen. Unser Problem ist, dass die Zahl der Parameter nicht ausreicht, um einen vollständigen Elektromotor herzustellen. Das Ding kriegt zum Beispiel keine Wicklungen hin." „Ich dachte, ein 3D-Drucker könne nur Kunststoffsubstanzen formen." Igor Walden sah die Blaue überrascht an. „Leider wahr. Bei den Drähten geht's allerdings nicht ums Formen, sondern darum, Fremdmaterialien hinzuzufügen und mit der Grundsubstanz zu verheiraten." „Ist es so, dass den Vorgang des Verheiratens der Hersteller gar nicht vorsieht?" „Ja, so ist es." „Aber...; war das nicht von vornherein klar?"

Igor druckste herum. „Naja, so direkt nicht. Der Hersteller schließt das in seinen Prospekten nicht ausdrücklich aus." Die Blaue lächelte. Natürlich wird in einem Hersteller-

prospekt nie stehen, was ein Produkt nicht kann. Einge-
fleischten Ingenieuren geht zuweilen der Sinn für kaufmännische Tricks ab. Sie hütete sich natürlich, diese simple
Erkenntnis in Form einer Kritik zu äußern. Stattdessen gab
sie den Ball an die Gelbe weiter.

„Unsere Aufgabe – hoffentlich unsere – wird folglich darin
bestehen, die Software so zu erweitern, dass die
gewünschten Parameter vorhanden sind, ohne dass…"
„…irgendetwas hart und von außen unkorrigierbar kodiert
wird", griff die Grüne den Ball auf. „Nichtsdestoweniger
müssen wir einen Exit vollständig neu programmieren, der
die Heirat unterschiedlicher Grundstoffe ermöglicht." Den
Männern gingen die Augen über. „Wir sehen, Sie haben
verstanden."

Am Bemerkenswertesten fiel die Reaktion Heinz Kokottkas aus. „Ich gestehe, dass ich bei Ihrem Angebot mehr
als skeptisch war; nun revidiere ich meine Meinung. Keine
Vertreter Ihrer Mitbewerber begriffen so schnell, worum es
geht." Die Goldies brauchten sich nicht einmal anzublicken,
um sich lautlos zu verständigen. Die halbe Miete war drin,
soviel war sicher.

Nun war Cäsars alter Leitspruch ‚divide et impera', teile
und herrsche dran. Vier Geschäftsführer waren für die vier
Goldies die ideale Zahl. „Dürfen wir Sie zu einem Kaffee
in die Kantine einladen?" „Gern. Ist es möglich, uns vorher
bei Ihnen umzuschauen?" „Sie werden feststellen, dass es
bei uns nicht aseptisch zugeht, aber warum nicht?" Die
Rote lachte. „Sie schauen auf unser Outfit. Das mag nicht
hierher passen, aber eigenhändig eine Ölwanne zusam-
menschrauben werden wir ja nicht. Am besten trennen wir
uns. Dann sparen wir Zeit und sowohl Sie als auch wir
schließen uns im Nachgang kurz."

Heinz Kokottka machte sich mit der Grünen auf den Weg,
Igor Walden mit der Blauen und Gregor Metten mit der
Gelben. Folglich blieb für Phileas Zeiter die Rote übrig.
Dieser hatte sich das äußerste Ende des Geländes vor-
genommen, an dem das riesige Lager untergebracht war.

„Wie sind Sie denn auf die Idee mit den unterschiedlichen Farben gekommen?" „So ähnlich wie Sie auf Ihren Firmennamen, nämlich die ersten beiden Buchstaben unserer Namen – allerdings unserer Vornamen – auszunutzen. Gerlinde passt zu gelb, Gräuben zu grün, Blanche zu blau und Rosalinde – das bin logischerweise ich – zu rot oder auch rosa. Mein Kleid ist ein Mittelding, nicht zu viel Bonbon, aber auch nicht zu satt rot."

Bewundernd betrachtete sie die endlosen, himmelwärts stürmenden Regalreihen. „Mit Just-in-time haben Sie's hier nicht?" „Wir hatten immer eine Rückfallebene, aber seit der Coronakrise haben wir uns gänzlich zur Vorauslagerung aller relevanten Teile entschieden, damit wir bei Ausfall eines oder mehrerer Lieferanten auf jeden Fall zwei Monate weiterproduzieren können. Es ist ja nichts Verderbliches dabei."

Inmitten der vom Schmutz körperlicher Arbeit gezeichneten Lebewesen und Gegenstände der Umgebung drängte sich der Vergleich zwischen Rosalinde als Diamant inmitten schwarzer Lava um sie herum noch deutlicher als zu Beginn der Besichtigung auf. „In der hintersten Ecke befindet sich ein kleines, mittlerweile ungenutztes Büro mit einem Kaffeeautomaten", schlug Zeiter vor, in dem irgendwie Mitleid mit der zarten Elfe aufgestiegen war, die wie ein eingeschüchtertes Reh neben ihm herschwebte. „Gern", antwortete Rosalinde, die in einem abgeschiedenen Raum die Chance zum ersten Angriff witterte.

Als der Kaffeeautomat lief, war sie es, die die Tassen relativ weit oben entdeckte und sich reckte, um sie zu fassen zu bekommen. „Lassen Sie doch, ich...." Phileas Zeiters Hilfsangebot blieb ihm im Hals stecken, ohne zu ahnen, wie sehr er sich damit verriet. Das bonbonfarbene Kleid hatte sich hoch genug mitgereckt, um ein goldenes Höschen hervorblitzen zu lassen und einen wunderschönen Kontrast zu betonen. Dazu die braunen Beine.... „Oh, wie dumm, ich bin zu klein", seufzte die Trägerin des Arrangements, „ich fürchte, ich kriege die Tassen nicht ohne

Bruch auf den Tisch." „Warten Sie, ich fange sie ab." Da Rosalinde nicht einfach wegtreten konnte, ohne die Tassen tatsächlich dem Risiko des direkten Wegs abwärts auszusetzen, war der Mann gezwungen, sich dicht an sie zu drängen, um sie ihren Händen zu entnehmen. Er fummelte ungebührlich lange herum, um sein Vorhaben auszuführen, denn der wunderschöne, weiche Frauenkörper strahlte eine Erotik aus, wie er sie bisher nie erleben durfte, obwohl er schon so manche Freundin verschlissen hatte. Rosalinde zeigte ihrerseits nicht das geringste Zeichen von Ungeduld, vom Druck Zeiters befreit zu werden.

Als die Tassenrettungsaktion endlich vollbracht war, stockte ihm erneut der Atem. Ihm leuchtete das Unterwäschegold in voller Breitseite entgegen, denn Rosalinde hatte sich gebückt und nestelte an ihren Füßen herum. „Die blöden Riemchen gehen immer auf." Dass sie dem Mann versehentlich ihre Kehrseite zugewandt hatte, gab diesem den Rest. Er konnte nicht anders als aufzustehen und einer der schimmernden Pobacken einen kräftigen Klaps zu verpassen. Rosalinde erwies sich als erstaunlich standfest, was zu der böswilligen Vermutung führen könnte, dass sie nichts anderes erwartet habe. Dann richtete sie sich auf und hauchte „Oh, jetzt haben Sie unser Geheimnis entdeckt." „Welches Geheimnis?" Phileas Zeiter brachte nur ein Krächzen heraus. „Na, warum wir uns Goldie GmbH nennen."

Gregor Metten führte seine Gelbe, von der er mittlerweile erfahren hatte, dass sie gemäß der Farbanfangsbuchstaben Gerlinde hieß, durch die Halle, in der die Motorblöcke gegossen wurden. Da es recht laut war, führte Gregor seinen Gast zur besseren Verständigung ums Eck hinter eine Wand, die den Schall erstaunlich gut fernhielt. „Das ist das Bauteil, das Sie in Zukunft mit Ihrem Drucker vollautomatisch formen wollen?" „Das wichtigste, ja." „Ich hätte nie gedacht, dass ein Motorblock nicht aus Metall bestehen muss." „Bis vor kurzem hatten Sie Recht. Wir haben aber einen Kunststoff entwickelt, der so hart und hitzebeständig ist, dass er die entstehende Temperatur aushält. Wir haben uns ja auf Elektromotoren spezialisiert und die werden nicht so heiß wie Verbrennungsmotoren – es verbrennt ja nichts direkt." „Und der Drucker kommt mit dem Material zurecht, obwohl es sehr hart ist?" „Er wird erst nach dem Erkalten hart; warm muss er ja gussfähig sein. Unser Probefahrrad, das wir Ihnen gezeigt haben, besteht aus dem vorgesehenen Werkstoff."

Gerlinde sah sich um. „Wie kamen Sie auf die Idee, sich Goldie GmbH zu nennen?" fragte Gregor Metten arglos. „Ich würde es Ihnen zeigen, wenn…." „Wenn?" „Wenn ich sicher wäre, dass sich niemand her verirrt." „Dann muss es sich ja um ein pikantes Geheimnis handeln." Gerlinde sah sich um und ihr Gesicht hellte sich auf. „Da ist eine weitere Nische; dass jemand bis dorthin vordringt, ist unwahrscheinlich, denke ich.

Wissen Sie, ich bin von uns Vieren am schlechtesten dran", vertraute sie ihrem künftigen Auftraggeber an, als sie die Nische erreicht hatten. „Warum?" „Gelb und Gold kontrastieren schlecht. Schauen Sie." Gerlinde hatte dem Mann bereits den Rücken zugewandt und hob nun ihr Kleidchen, unter dem wie bei Rosalinde ein goldfarbener Slip lockte.

Gregor schaute und hörte gar nicht mehr auf zu schauen. „Wie…; wie kriegen Sie das fertig?" „Sonderanfertigung, allerdings in großer Stückzahl." „Das meine ich nicht." „Und was meinen Sie?" „Sie sind so zierlich und Ihr Po bietet trotzdem so appetitliche Wölbungen." Gerlinde lachte. „Hartes Training, glauben Sie mir. Wie lange soll ich meinen Fummel eigentlich noch hochhalten?" „Sie meinen…?" „Ich meine. Ruhig kräftig, das gehört zum Training." Gregor Mettens Hand knallte vernehmlich auf das dargebotene Gesäß.

„Was geschieht hier?" fragte Blanche alias die Blaue, obwohl blanche eigentlich weiß bedeutet. „Hier wird nichts produziert, sondern die eingehenden Halbfertigteile abgeladen, eingescannt und ins Lager abtransportiert", erklärte

Igor Walden. Fasziniert sah Blanche zu, wie ein unablässiger Strom von Gabelstaplern die vorfahrenden Lkws entluden und mit ihrer Beute davonfuhren. „Da sitzen ja noch Leute drauf – auf den Gabelstaplern, meine ich." „Haben Sie etwas gegen Mitarbeiter?" Blanche wurde rot. Sie musste sich hüten, zu ungestüm mit Rationalisierungsideen herauszuplatzen, denn es sollte tatsächlich Konzerninhaber geben, die sich für ihre Leute sozial verantwortlich fühlen. „Nein, natürlich nicht", korrigierte sie sich hastig, „aber ist das nicht sehr fehlerträchtig? Jeden Laageristen herumsuchen zu lassen, bis er den richtigen Ablageort gefunden hat."

„Ganz so ist's natürlich nicht", setzte Walden zu einer weitschweifigen Erklärung an. „Deshalb werden die Paletten, Container und Kisten ja eingescannt. Per Funk wird der Ort gesucht, wohin die Ware gehört, und dem Navigationssystem auf dem Gabelstapler mitgeteilt. Das lenkt den Fahrer zum richtigen Regal. Der muss eigentlich nichts tun, als um unerwartet aufgetauchte Hindernisse herum zu lenken, das heißt Unfälle zu vermeiden."

Auch diese Halle bot den einen oder anderen stillen Winkel. „Das funktioniert einwandfrei?" bohrte Blanche in so einem Winkel, in den sie Walden unter dem Vorwand der besseren Verständigung gelockt hatte. „Naja, Verbesserungspotenzial gibt es immer. Nicht immer erkennen die Scanner einwandfrei, um was es sich handelt." Da könnte ein Folgeauftrag winken, vermerkte Blanche in ihrem natürlichen Datenspeicher, der früher Gehirn geheißen hatte.

Sie sah ein Gerät auf einer Kiste liegen. „Ist das so ein Scanner?" „Genau." „Wissen Sie was? Den teste ich jetzt aus." „Und wie?"

Blanche lächelte süffisant, wischte auf der Menüleiste herum, hob ihr Kleid hinten hoch und hielt den Scanner vor ihren Slip. Ein merkwürdiges Brummgeräusch ertönte. Blanche schaute auf das Display und nickte anerkennend. „Damenunterwäsche", las sie vor, „und ein Fragezeichen.

Ganz sicher ist das Ding folglich nicht. Trotzdem alle Achtung. Haben Sie Damenunterwäsche in Ihrer Produktpalette?" Igor Walden war der Vorführung fassungslos gefolgt. „Nein, natürlich nicht. Ich bin sehr erstaunt." Blanche bemühte sich, nicht zu breit zu grinsen. Unauffällig stellte sie die Branchenauswahl des Scanners von Damenbekleidung auf Metallverarbeitender Betrieb zurück. Gut, dass sie das Modell kannte. Für Igor sah es aus, als befingere das Dummblondchen ein neues Spielzeug.

„Sagen Sie...." „Ja?" „Sie haben wirklich ein goldfarbenes Höschen an?!" Blanche hatte professionell von Grinsen auf zauberhaftes Lächeln umgeschaltet und schenkte dieses nun ihrem potenziellen Kunden. „Was glauben Sie, warum wir Goldie GmbH heißen?

Ich zeig's Ihnen nochmal."

Heinz Kokottka als turnusmäßiger Chef hatte für sich die sauberste Abteilung ausgesucht, die er seinem Gast zeigte. „In alle Winkel des Labors darf noch nicht einmal ich." Ihm war anzusehen, dass er auf diese Aussage stolz war. „Wenn ich es wollte, müsste ich mich vorher komplett desinfizieren und Vollschutzkleidung überziehen. Das erspare ich uns. Vor allem bei Ihnen – ganz unterblieb der anzügliche Seitenblick nicht – wäre es besonders schade."

Ob sie die brodelnden, manchmal wenig wohlriechenden Tinkturen, die auch Verseuchten von der Straße zugänglich waren, als wirklich sehenswert einstufte, behielt Gräuben alias die Grüne für sich. „Mit Tieren experimentieren Sie nicht?" „Bewahre! Wir sind ja kein Pharmaunternehmen. Und wenn, würde ich dennoch versuchen, unter allen Umständen ohne auszukommen." Gräuben setzte auf ihre interne Beurteilungsliste einen Pluspunkt.

Sie waren rasch durch. „Ich glaube, wir können schon in die Kantine und auf die anderen warten", schlug der Geschäftsführer vor. „Gern. Darf ich vorher...?" „Sicher. Das wäre gerade hier." „Oh!" „Was ist?" „Sie haben sogar eine Abteilung D?" Heinz Kokottka schüttelte unwillig den Kopf.

„Vorschrift. Jeder Betrieb über zehn Mitarbeitern muss für das dritte Geschlecht eine Toilette vorhalten. Ich habe noch nie jemanden von der Sorte kennengelernt, davon abgesehen, dass außerhalb von Verwaltung und Labor ausschließlich Männer hier arbeiten. Eine weitere bürokratische Hürde, die gut gemeint sein mag, aber das Gegenteil von gut ist – nur teuer." „Waren sie schon mal drin?" „Was soll ich da?" „Ich bin neugierig. Kommen Sie mit?"

Heinz Kokottka war so überrumpelt, dass er willig hinterhertapste. Im Grunde handelte es sich um eine Behindertentoilette. „So konnten wir wenigstens zwei Fliegen mit einer Klappe schlagen", knurrte Heinz. „Was – was machen Sie denn da?"

Gräuben hatte sich auf den Klodeckel gestellt und die Beine leicht geöffnet. „Ich möchte Ihnen zeigen, warum wir Goldie GmbH heißen. Interessiert?" Der seriöse Geschäftsmann neigte zum nein, aber der biologische Mann in dem Geschäftsmann zeigte sich kompromissbereit. „Äh, warum nicht?"

Gräuben hob ihr Kleid hoch. „Sehen Sie's?" „Was für eine Idee. Aber wenigstens gut verpackt." „Das kann ich schnell ändern. Würden Sie Ihre Hosen fallen lassen?" Während der offizielle Kokottka noch zweifelte, hatte Heinz bereits begonnen, an Gürtel und Reißverschluss zu nesteln. „Jetzt bin ich gespannt", war seine schwache Gegenwehr.

„Im Schritt aufknöpfbar ist das Geheimnis!" triumphierte Gräuben, legte ihre Arme auf Heinz' Schultern und schlang ihre Beine um seine Hüfte. Instinktiv hatte er unter ihre Schenkel am Poansatz gegriffen. Seine Arme trugen nun Gräubens gesamtes Gewicht, was für den muskulösen Mann keine übermäßige Anstrengung bedeutete. Gräuben rieb ein bisschen, schob geübt das Häutchen zurück und ihre Öffnung über das erigierte Glied. Die Höhe passte genau, sodass auch die Münder zueinander fanden. Eine Weile brummte, schnurrte, schmuste und stöhnte das symbiotische Wesen, bis das Grundverlangen gestillt war.

106

Ohne Federlesens sprang Gräuben auf den Fußboden, verschloss ihre goldene Versuchung wieder und begab sich zum Wasserhahn, um sich die Hände zu waschen. „Spermadicht", kommentierte sie. „Aber…, aber wollen Sie nicht auch ihr, äh, Dings…?" „Nicht nötig. Ich hab's gern feucht da unten. Das Zeug soll mir nur nicht die Beine 'runterlaufen. Das würde, glaube ich, doch auffallen."

Beim Gang in die Kantine bemühte sich der Allmächtige, seine Fassung wiederzufinden. „Gut, dass Sie so leicht sind", verkniff er sich dennoch nicht zu sagen. „Ich darf Blut spenden." „Was bedeutet das?" „Ich wiege über 50 Kilo, bin also eine vollwertige Frau." „Das hätte ich nie angezweifelt."

Als sich alle wieder im Sitzungszimmer eingefunden hatten, bestand für niemanden Diskussionsbedarf, dass der Auftrag an die Goldie GmbH gehen würde. Ausgehandelt wurde lediglich die Abwicklung.

„Am nächsten Montag fangen zwei Entwickler bei Ihnen an", fasste Blanche zusammen, „der eine erweitert die Parametertabelle und schafft die Zugriffe darauf und der zweite programmiert den Heiratsexit. Kurz vor Abschluss der Arbeiten schicken wir einen dritten, der sich um die Tabelleneinstellungen kümmert. Das Ganze sollte innerhalb von acht Wochen abgeschlossen sein.

Noch Fragen?"

„Sie haben nicht mehr Leute zur Verfügung?" Heinz Kokottka wäre gern schneller zum Ziel gelangt. „Doch, aber das ist sinnlos. Es darf sich nicht mehr als einer um eine Applikation kümmern, sonst stößt der Zweite um, was der Erste gebaut hat. Die bei Großbetrieben heute übliche Einstellung, was fünf Mann in einem Jahr schaffen, schaffen zehn in einem halben und 20 in drei Monaten. ‚Holt 60 Inder, dann ist alles in vier Wochen fertig' führt unweigerlich ins Desaster. Komisch, dass das Geschäftsführungen weltumspannender Aktiengesellschaften nicht lernen, obwohl sie immer wieder scheitern. Es ist halt eine zu schöne

Vorstellung und die alten Herren in den ganz hohen Etagen sind Lichtjahre von den Alltagsproblemen entfernt. In Betrieben wie dem Ihren arbeiten wir dagegen gern, denn Sie wissen ja, was bei Ihnen abgeht."

Der Abschied geriet herzlicher als für eine reine Geschäftsbeziehung üblich. Auffällig war, dass sich für die besonders intensiven Wangenküsschen jeder an ,seine' Beraterin hielt: Heinz an Gräuben, Igor an Blanche, Gregor an Gerlinde und Phileas an Rosalinde.

Die vier Farben saßen in ihrem Auto und waren vergnügt. „Na Mädels, alles eingesetzt?" fragte Rosalinde, der heute das Chauffieren oblag. „Alles eingesetzt, alle Höschen feucht", kam die dreifache Bestätigung. Gerlinde ging ins Detail. „Die Typen sind wahrlich mit ihren Maschinen verheiratet. Ich biete Gregor meinen Arsch an und der guckt nur verdattert. So findet der nie eine Frau." „Aber er hat…?" „Ich musste direkt werden, sonst stünde ich jetzt noch mit hochgehobenem Kleidchen in der Produktionshalle."

Unter Kichern erreichten die Goldies ihren Firmensitz.

●

Am Montagmorgen um neun Uhr erwartete die komplette Geschäftsführung der Wakomeze die angekündigten Entwickler, um sie zu begrüßen und ihnen ihre Arbeitsplätze zuzuweisen. Sie waren gespannt, was das für Typen sein mochten.

Als die Typen hereingeführt wurden, hätte kein noch so zackig geschmettertes Kommando „Kinnläden 'runter" einen perfekteren Vollzug hervorzurufen vermocht als er tatsächlich geschah. Vor den Großmächtigen standen zwei zierliche Blondchen in Jeans und T-Shirts, die sich hinten beziehungsweise oben herum appetitlich wölbten. „Guten Morgen", wünschten Blanche und Gerlinde im Chor.

„Guten Morgen", stotterten die Wokomezes mehr als dass es überzeugt klang. Dann, nach einer Weile: „Das ist wirklich eine Überraschung." Die beiden Frauen lächelten. „Wissen Sie, wir können uns keine teuren Angestellten leisten. Wir versichern Ihnen aber, dass wir genügend qualifiziert sind." Mit diesen Worten kramten sie aus ihren Handtaschen, die beträchtlich voluminöser als die Puppenwagenaccessoires waren, die sie vorige Woche dabei gehabt hatten, etliche Papiere hervor. „Hier bitte: Unsere Informatik-Hochschulabschlüsse und einige Referenzen von konkreten Projekten, die wir erfolgreich abgeschlossen haben."

Die Männer nahmen die Unterlagen entgegen, warfen einen Blick darauf und erbleichten. „Oh, Frau Doktor...." Blanche unterbrach die drohende Entschuldigungsrede mit einer Handbewegung. „Hört bitte auf. Ihr wisst, wie wir heißen und wir wissen, wie ihr heißt. Ihr seid zwar die Chefs, aber wir sind die Frauen und schlagen hiermit vor, dass wir es bei unseren Vornamen belassen. Wir versprechen, konzentriert und ordentlich zu arbeiten. Einverstanden?"

„Ein...; einverstanden."

Im Lauf der Tage lockerte sich die Stimmung und kippte ins Euphorische, als die Geschäftsführung von Wakomeze immer sicherer wurde, dass die Programmiererinnen wussten, was sie taten. Als besonders glückliche Fügung empfanden Gregor Metten und Igor Walden die Zuteilung, waren es doch ‚ihre' Mädels, mit denen sie intensiv zusammenarbeiteten, was vor allem testen bedeutete.

„Seid nur ihr Entwicklerinnen oder habt ihr einfach gelost?" „Gräuben und Rosalinde sind auch Entwicklerinnen, haben aber abweichende Schwerpunkte. Javascripts auf Linux-Betriebssystem können sie genauso erstellen wie wir, aber Gräuben macht auch Smalltalk und C++ und Rosalinde ist unsere Wertvollste. Sie beherrscht Cobol und PL/1 und stellt dir eine z/OS-Jobcontrol aus dem Stand zusammen. Wer kann heute noch mit einem klassischen IBM-Host umgehen? Du siehst, Gregor, die Goldies haben euch die beiden Dümmsten geschickt." „Zum ersten Mal erlebe ich, dass du Unsinn erzählst, Gerlinde. Wir sehen ja, wie methodisch ihr vorgeht."

Nach drei Wochen war die Parameter-Listbox fertig. „Aber noch nicht mit Leben gefüllt", kühlte Blanche Igors Begeisterung herunter, „es fehlen ein paar Äste, die ins Leere laufen, wenn du sie anklickst."

Gerlindes Heiratsprogramm – für die Heirat metallischer und nicht-metallischer Materialien – bereitete ihr einiges Kopfzerbrechen. „Ich könnte euch bescheißen", vertraute sie Phileas an, der für Softwareprobleme innerhalb der Viererbande das beste Gespür hatte, „und einfach in der Kernelsource – also dem, was der Hersteller mitgeliefert hat – herumpfuschen. Dann wäre beim nächsten Releasewechsel aber alles zerstört und ihr stündet vor einem Scherbenhaufen." „Warum?" „Weil eine neue Kernelversion meine Anpassungen überschriebe. Zu Deutsch: Alles wäre weg." „Was ist denn dein Problem?" „Zuwenige Schnittstellenparameter für meinen Exit. So habe ich keinen Schalter zur Erkennung metallischer und nicht-metallischer Stoffe.

Das sehe ich gerade 'was. Vom sechsstelligen Stücklistencode brauchen wir ja nur vier. Die beiden Schleppbytes könnte ich je nach Zustand missbrauchen, um ...."

Gerlindes Erklärungen gingen in Gemurmel unter. Phileas erkannte, dass sie sich aufs Äußerste konzentrierte und schlich davon, um sie nicht zu stören.

Beim nächsten gemeinsamen Kaffee griff er das unterbrochene Gespräch wieder auf. „Sag' mal, Gerlinde, was ich immer schon fragen wollte und nie zu fragen wagte...." „Kommt jetzt etwas Unanständiges?" „Fast. Allerdings nichts Unanständigeres als dein ‚bescheißen' von vorhin. Bei eurer Akquisition ist euch so ein Wort nicht 'rausgerutscht." Gerlinde grinste. „Da schlüpft ja auch die zweite Seele aus unserer Brust...; he!" Unwillkürlich war Phileas' Blick eine Etage tiefer gerutscht. „Die Brust der Goldie GmbH meinte ich natürlich. Wolltest du mir nicht eine Frage

stellen? Eine mittelanständige, wenn ich es richtig interpretiert habe." „Ah, richtig. Du sprachst davon, nicht in den
Kernelsourcen herumfuhrwerken zu wollen.

Die haben wir doch gar nicht; nur die Lademodule." Ger-
linde grinste wieder. „Doch, habt ihr." „Aber von Seiten der
Herstellerfirma hieß es…." „Papperlapapp. Alle geben ihre
Sourcen mit, verstecken sie aber gut." „Warum das?" „Angenommen, es tritt ein so dramatischer Fehler auf, dass
einer der Kernelprogrammierer antanzen muss, um die
Sache zu beheben. Es wäre extrem mühselig, beim
Hersteller eine Datenumgebung aufzubauen, die der des
reklamierenden Kunden entspricht, und dann erst mit
Tests zu beginnen. Das würde Monate verschlingen. Der
Kernelknilch – er sollte ein Spitzenmann oder vielleicht
auch eine -frau sein – wird sich beim Kunden sofort dran-
machen. Wenn er den Fehler findet, kann er ihn vor Ort
ausmerzen und testen. Mit Glück ist die Sache nach
einigen Tagen ausgestanden. Der Kernelmensch muss in
der Zentrale natürlich die Korrektur für alle nachziehen
und beim nächsten Releasewechsel unauffällig ausliefern."
„Kann er den Sourcecode nicht einfach auf einem Stick
mitbringen?" „Kann er, aber nie sicher sein, dass er genau
die Kundenversion erwischt hat. Je nach Wunsch sind
herstellerseitig individuelle Exits installiert, wie ich hier
einen bastele.

Was er garantiert tut, ist, die beim Kunden entwickelte Version nach Hause mitnehmen, sozusagen zurückklauen."
„Jeder Download ist doch gesperrt!" „Ach Phileas, du bist
wirklich naiv."

Phileas hauchte Gerlinde zum Zeichen seiner Missbilli-
gung einen Streich auf ihre zarte Wange. „Und du hast die
Sourcen entdeckt?" „Weißt du, als Hobby mach' ich beim
Chaos Computer Club mit." Fortan gab es in den Hallen
der Wakomeze eine Person mehr, der Gerlinde aus der
Hand aß.

An einem Tag blieben Blanche und Gerlinde abwesend,
da sie gemeinsam mit den Mitinhaberinnen der Goldie

GmbH den nächsten Kunden zu akquirieren gedachten. Diese Fälle waren vertraglich ausgemacht und entsprechend geplant. Dennoch konnte sich Phileas am Tag drauf nicht verkneifen, Gerlinde zu fragen: „Waren es wieder vier Geschäftsführer, die ihr auf eure Art 'rumgekriegt habt?" Diesmal war es Gerlinde, die symbolisch die Wange ihres Auftraggebers berührte, um ihn zu schelten. „Nein, nur einer", gestand sie schließlich, „und der war sofort in Gräuben verschossen. Wir anderen hätten getrost weiter unserem Job nachgehen können."

Auch in ziviler Kleidung fielen die beiden Persönchen auf. Je weiter die Applikation fortschritt, desto mehr wurden Werkleiter oder andere Angestellte herangezogen, um die Entwicklerinnen beim Testen zu unterstützen. Kam es zur Bildung einer größeren Gruppe, nahm diese häufig Trichterform an: Blanche oder Gerlinde im Zentrum und um sie herum stämmige Kerle, die körperliche Arbeit gewohnt waren. Dass sich der eine oder andere der Kerle dichter an das Zentrum drückte als unbedingt nötig gewesen wäre, sei an dieser Stelle nicht verschwiegen. Die beiden Frauen zeigten sich in dieser Hinsicht bemerkenswert tolerant.

Gegen Ende der achten Woche war Land in Sicht, aber Goldies Software noch nicht ausgereift. „Wie lange überzieht ihr, schätzt du?" fragte Heinz Kokottka. „Seien wir realistisch: Zwei Wochen." „Na schön."

Für die Tabelleneinstellungen, die kurz vor Abschluss geplant waren und folglich in die zehnte Projektwoche fielen, erschien wie vorgesehen ein dritter ‚Mann'. Es handelte sich um Gräuben, natürlich auch in ‚Zivil'. Als sie auftauchte, hatte Heinz Kokottka plötzlich alle Zeit der Welt, um in der Cafeteria herumzusitzen und Gräubens Pausen abzuwarten.

Dass der Chef erwartete, dass sie sich mit ihrer Tasse zu ihm setzte, war ihr klar. „Wie sieht's aus?" täuschte Heinz dienstliche Belange vor. „Bei zehn Wochen bleibt's. Am Freitag sind wir fertig." „Eins interessiert mich brennend." Der Mann beugte sich leicht vor. Gräuben war klar, dass gleich nichts käme, was mit Programmierung und dem Schicksal der Wakoweze zusammenhing. „Und was?"

„Ihr...; dein Vorname. Was haben sich deine Eltern gedacht, als sie dich so tauften? Oder weißt du's nicht?" „Doch, doch. Meine Mutter hat die Hände über dem Kopf zusammengeschlagen.

Mein Vater ist ein absoluter Jules Verne-Fan. Nachdem er die Enttäuschung überwunden hatte, dass sein Erstgeborener zum Mädchen geraten war, beschloss er, dass ich wenigstens so heißen sollte wie die einzige positive deutsche Frauengestalt seiner Werke – Vernes Werke, meine ich –, nämlich die Verlobte Axel Lidenbrocks in ‚Reise zum Mittelpunkt der Erde'." „Und die hieß Gräuben?" „Es wird kompliziert. Der Autor hatte keinen Schimmer von deutschen Namen, geschweige denn, wie sie geschrieben werden. Im Original heißt sie Graüben, also die Punkte über dem ‚u'. Dann wäre ich Gra-Üben ausgesprochen worden. Zum Glück vereitelte das der Standesbeamte."

„Ungewöhnlich ist der Name trotzdem." „Übersetzer haben sich daran die Zähne ausgebissen. Der Namenlose des ungarischen Verlags Légrády machte eine Gertrud daraus, Karl Lanz bei Hartleben und Barbara Klau und Hansjürgen Wille bei Diogenes Gretchen, Fritz Glunk Griselda und Manfred Kottmann vom Fischer Taschenbuch Verlag gar eine Gudrun. Volker Dehs schlägt in seiner Biografie genau das vor, was ‚mein' Standesbeamte vorweggenommen hatte, nämlich die Pünktchen vom ‚u' auf das ‚a' zu transponieren. In seiner eigenen, jüngsten und sicher sorgfältigsten Übersetzung lässt er allerdings den Originalnamen stehen: Graüben." Heinz starrte Gräuben an. „Das hast du alles im Kopf?" „Es begleitet mich mein ganzes bisheriges Leben. Am Anfang haderte ich ständig mit dem Namen; inzwischen habe ich mich nicht nur mit ihm ausgesöhnt, sondern trage ihn sogar mit einem bisschen Stolz." „Das ist zu spüren, wenn du über ihn erzählst."

Eine Weile herrschte Schweigen. Das Kaffee war beinahe ausgetrunken, als Heinz fragte: „Wie habt ihr euch eigentlich kennengelernt? Ihr Goldies, meine ich." „Ganz einfach: Wir besuchten die Grundvorlesungen Informatik und Mathematik während der ersten vier Semester. Wir stachen heraus, weil wir die einzigen Mädchen innerhalb einer undurchdringlichen Männerphalanx waren. Das heißt, für Lehramt gab's noch die eine oder andere Tussi, aber die sahen auch aus wie Lehrerinnen." Eine gewisse Koketterie war aus dieser Antwort deutlich herauszuhören.

„Kurz und gut", fuhr Gräuben fort, „wir fanden uns zu gemeinsamen Übungen. Ich hatte das Glück gehabt, in der Oberstufe einen großartigen Mathelehrer gehabt zu haben, bei dem ich begriffen – wirklich begriffen hatte, was eine Funktion ist. Blanche, Gerlinde und Rosalinde nicht, aber es gelang mir, ihnen mein Wissen so gut zu vermitteln, dass wir alle Vier in Funktionentheorie und Analysis beste Noten einheimsten.

Du musst wissen oder weißt schon, dass nur drei Prozent aller Menschen mit Zahlengefühl gesegnet sind. Fehlt es dir, fällt dir jeder technisch-wissenschaftliche Beruf schwer. Weißt du nicht, was eine Funktion ist, gerätst du in der Informatik unweigerlich bei jeder Aufgabe ins Schlingern. Ich habe etliche Leute kennengelernt, die sich mühsam an Analogien aus der einfachen Welt entlangzuhangeln versuchten, aber ständiger Überforderung nicht entrannen. Meistens endeten sie mit einem Burnout im besten Alter."

Heinz Kokottka holte tief Luft. „Das erklärt vieles", murmelte er.

„Naja", schloss Gräuben ihre Ausführung, „da wir so gut harmonierten, beschlossen wir, nach dem Studium zusammenzubleiben und eine eigene Bude aufzumachen. Nach all' den Dilettanten, die wir kennenzulernen das zwangsweise Vergnügen hatten und die mit Bluff einen Haufen Geld machten und machen, dachten wir, da können wir mithalten." „Da kann ich euch nur beglückwünschen – und die Wakomeze."

Wie angekündigt schlossen die Goldies ihr Projekt während der zehnten Projektwoche zu aller Zufriedenheit ab. Zur feierlichen Begrüßung des ersten vollautomatisch erstellten Elektromotors waren alle Vier in ihrem Akquisitions-Outfit erschienen. Dass die versammelten Arbeiter, Vorarbeiter und Werkstattleiter ihren Fokus lieber auf die vier wohlgeformten Beinpaare der Damen als auf den eigens in goldfarbenem statt im üblichen schlichten Grau gegossenen zentralen Block richteten, lenkte sie von der bitteren Konsequenz des Anlasses ab, der des Verlusts zahlreicher Arbeitsplätze.

●

Der Tag der Schlussbesprechung war angebrochen. Die vier Goldies waren wieder in ihren corporate identitiy-Farben erschienen, aber nur unten herum. Oben wurden sie von ärmellosen goldenen T-Shirts verhüllt, die eng genug waren, die Oberweiten ihrer Trägerinnen vorteilhaft zur Geltung zu bringen. Alle saßen um den respektgebietenden Konferenztisch herum. „Wärt ihr damals so aufgetreten, hättet ihr uns noch schneller 'rumgekriegt", gestand Heinz Kokottka den Besucherinnen. Die Vier lachten und Gräuben versprach: „Wir haben noch eine Überraschung.

Das aber später. Zunächst: Wir hatten keine Reklamationen und wenn man nichts hört, ist's bekanntlich gut. Wie hat sich die Sache eingespielt?" Heinz übernahm die Antwort. „Sehr gut, die Motorenproduktion läuft einwandfrei. Wir konnten eine ganze Halle frei räumen und sind dabei, uns zu diversifizieren." „Das heißt?" „Wir werden unsere Palette um Brennstoffzellen erweitern und auch in die Wasserstoffgewinnung einsteigen. Wir wollen für Elektrofahrzeuge die gesamte Antriebstechnik aus einer Hand bieten. Für die Brennstoffzellenherstellung haben wir einen zweiten 3D-Drucker bestellt. Meinst du, Gerlinde, dein Heiratsprogramm schafft auch so ein Teil?" „Ich antworte mal mit der berühmtesten Redensart der Informatik: Müsste." Die

Angesprochene schloss die Augen. „Aus dem Stand sehe ich kein Hindernis", fuhr sie mehr zu sich selbst als zu jemand anderem gewandt fort, „die Parameterleiste sollte hinreichen und die Attributnutzung passen. Hierin könnte meiner Meinung nach der einzige Knackpunkt auftauchen, wenn es einen gibt."

„Seid ihr von der Wasserstoff- und Brennstoffzellenzukunft überzeugt?" fragte Rosalinde, „sie gilt als sehr ineffizient." „Das wäre sie auch, wenn zur Wasserstoffgewinnung Kohlekraftwerke genutzt würden. Das Trennen der beiden Wasserelemente verschlingt eine enorme Energie. Fossile Energieträger hauen drei Mal so viel CO_2 'raus wie durch den Einsatz eines Elektrofahrzeugs gespart würde. Das wäre tatsächlich Unsinn.

Andererseits ist der größte Verschwender das Zentralgestirn, das vermeintlich über unseren Köpfen hängt. Ein Zehnmilliardstel dessen, was die Sonne in jeder Sekunde abstrahlt, kommt auf unserer Erde an, und davon reflektieren wir wegen mangelnder Treibhausgase die Hälfte zurück. Das verbleibende Bisschen reicht, um alles auf unserem Planeten am Leben zu erhalten. Kurz und gut, die immer heißer werdenden Sommer bescheren uns einen Energieüberschuss – und das kostenlos! –, der genutzt werden sollte. Wasserstoff in Flaschen ist der Stein der Weisen, Strom endlich beliebig lagern zu können.

Hab' ich dich überzeugt?"

„Du bist ja richtig sendungsbewusst. Ja, du hast mich überzeugt."

„Gut. Jetzt zur Schlussrechnung."

Der amtierende Geschäftsführer räusperte sich. „Meine Damen, nicht erschrecken; ich werde jetzt förmlich. Es geht um das Ziel Ihres Auftrags, nämlich ob er erfüllt oder nicht erfüllt wurde." Er sah die vier Goldies nacheinander an. „Abgemacht waren acht Wochen, aber es wurden zehn daraus. Danach lief die von Ihnen gelieferte Software zwar einwandfrei, aber eben mit Verzug.

Haben Sie dazu etwas zu sagen?"

„Nein", erwiderte Gerlinde. „Hört mal", warf Phileas ein, „ihr habt doch genau gewusst, dass acht Wochen nicht reichen?!" „Ich hatte auf neun gehofft, aber zu Beginn stieß ich bezüglich der Parameter auf unerwartete Schwierigkeiten. Bis der Knoten geplatzt war, verging eine weitere Woche." „Aber berechnet habt ihr euren Aufwand von vornherein auf zehn Wochen, oder?" „Es war eine Mischrechnung. Sieh's als ,kurzes-Röckchen-Bonus' an." Phileas holte tief Luft. Über ein solches Argument kann sich kein Mann empören.

Heinz räusperte sich nochmals. „Sei es wie es sei und auch, dass Sie besser gearbeitet haben als jeder Mitbewerber fertiggebracht hätte. Dennoch sind zwei Wochen Verzug zwei Wochen Verzug, das sind bei zwei Personen deren vier oder 20 Tage. Sie wissen, was wir als Konventionalstrafe mündlich ausgemacht haben?"

Die ausgemachte Form der Konventionalstrafe hätte nicht schriftlich festgehalten werden dürfen, denn weder ein privater noch ein behördlicher Wirtschaftsprüfer hätte sie durchgehen lassen. Die Männer grinsten über alle acht Backen und die Männerträume lächelten. „Für jeden Tag zehn Schläge aufs nackte Gesäß einer der Verursacherinnen und anschließend eine Samenspende pro verlorene Personenwoche.

Sind Sie bereit, meine Damen?" „Ja." „Wollt ihr eigentlich alle Vier oder nur die beiden, die während der ganzen Zeit bei uns anwesend waren?" „Wir sind eine Solidargemeinschaft. Wollt ihr auch alle Vier?" „Klar!" Acht männliche Mundwinkel hatten sich acht Ohrläppchen bedenklich genähert. „Sollen wir unsere erstmalige Konstellation beibehalten?" „Gern."

Als Erstes war das Duo Rosalinde – Phileas dran. Zwei Fußbänkchen wurden in Griffweite des als Vollstreckungsinstrument vorgesehenen Sessels deponiert. Rosalinde stellte sich vor ihn und zog sich ohne Federlesens das

117

goldene T-Shirt über den Kopf, sodass sie vor der Gesellschaft oben herum keine Geheimnisse mehr verbarg. „Wir dachten, wir machen euch noch heißer", erklärte Gräuben, „und lassen die, die gerade nicht dran sind, zuschauen, wie der Vorbau der Delinquentin mitschwingt. Das müsste jedes Feuer wecken." Sie brauchte sich nicht zu vergewissern, dass kollektives Nicken ihr zustimmte. Rosalinde verwandelte ihren Körper in einen rechten Winkel, der in Höhe ihrer ausladendsten Region abknickte, und stützte sich auf die Lehne. „Oh." „Diesmal haben wir unsere Höschenfarbe dem Rock angepasst. Das ist die von Gräuben erwähnte Überraschung. Spielt aber keine Rolle, da es auf den Nackten geht. Ich hab' als Rosalinde nur den Vorteil, dass hinterher Po und Slip uni sind."

Vergnügt klatschte Phileas ‚seine' 50 auf Rosalindes Backen, die die Streiche lächelnd entgegennahm. Ihre Brüste schaukelten wunderbar im Takt der Schläge mit. Unmittelbar nach Abschluss zerrte Phileas die Fußbänkchen heran, damit Rosalinde sich darauf positionierte, und drang in die dargebotene Öffnung ein. Er schaffte einige Stöße und hängte die Latte für seine Nachfolger recht hoch. Rosalinde streckte sich und zog ihren Goldfummel wieder über. „Gut", urteilte sie, „die Nächsten." Es war den drei Herren angesichts des Gebotenen schwer gefallen, Ruhe zu bewahren, und sie fieberten ‚ihrer' Sitzung entgegen.

Die Paarungen Gerlinde – Gregor, Blanche – Igor und Gräuben – Heinz wickelten ihre Zahlungen in gleicher Form ab und schließlich saßen alle leicht erschöpft in ursprünglicher Anordnung um den Konferenztisch herum. „Mit den Programmpunkten sind wir durch", verkündete der Geschäftsführer der Wakomeze, „hat jemand noch etwas zu sagen?"

Er rechnete mit keiner Meldung und war umso überraschter, als Blanche aufzeigte. „Ja, Blanche?" „Deine Frau hat mich angerufen." Heinz wurde bleich. „Was?" Von den vier Inhabern der Firma war er der einzige im Ehestand. „Das heißt, sie hatte mich am Handy. Ich hab' das Gespräch an Gräuben weitergegeben. Gräuben?"

„Sie verdächtigte mich rundheraus, dich verführt zu haben", nahm diese den Ball auf, „und verlangte Genugtuung." „Was...; was wollte sie?" „Lass' mich zu Ende erzählen. Ich erklärte ihr, dass wir einige tiefgehende Sitzungen miteinander absolviert hätten." „Aber das...; das war ein Geständnis." „Sie fragte auch, ob die Tiefe bis zur Gebärmutter drang. Sie weiß übrigens von deiner Neigung zum Spanken." „Ich habe nie...." „Glaub' ich. Ich fragte sie, ob sie einen Wunsch habe. Nach einigem Zögern rückte sie mit einem heraus." „Und welchem?" „Sie verlangte, dass sie beim nächsten Mal zugucken dürfe." „Waaas verlangte sie?" „Z-u-s-c-h-a-u-e-n, capito?" „Aber das ist ja..., das ist ja pervers." Zornesröte stieg in Heinz Kokottkas Gesicht. „Heinz, beruhige dich und denke nach. Was hast du denn mit mir gemacht?" „Äh...." „Stimmt, ich war einverstanden. Bei unserem ersten Besuch hab' ich's sogar provoziert. Ob du das pervers, exzentrisch oder schräg nennst, überlasse ich dir. Gönn' deiner Frau den Anblick, wenn eine andere Frau den Arsch vollkriegt. Da wir heute unter uns waren, müssen zumindest wir beide das Spiel demnächst wiederholen. Ich habe mich dazu bereit erklärt.

Lass' dir von mir als Frau sagen, dass deine danach sicher um einiges zufriedener sein wird als sie es im Augenblick ist. Wir sind zwar Zicken, aber können uns ganz gut auslesen. Einverstanden?"

Heinz schluckte. „Einverstanden." „Give me five!"

Zum Abschied fragte er: „Können wir euch weiterhin unterstützen?" „Hm, ja." „Was, Gräuben?" „Ihr kauft den zweiten Riesen-3D-Drucker und seid jetzt sicher beim Hersteller oberster Referenzkunde?!" „Das denke ich." „Habt ihr in Kürze einen Termin mit ihm?" „Nächste Woche. Sie bemühen sich sogar her." „Führt ihr den Vertretern unsere Exits vor?" „Das ist der Sinn der Sache." „Könnt ihr ein gutes Wort für uns einlegen?"

Gräuben fasste den Geschäftsführer der Wakomeze an den Schultern und drehte dessen Oberkörper zu sich. „Weißt du, Heinz, wie ihr an die Zukunft des Wasserstoff-Brennstoffzellenantriebs glaubt, glauben wir an die Zukunft des 3D-Drucks. Unser Fernziel ist, beim Marktführer in einem langfristigen Werkvertrag unterzukommen. Darf eine von uns dabei sein? Nächste Woche, meine ich."

Heinz Kokottka lächelte, diesmal ohne jeden Hintergedanken. „Du wirst dabei sein, Gräuben. Das verspreche ich dir."

Gefreite Iris

Rein vom Finanziellen gesehen ist die Bundeswehr attraktiv. Verglichen mit dem Taschengeld, das ich als Bäckerlehrling nach meiner mittleren Reife eingestrichen hatte, stand ich nun, da ich mich als Zetti, das heißt als Zeitsoldat gemeldet hatte, sozusagen auf der öffentlichen Gehaltsliste, die meine Konsummöglichkeiten vervielfachte.

Ich hatte mich zum Sanitätsdienst gemeldet, da mir ein Kollege, der mir vorausgegangen war, diesen als die stressfreieste aller Möglichkeiten schmackhaft gemacht hatte. Ich schimpfte mich zwar Panzergrenadier, war aber in einer ostfriesischen Kleinstadt in einem reinen Sanitätsbataillon gelandet und dort wiederum im Sanbereich, das heißt in der bataillonseigenen Krankenstation. Das bot den Vorteil, dass ich nie mit ausrücken musste, denn eine Sanitätskompanie hat ihre eigenen Metzger ja stets dabei. Dadurch milderte sich für mich die Drohung ‚er ist halb Mensch, er ist halb Tier, denn er ist Panzergrenadier' erheblich ab.

Mittlerweile hatte ich es zum Truppenarztschreiber gebracht. Das war gleichzeitig eine Beförderung, denn ich saß nun auf der Planstelle eines Obergefreiten. Damit alle in der derselben Rolle auch die gleichen Anforderungen erfüllen, hatte ich zum Erlangen dieses Titels einen dreitägigen Kurs absolvieren müssen. Das erste Kapitel dieses Kurses lautete: ‚Wenn Sie im Anmeldeformular ‚Name' lesen, schreiben Sie nicht Ihren Namen in das Feld, sondern den des Patienten.' Kurz und gut, während der drei Tage lernten wir, zwei Zettel auszufüllen. Obwohl ich es als unmöglich betrachte, in diesem Kurs zu versagen, sofern man überhaupt lesen und schreiben kann, schafften es Vier von uns Dreißig, durchzufallen.

Die Belegung des Wartezimmers im Sanbereich ist am besten als Hyperbel darstellbar. Ist montags seine Kapazität über den Rand ausgeschöpft, weil die motivierten Vaterlandsverteidiger dank eines Zipperleins für den Rest der

Woche von lästigen Übungen und Schikanen befreit zu werden hoffen, sinkt sie freitags auf Null, denn das Risiko, während des Wochenendes in der Kaserne festgehalten zu werden, geht niemand ein; lieber schleppt man sich mit dem Kopf unter dem Arm in die elterlichen Gefilde, um sich dort von einem zivilen Arzt heimkrank schreiben zu lassen.

Nachdem mir aufgefallen war, dass an jenen Montagen viele der bedauernswerten Wracks mit den gleichen Klagen vorsprachen, hängte ich ein Schild mit der Inschrift ‚Die Patienten werden gebeten, keine Symptome auszutauschen' in den Warteraum – was natürlich nichts nützte. Immerhin kam es während meiner aktiven Zeit zu keinen Todesfällen, obwohl wir zum Eigenschutz unser Motto herausgegeben hatten: ‚Wo wir sind, bedarf es des Feinds nicht mehr.'

Zu dem einen oder anderen ernsthaften Fall kam es sehr wohl. In zyklischen Abständen wird man zum UvD eingeteilt. Das ist der Unteroffizier vom Dienst, dem die Nachtschicht obliegt, um bei kleineren Fällen selbst lindernde Hand anzulegen oder bei schweren den Doc, das heißt den Stabsarzt herbeizuordern. Während einer NATO-Übung, die unweit hinter der Grenze in den Niederlanden stattfand, wurde ein Soldat eingeliefert, der sich über die Dunkelheit beklagte. Ich erschrak, denn der Komplex war mit kaltweißen Leuchtstoffröhren gleißend hell erleuchtet.

Schnell stellte sich heraus, dass ein Witzbold unmittelbar vor dem Gesicht des Mannes eine Schreckschusspistole abgefeuert hatte, deren Geschosssplitter für die Augen sehr gefährlich sind. Ich rief den OvWa – den Offizier vom Wachdienst – an. „Ich habe hier jemanden, der dringend in die Spezialklinik nach Bremen muss." „Wo soll ich jetzt denn einen Fahrbefehl herkriegen?" „Stellen Sie ihn selbst aus; das liegt in Ihrer Befugnis." „Sie brauchen mich über meine Befugnisse nicht aufzuklären." Ich hatte während dieser Nacht zwar die Befehlsgewalt eines Unteroffiziers inne, durfte aber natürlich keinem Offizier Vorschriften machen. Andererseits gibt es den übergesetzlichen Notstand. „Der Kamerad wird sein Augenlicht verlieren, wenn er nicht schnellstens operiert wird", erklärte ich ruhig. „Entweder steht in zehn Minuten ein Transportmittel vor der Tür des Sanbereichs oder ich alarmiere den zivilen Rettungsdienst." Das Gefluche und Geschimpfe am anderen Ende der Leitung würgte ich ab, indem ich einfach auflegte.

9¾ Minuten später war der zur fahrbaren Krankenstation umgerüstete Unimog da. Wie erwartet stärkte mir am nächsten Morgen der Doc den Rücken. „Das hast du völlig richtig gemacht." „Der OvWa drohte mit einem Disziplinarverfahren wegen Kompetenzüberschreitung." „Soll er beantragen. Er wird sich wundern." Das einzige, was ich weiterhin von dem Ereignis hörte, war, dass der niederländische Soldat unverzüglich nach Köln weitergeflogen worden war. Ich fürchte, er verlor sein das Rennen gegen die Zeit, sofern er überhaupt eine Chance gehabt hatte. Jener OvWa muckste sich hingegen nicht mehr.

Die Hauptbeschäftigung eines Soldaten besteht darin, sich zu langweilen. Dazu kommt enormer Frust wegen des Frauenmangels, der durch Aufnahme weiblicher Mitglieder gemäßigt, aber bei Weitem nicht beseitigt worden war. Der Sanitätsdienst zieht zwar mehr Frauen als der offene Kampfeinsatz an, aber über das Verhältnis 8:1 zu Gunsten der Männlichkeit bringt es auch diese Einheit nicht. Folglich bleibt den auf dem Trockenen Sitzenden nichts anderes übrig, als nach Dienstschluss in den örtlichen Diskotheken, Bars und sonstigen einschlägigen Etablissements auf die Jagd nach weiblichem Fleisch zu gehen. Leider stellt sich in von der Bundeswehr dominierten Orten auch dort ein Missverhältnis der Geschlechter ein, das häufig durch intensive Diskussionen geglättet wird.

Als ich wieder einmal UvD schob, stellten sich gegen Mitternacht ungefähr ein Dutzend Teilnehmer einer solchen Diskussion mit Veilchen und blutenden Nasen bei mir ein, die alle aus meiner Kompanie stammten. „Ihr Arschlöcher", schnauzte ich sie an, „wenn euch das nächste Mal die Argumente ausgehen, sucht euch gefälligst eine Nacht aus, in der nicht gerade ich UvD bin.

Lasst sehen, was ich tun kann", knurrte ich, auf etwas versöhnlicher schwenkend. Verbände wickeln und Tropfen und Salben ausgeben kann und darf ich, ohne den Doc zu bemühen. Es würde bei der Vielzahl der Arsch…, äh, der Patienten allerdings eine lange Nacht werden.

Mir fiel ein Ausweg ein. „Iris, bist du noch wach?" „Ich wollte gerade schlafen gehen. Warum rufst du an? Du bist doch an deinen Dienst gefesselt." „Deswegen. Ich stehe vor einem Haufen Schwachköpfe, die ich verbinden muss. Könntest du mir helfen? Dann muss ich mir nicht die ganze Nacht um die Ohren schlagen." „Ach so, das ändert die Lage. Klar."

Der Dienst im Sanbereich geschieht in der Ausgehuniform: Schwarze Schuhe, Socken und Hose und ein hellblaues Oberhemd, im Sommer kurzärmelig und ohne Krawatte, weil dieser Version der oberste Kragenknopf fehlt, und im Winter langärmelig und mit Krawatte. Die der Frauen ist ähnlich; allerdings dürfen sie auf die lästige Krawatte verzichten, denn je nach Ausprägung des Balkons kann ein unerwünscht aufreizender Knick des Kleidungsstücks dazu führen, dass der Befehl ‚Augen rechts!' missverstanden wird, wenn sich attraktive Vorbauten ausgerechnet zur Linken befinden.

Darüber hinaus steht ihnen frei, sich wahlweise in einem schwarzen Rock zu zeigen. Der darf höchstens knapp über dem Knie enden, aber während der häufigen Putz- und Flickstunden, die das beneidenswerte Soldatenleben bereichern, kommt es dummerweise immer wieder vor, dass ein Saum versehentlich so umgenäht wird, dass er ein wenig höher endet. Weibliche Schleifer nehmen das mit einem Schnauben zur Kenntnis und fordern die Trägerin auf, das Versehen wieder rückgängig zu machen, während ich nie erlebte, dass ein männlicher Unteroffizier eine

124

ähnliche Forderung erhob, und gälte er als noch so disziplinversessen.

Iris' Lendenschurz hatte bisher jede Inspektion überstanden, weil unsere Gutachterkolonne durchweg aus der Spezies Gockel bestand. Wenn er sich darüber hinaus, der Zentrifugalkraft gehorchend, bei einer raschen Dreivierteldrehung ein weiteres Stück hob, sodass er für wenige Sekunden auch die ultimativen Quadratzentimeter Oberschenkel seiner Trägerin neugierigen Blicken preisgab, hob sich gleichzeitig auch die Stimmung der Verwundeten, all' ihren Blessuren zum Trotz. Hatten sie, als ich noch allein war, darauf gedrängt, als Erste behandelt zu werden, signalisierten sie mir nunmehr, über alle Zeit der Welt zu verfügen.

Dennoch hatten Iris und ich gegen zwei Uhr morgens alle erfolgreich verarztet und verjagt. Wir sahen uns an. Iris ist die Hübscheste der Kompanie, so hübsch, dass sich bisher keiner an sie herangetraut hatte – mich eingeschlossen. Da sie mir mitten in der Nacht ohne Federlesens zu helfen angeboten hatte, rechnete ich mir plötzlich Chancen aus. Hätte ich vor zwei Stunden gründlich überlegt, hätte ich sie gar nicht darum zu bitten gewagt; zum Glück war die Überschwemmung Lädierter so ungestüm über mich hereingebrochen, dass ich nachzudenken keine Zeit gefunden hatte.

Wir sahen uns immer noch an. Iris lächelte. Lange würde sie keine Geduld mehr haben, das stand fest. „Am besten bleibst du bis zum Antreten hier", fiel mir endlich ein, „wir haben Donnerstag Nacht und die Krankenzimmer sind leer." Keine originelle Anmache, aber in Anbetracht des nüchternen Ambientes romantisch genug. „Und du?" „Ein bisschen kann ich mich auch hinhauen." Grundsätzlich ist unsere Baracke außerhalb der Dienstzeiten verschlossen, denn niemand soll unbemerkt hereinzuschleichen und seinen Rausch auszuschlafen Gelegenheit erhalten. Klingel und Telefon wecken Tote, wenn Not am Mann sein sollte. Der Doc hat zwar einen Zweitschlüssel, aber dem würde nichts weniger einfallen als ungerufen mitten in der Nacht hier hereinzuschneien.

Wir hatten folglich einige ungestörte Stunden vor uns. „Komm, wir suchen uns ein schönes Nest und nehmen eine Mütze voll Schlaf." Das war in zweierlei Hinsicht Unsinn. Erstens waren alle Nester innerhalb der Billig-Eternitwände gleich hässlich und dann waren wir beide auf Grund der absolvierten Schicht glockenwach.

Dennoch fanden wir ein Refugium, das wenigstens mit Kissen ausgestattet war. Iris streckte sich so ausgiebig, dass das Hemd über ihre Oberweite spannte und der Fummel unten herum bis zu ihrem Höschen keine Geheimnisse verbarg. Zum ersten Mal fiel mir auf, dass ihr Becken den Fummel zur Gänze ausfüllte. Ich konnte nicht anders, als ihr kräftig einen hinten drauf zu hauen.

Iris zuckte kaum merklich nach vorn und erstarrte. Nach einer Weile senkte sie ganz langsam die Arme und drehte sich zu mir um. Während ich mir bereits eine Entschuldigung zurechtgelegt hatte, sagte sie: „Mein Kamerad bedankt sich für das Kompliment."

Ich wurde rot. „Gern geschehen. Ich hatte schon befürchtet, du würdest zornig." „Ich werde auch gleich zornig bei so viel Schüchternheit. Hast du immer noch nicht gemerkt, was ich will? Pass' auf!" Iris bückte sich und stützte ihren Oberkörper mit den Händen ab, die sie oberhalb der Knie auf ihre Oberschenkel platzierte. Dadurch stand sie einigermaßen stabil. Ihr Gesäß lockte mit perfekten Rundungen.

„Jetzt folgst du meinen Anweisungen. Mein Po hat mir mitgeteilt, dass du Linkshänder bist. Richtig?" „Richtig."

„Stell' dich mit dem Gesicht nach hinten rechts neben mir auf. Okay.

Jetzt umfasst du mit dem rechten Arm meine Hüfte und hältst sie fest – stramm fest, damit ich gleich nicht umkippe. Okay.

Und jetzt setz' endlich deine linke Hand in Bewegung, du Depp, und zwar kräftig.

Ja, so ist's gut."

Es klang dumpf, aber nachhaltig. Die Schläge trafen auf eine wunderbar straffe und dennoch nachgiebige Unterlage. Bei jedem Treffer ruckte Iris einige Zentimeter nach vorn – für mich nach hinten –, aber das schien ihr weniger als nichts auszumachen.

Nach einer Weile rief sie: „Stopp!"

„Genug?"

„Von wegen!" Iris entzog sich meinem Griff und zog ihren Rock hoch, sodass mir jetzt ein Bundeswehrslip in Tarnfarben entgegengähnte.

„Von vorn!" kommandierte sie.

Wieder umklammerte ich sie und versetzte ihr einen verhaltenen Klaps, da ihre Haut nun viel weniger geschützt war. „He, wir sind nicht im Ponyhof! Mindestens ebenso kräftig wie eben."

Während ich gehorchte, merkte ich, dass sich in mir etwas veränderte. Mir begann die Aktion Spaß zu machen und auch ein Körperteil von mir, dem ich versprochen hatte, bald seinem weiblichen Gegenstück einen Besuch abstatten zu dürfen, begann sich zu regen.

Nach ungefähr zwei Dutzend rief Iris wieder: „Stopp!" „Und?" „Na, was wohl?"

Sie ließ ihr Höschen fallen. „Mach' dich gefälligst unten 'rum auch frei. Wehe, dein Kamerad entlädt sich vorzeitig. Meine Muschi fordert Exklusivrechte ein."

Wir stellten uns wieder in Positur. „Diesmal sage ich nicht ,stopp'", belehrte mich Iris, „ich will das Ding rotglühend haben. Das du beurteilen überlasse ich dir."

Alle Hemmungen waren von mir abgefallen. Iris war nicht mehr ganz so gelassen wie während der beiden ersten Runden und keuchte und stöhnte. Ob aus Lust oder vor Schmerzen vermochte ich nicht zu beurteilen.

Irgendwann tat mir die Hand weh und ich gab Iris' Körper frei. Sie richtete sich auf, rieb an ihrem Po und sagte: „Schade, dass hier nirgends Wandspiegel hängen. Ich sähe meine verwüstete Landschaft ganz gern."

Sie blickte unverhohlen meinen Ständer an. „Vielversprechend", urteilte sie, „demnach hast du endlich auch Spaß am Spanking gefunden. Jetzt darf dein Kleiner endlich. Ich hoffe, ihm gefällt's in meiner Grotte." Da Iris zu klein ist, als dass ich im Stehen hätte in sie eindringen können, kniete sie sich aufs Bett, beugte sich vor und stützte ihren Oberkörper auf Arme und Hände. So erwartete sie meine Stöße.

Mann, waren das Abgänge! Ich wurde gar nicht mehr fertig, so reizte mich ihre heiße Kehrseite immer aufs Neue. „Boah", stieß ich im Akkord hervor, „boah! Boah!" Iris lachte aus vollem Hals, stöhnte, jauchzte und jodelte.

Irgendwann sackten wir beide zusammen. „Mein Gott, war das eine Arbeit, dich zur Arbeit zu bewegen", flüsterte Iris, immer noch keuchend. „Mit dieser Art von Arbeit hatte ich nicht gerechnet", entgegnete ich, „aber...." „Aber was?" „Tut's dir dein Hinterteil nicht höllisch weh?" „Tut's. Das ist doch der Sinn der Sache. So komme ich locker ein halbes Dutzend Mal am Stück." Ich schüttelte ungläubig den Kopf.

Iris sah auf ihr Smartphone. „Schon vier Uhr. Um halb Sechs ist Wecken. Weißt du was? Ich verzieh' mich jetzt. Schlafen hat doch keinen Sinn mehr." „Was habt ihr denn für einen Dienst?" „Zum Glück nur eine leichte Geländeübung bis mittags. Wäre nachher Unterricht, würde ich einschlafen." „Da hab' ich's besser. Wenn mein UvD zu Ende ist, habe ich zwar theoretisch weiter Tagesdienst, aber niemand sagt 'was, wenn ich mich kurz hinhaue. Am Freitag belästigt uns auch garantiert kein Simulant im Wartezimmer. Irgendwann um Drei dürfte Dienstschluss und Abgang ins Wochenende sein."

Iris rückte ihr Outfit zurecht. „In 1½ Stunden stehe ich unter der Dusche, da ist mein Pavianpo noch nicht abgekühlt.

Ich muss schauen, dass ich mit dem Rücken zur Wand stehe. Meine einzige Vertraute ist Stubenkameradin Bianca." Diese Aussage war ein kleiner Schock, den ich jedoch schnell wegsteckte. Ich hätte mir sofort sagen müssen, dass ich heute keine Premiere aufgeführt hatte.

„Sie wird mich unverblümt fragen, von wem ich mir diesmal den Arsch hab' vollhauen lassen", erzählte Iris unbekümmert weiter, „und mich beneiden. Sie hat bisher noch niemanden....

Da fällt mir 'was ein", unterbrach sie sich selbst so abrupt, dass ich erschrak und dann hellhörig wurde. „Was?" „Bei deinem nächsten UvD-Dienst schicke ich sie dir her. Erst sichern wir uns ab, dass die Luft rein ist....

Ja, das machen wir!" „Mich fragst du gar nicht?" „Okay, bist du einverstanden? Wenn du jetzt ‚nein' sagst, kriegst du eine Ohrfeige." „Hast du keine Bedenken, dass das ein verlockendes Angebot ist?" „Arsch!" „Naja, Spanking hält ein bisschen länger vor. Meinen nächsten UvD hab' ich Mittwoch in zwei Wochen."

Als ich in der Kaffeeküche stand, um mir einen starken Wachmacher aufzubrühen, übermannte mich die Vorfreude. Bianca ist ähnlich appetitlich wie Iris gebaut und schien ebenso wenig ein Kind von Traurigkeit zu sein. Ich stellte mir plastisch vor, wie übernächste Woche eine schüchterne Person im Türrahmen stünde, die zu mir sagt: „Iris schickt mich." Ich hätte mir niemals träumen lassen, welch' Begeisterungspotenzial in einem UvD-Dienst steckt.

Wenn ich mich daran erinnerte, wie mich Iris während der vergangenen Stunden herumkommandiert hatte, stellte ich mir darüber hinaus einen durchsetzungsfähigen Feldwebel vor, der in Kürze den Unteroffiziersbestand der Bundeswehr bereichern würde.

Influencer Judi

Selma und ich hatten uns angewöhnt, uns über Bildtelefon zu verständigen. Manchmal ist das unangenehm, wenn sich man völlig verschlafen oder kauend anschaut, aber da wir wissen, wie wir ungeschminkt aussehen, hatten wir uns an praktisch jede Lebenslage gewöhnt.

„Hallo Selma." „Hallo Judi." „Du, ich wollte dich fragen, ob wir morgen zusammen...; was hast du?" Selma war nämlich zusammengezuckt und hatte einen zischenden Atemzug von sich gegeben. Außerdem war im Hintergrund ein sonderbares Geräusch zu hören gewesen. „Nichts besonderes – autsch! –, wir können ruhig weiterreden." Wieder das Geräusch, das wie ein Auftreffen von Haut auf Haut klang. „Erzähl' mir doch nicht...." KLATSCH und Selma keuchte und verzog das Gesicht. „Ich beziehe von Fred – KLATSCH, Keuchen und Zucken – gerade eine Tracht Prügel, weil ich ihm – KLATSCH, Keuchen und Zucken in Selmas Gesicht – sein Hemd voll Marmelade gekleckert – KLATSCH, Keuchen und Zucken in Selmas Gesicht – habe." „Daaas ist ein Grund für Prügel?" – KLATSCH, Keuchen und Zucken in Selmas Gesicht –. „Wir haben's so ausgemacht. Ich möchte gern – KLATSCH, Keuchen und Zucken in Selmas Gesicht – hin und wieder gespankt werden."

Ich sah mir fasziniert das Schauspiel an. „Was wolltest du – KLATSCH, Keuchen und Zucken in Selmas Gesicht – sagen?" „Ist nicht mehr wichtig. Weißt du, dass das superheiß ist, was ihr da veranstaltet? Ich meine, es ist ja wirklich live." „Findest du?" – KLATSCH, Keuchen und Zucken in Selmas Gesicht –. „Sag' Fred, er soll mal aufhören. Ich hab' eine Idee."

Selma drehte sich halb um. „Hast du's gehört? Judi hat mal wieder eine Idee. Eine verrückte vermutlich." Freds Gesicht tauchte neben Selmas auf. Er wirkte erschöpft. „Sag' bloß, das strengt dich mehr an als Selma." „Es geht.

Macht ja auch Spaß." „Selma anscheinend auch. Habt ihr einen zweiten Anschluss und einen zweiten Bildschirm?" „Warum?" „Na, den könntet ihr auf Selmas Po richten und ich könnte mir gleichzeitig ansehen, wie Selmas Gesicht reagiert und deine Hand auftrifft. Die Haut ist sicher schon schön rosa."

Manche Spankingfilmchen zeigen die beiden ‚Schauplätze' parallel. Das Bild ist dann in zwei Hälften geteilt. „So neu ist die Idee nicht", beschied mir Fred postwendend. „Aber ich sehe es im Augenblick des Geschehens. Stellt euch vor, wir könnten das anderen zugänglich machen. Die Film-chen tricksen ja; plötzlich hat eine der beiden Beteiligten andere Klamotten an oder sowas. Das ist bei einer Live-übertragung nicht möglich. Da könnte doch eine Tussi ihrem Stecher nett zum Geburtstag gratulieren und er sich einen wichsen, während er genüsslich zusieht, wie seine Holde ihren Arsch vollgehauen kriegt. Denn er weiß, dass nichts getrickst ist."

Selma und Fred sahen mich kopfschüttelnd an. „Du hörst anscheinend bereits die Kasse klingeln." „Ein influencer lebt von Innovationen. Ich glaube nicht, dass bisher einer auf sowas kam."

Nach einer Weile hatten Fred und Selma ihr Arrangement zusammengestellt. Auch ich hatte meine beiden Displays nebeneinander platziert und harrte gespannt der weiteren Handlung. „Was hattet ihr ausgemacht und wie weit wart ihr?" „30 und 18 liegen hinter mir." „Also noch zwölf. Leg' bitte los, Fred!"

Es sah wirklich sexy aus, wie die raue Männerhand die zarte Frauenhaut bearbeitete und Selmas Miene sich im Gleichklang mit den Treffern verzerrte. Dann waren die Zwölf durch und Selma erhob sich, tief durchatmend. „Sag' mal, Judi...." „Ja, Selma?" „Ich hab' das dumme Gefühl, dass es dir Spaß gemacht hat, zuzusehen, wie ich ver-trimmt wurde?!" „Klar! Ich hab' mir auch während eurer Arbeit unauffällig einen 'runtergeholt." „Du kannst's dir wirklich zwischen Tür und Angel besorgen, wenn du willst. Beneidenswert!"

„Danke. Jetzt aber zum Plan. Könnt ihr euer Gelump zusammenpacken und herkommen?"

Ich weiß, dass ich unwiderstehlich bin. Nach einer halben Stunde hatten sich die beiden bei mir eingefunden und wir begannen herum zu probieren. „Es soll wirklich ein Telefonat sein, also keine Speicherung stattfinden. Unser Problem ist, die beiden Teilbilder zusammenzufügen." „Wie stellst du dir das überhaupt vor, Judi?" „Das Standardseitenverhältnis von Bildschirmen ist 16:9, egal ob Laptop, Notebook, Smartphone oder iPhone. Wir müssen das zu fast quadratisch hochkant, also 8:9 reduzieren – mal zwei natürlich. Das heißt, wir müssen eine feste Einstellung vorbereiten, nach der sich unsere Kundinnen richten müssen." „Nur Kundinnen?" „Ich denke. Ich bin mir ziemlich sicher, dass Männer nicht so spankingaffin sind. Und wenn, kann ja einer oder können Schwule eine eigene Staffel aufbauen und mir Lizenzgebühr bezahlen."

Fred lachte. „Geschäftstüchtig bist du ja! Ich möchte mit dir kein Urheberrechtsverfahren ausfechten müssen."

Ich besorgte zwei gleiche Camcorder und begann die Anordnung zu erproben. Die erste Schwierigkeit beseitigte sich von selbst, weil die Geräte sich bereits bei der Aufnahme auf das gewünschte Seitenverhältnis einstellen ließen. Die Filme übertrug ich synchron auf zwei Fenster eines Notebooks und kopierte sie auf eins im normalen Verhältnis. Dieses auf eine Bildtelefon-Plattform zu übertragen bereitete mir einiges an Kopfzerbrechen, aber ich bekam das Problem gelöst.

„Bisschen lahmarschig, dein System. Die Verzögerung bei all' den Umformatierungen beträgt fast zwei Sekunden, die vergehen, bevor der Empfänger das Ergebnis präsentiert bekommt." „Das macht nichts, Fred, denn das ist für ihn nicht kontrollierbar. Wichtig ist, dass das Aufprallgeräusch von Hand oder was auch immer und die Reaktion im Gesicht der Delinquentin gleichzeitig bei ihm eintreffen. Und das geschieht, denn der Kabelweg beider Camcorder zum Rechner ist gleichweit."

Die Hauptleidtragende meines Plans war Selma, denn um alles einwandfrei ins Laufen zu kriegen, musste ihr Po immer wieder zu Testzwecken 'ran. „Hört mal, kann es nicht eine Spur weniger fest sein? Ich lass' mich zwar wie erwähnt ganz gern spanken, aber übertrieben werden braucht's nicht." „Tut mir leid, aber es muss absolut realistisch sein."

Irgendwann stand die Technik und Selma rieb sich zum ultimativen Mal ihren Allerwertesten. „So weit, so gut. Wie hast du deinen kommerziellen Einstig geplant?"

„Ich hab' durch meine Kosmetik- und Fitnesslinien ganz gut Geld verdient. Ich habe bereits ein Studio im Industriegebiet gemietet, denn zu mir nach Hause will ich die Mädels nicht lassen. Dorthin transportieren wir jetzt das ganze Gerödel."

Über mein kommerzielles Facebook-account übermittelte ich bald die ersten Werbesprüche.

Mädels, fehlte Euch bisher 'was? Ihr könnt Eurem Liebsten klatschende Grüße übermitteln, Euch vor Euren zu wenig gestrengen Eltern für schlechte Schulnoten oder Euch im Streitfall, von dem Ihr wisst, dass Ihr einen Scheiß gemacht habt, vor Eurem Hahnrei zur Sühne bestrafen lassen. Wem da nicht das Herz aufgeht bzw. wer Euch da nicht verzeiht, ist selber schuld.

Ihr müsst auf jeden Fall volljährig – ich kontrolliere das –, hinten mit einer guten Polsterung versehen – das überlasse ich Euch – und idealerweise selber von einem bisschen Vergnügen an einem heißen Po erfüllt sein. Erlaubt sind nur flache Hand oder flache Gegenstände; keinesfalls dürfen Verletzungen auftreten oder Blut fließen. Pro Minute 10 Euro und 15, wenn Ihr Euren eigenen Folterknecht oder auch Eure Foltermagd mitbringt; Maximum sind hundert

133

Schläge. Öffnungszeiten unseres Etablissements Mo – Fr 14:00 Uhr – 18:00 Uhr. In dringenden Fällen – der Geburtstagsgruß muss heute noch 'raus – auch nach Absprache.

Der Wortlaut meiner zweiten Werbestaffel wurde deutlicher.

Mädels, Euer influencer Judi lädt Euch zu einem galaktischen Erlebnis ein. Wer sich bisher im stillen Kämmerlein mit spanking abgegeben hat, darf jetzt an die Öffentlichkeit und der Person Eurer Wahl – bei What's App auch mehreren – zeigen, was Euch Vergnügen bereitet. Live (!) Eurem Kerl, Euren Freundinnen oder Euren neidischen Rivalinnen zeigen, wie Euer Po immer röter und Euer Gesicht immer mehr zur Grimasse wird – und es wird zur Grimasse werden! –, dürfte alle Eure bisherigen Aktionen in den Schatten stellen.

Ihr müsst auf jeden Fall…

Selma schüttelte den Kopf. „Auf so etwas lässt sich keine Frau ein", urteilte sie. –

Vier Wochen später schüttelte Selma aus dem gegenteiligen Grund den Kopf. „Nie im Leben hätte ich mir träumen lassen, dass Hunderte von Schnepfen anstehen, um sich vor Zeugen vermöbeln zu lassen und dafür auch noch einen Haufen Geld abzudrücken." „Siehst du, du kennst deine Geschlechtsgenossinnen schlecht. Ich habe in meinen Jahren als influencer begriffen, was in meinen followern vorgeht. Vor allem, dass der Service etwas kosten muss. Was gratis ist, taugt nichts."

Vorsichtshalber hatte ich mir auf meine Idee das Urheberrecht gesichert, denn es folgten wie erwartet bald Nachahmer, vor allem von Schwulenportalen, die ich erfolgreich zur Kasse bat. Unser eigenes Geschäft drohte uns schnell über den Kopf zu wachsen, nicht zuletzt wegen meines bereits vorher gefestigten Bekanntheitsgrads. Selma und Fred beteiligte ich mit 15% daran, sodass sie ihrer bisherigen Arbeit verlustlos entsagen konnten.

Zu einem wichtigen Zusatzgeschäft sollte sich bald der Verkauf der Filme herausstellen. Obwohl ich zusage, dass von den intimen ‚Gesprächen' keine Aufzeichnungen verfertigt werden, sind die einzelnen Aufnahmen auf den Sensoren der Camcorder natürlich vorhanden, nur nicht zum Doppelbild vereint. Nach meinem eigenen Anspruch, hundertprozentig gesetzeskonform zu handeln, hätte ich sie spätestens am Abend löschen müssen. Stattdessen bescherte mir die häufige Anforderung, sie mit nach Hause nehmen zu wollen, den Zusatzaufwand, sie von Hand zu parallelisieren. Als mir das zu bunt wurde, beauftragte ich Gräuben, eine befreundete Programmiererin, ein C++-Script zu erstellen, das den Vorgang an Hand des Timestamp automatisiert. Gräuben kommt an die Basissoftware der Hersteller heran, obwohl diese sich einbilden, sie sei dem Anwender unzugänglich. Gräubens Stundenlohn ist atemberaubend und grenzt ans Unanständige, aber meiner auch. Alsbald sah ich mich in die Lage versetzt, den Kundinnen, die sich die Verdunklung ihres Pos zwecks Stimulierung ihrer Lustgrotte zu Hause in aller Ruhe zu Gemüte führen wollten, unmittelbar nach Abschluss ihrer Behandlung eine DVD in die Hand zu drücken und einen Hunni zusätzlich einzukassieren. Außerdem verschaffte mir die Software ein Monopol, weil das meine Lizenznehmer zu bieten bis heute nicht in der Lage sind.

Fred ist froh, wenn eine Kundin ihre eigene Bedienung mitbringt oder auf Paddel oder Haarbürste besteht, denn nach mehreren Durchgängen tut ihm die Hand weh. Verlangt eine eine Frau als Spankerin, muss Selma 'ran.

Die meisten bleiben einfallslos, hauchen zu Beginn ein paar Grüße zu ihren Gesprächs- und Sichtpartnern hinüber, lassen sich die vereinbarte Anzahl Schläge aufzählen und verabschieden sich mit „hoffentlich hat's dir gefallen" oder Ähnlichem und sind durch.

Unterschiedlich sind die Anforderungen bezüglich Bedeckung. Die meisten wünschen die Zuwendung auf den

Nackten, aber manche möchten auch auf einen Spanking-rock, die Jeans oder ihren Slip bedient werden oder verlangen einen Drittelmix. Die meisten Höschen lassen die Backen frei und sind rosafarben, sodass sich Haut- und Unterwäschefarben nach und nach angleichen.

Einige wenige, die sich lieber übers Knie gelegt sähen, sind wegen der starren Anordnung enttäuscht, lassen sich aber im Allgemeinen überzeugen, dass ich nur so die versprochene Kameraführung hinbekomme. Sie beugen sich halb über eine Kommode, hinter der statt eines Spiegels der erste Camcorder befestigt ist, und strecken ihren Po dem zweiten entgegen. Damit freie Sicht auf ihn gewährleistet ist, stehen die Spankerin oder der Spanker seitlich. Sie bzw. er wird nicht gezeigt.

Schneiden alle Grimassen wie in meinem zweiten Werbeblock prophezeit? Es hängt natürlich von der Anzahl der bestellten Zuwendungen ab, aber auch von der individuellen Leidensfähigkeit. Manche schreien und weinen ab dem ersten Schlag und manche geben sich cool, als begutachteten sie in einem Spiegel ihre Augenbrauen und in welchem Maß diese zu zupfen seien. Keine wünscht geschont zu werden; allerdings entdecke ich zuweilen gerötete Hinterteile. „Ich glühe zu Hause vor", klärte mich eine auf, „damit ich optimal temperiert hier einlaufe und ihr unbedenklich loslegen könnt." Es gibt ein Ausstiegskennwort, aber bisher erlebte ich nicht, dass eine das nutzte. Wer sich einmal auf unsere Direktübertragung mit Zuschauern einlässt, möchte sich keinesfalls blamieren.

Ein Problem sind Minderjährige. Einmal tauchte ein frühreifes Früchtchen auf, das so aufgedonnert war, dass es sich unmittelbar als follower meines Kosmetikblogs verriet. Zwölf Zentimeter hohe Absätze, ein Netztop und ein Röckchen, dessen Länge so manche Handtuchbreite unterbot, vervollständigten die Erscheinung. Es stellte sich heraus, dass das Gewächs erst 13 Lenze zählte. „Mein Herzchen, dass das nicht geht, ist dir hoffentlich klar." „Ich unterschreibe dir, dass ich für alles die Verantwortung...." „Vergiss es! Du bist in deinem Alter eine unmündige Minderjährige, das heißt deine Unterschrift ist rechtlich nicht bindend." „Und wenn meine Eltern...?" „Noch schlimmer. Eltern dürfen Kinder – und du bist vor dem Gesetz ein Kind – nicht schlagen und natürlich erst recht nicht schlagen lassen. Damit können wir alle im Gefängnis landen – außer dir.

Tut mir leid, meine Liebe. Lass' dir im stillen Kämmerlein von deinem Typ nach Herzenslust den Arsch vollhauen, vorausgesetzt, er ist auch minderjährig, und melde dich in 4½ Jahren wieder."

Einige Mädels hatten spezielle Einfälle. Eine hatte nur 30 bestellt, bestand aber darauf, dass mehrere Sekunden zwischen den einzelnen Streichen vergingen. Während dieser Pausen sah sie lächelnd und wie gespannt halb hinter sich, als wartete sie sehnlich auf die Erfüllung, um lauthals zu lachen, wenn Freds Pranke endlich auf ihrer Kehrseite auftraf. Eine andere verlangte, dass Fred seine Hand nach jedem Treffer auf der bewussten Stelle eine Weile ruhen ließ und dann die Backe intensiv knetete. Einige – meistens die, die Haarbürsten bevorzugten – bitten um zwei leichte Vorübungen, um eine Art Walzertakt zu erzielen: Patsch – patsch – PATSCH! „Aua, danke!"

Mehr und mehr melden sich Klubs, die kollektiv dabei sein wollten. Deren männliche Mitglieder sitzen erwartungsvoll am anderen Ende der What's App-Gruppe und sehen zu, wie ihre weiblichen am Fließband verarztet werden. Für die mittelfristige Zukunft schwebt mir vor, bis zu einem Dutzend Parallelschaltungen aufzubauen, um damit Synchron-Klatsch zu ermöglichen.

Dass Spankinggruppen die Speerspitze bildeten, bedeutete für mich keine Überraschung. Dann sah ich mich zu meinem Erstaunen von Tanz-, Fitness-, Schwimm-, Wander- und Fahrradvereinen überrollt. Die Radlerinnen zu fragen, ob die Drahteselsättel deren Pos nicht schon genügend malträtiert hätten, wäre mir um ein Haar herausgerutscht. Mit offenem Mund saß ich da, als schüchterne Anfragen von Literaturzirkeln wie der Hölderlin- und Kleist-Gesellschaft hereintröpfelten. Meine verdeckte Ermittlung nach dem Grund erhielt eine profane Aufklärung: Männermangel.

Nun erwarte ich gespannt die erste Kontaktaufnahme von Seiten eines Nonnenklosters.

Ernüchternd, wie wenig die Erotik des Live-Spankings – so heißt mein Portal offiziell – die Aktiven dieser Veranstaltung mitreißt. Wenn wir abends erschöpft vom Tagwerk heimwärts streben, liegt uns nichts ferner als Sex. Bei mir führt das zu keinen Konsequenzen, aber Selmas und Freds Beziehung sah einer ernsthaften Prüfung entgegen, denn beide hatten keine Lust mehr, Stecker und Dose zu vereinen. Schließlich entdeckten sie, dass Lenden- und Schoßbereich im Wasser wieder ansprangen. So sind sie am Wochenende vermehrt in Flussnähe zu finden, um in einer stillen Lichtung am Ufer ihre nassen Badesachen weiter zu nässen. Das Gefühl, ‚unartig' und dem Risiko ausgesetzt zu sein, bei ihrem Spiel entdeckt zu werden, steigert ihre Sehnsucht, sich in möglichst kurzer Zeit möglichst viel zu geben. Ich glaube, diese Beziehung ist gerettet. Soweit ich allerdings weiß, hat Fred seiner Selma nie wieder den Po bearbeitet, was einst den Grundstein für mein Portal gelegt hat.

Um in meinen blogs zu verbergen, dass ich ein Einsachtzig-Lulatsch bin, staffierte ich mein Studio mit übergroßen Artefakten aus, die ich teilweise eigens für mich anfertigen ließ. Da meine körperlichen Proportionen stimmen, wirke ich klein und zierlich, wenn ein Bezug zur Umgebung fehlt. Ich laufe während der warmen Jahreszeit in einem knackengen, ultrakurzen Jeansmini und einer kurzärmeligen Bluse herum, damit jeder sehen kann, wie durchtrainiert und vorbildlich gestylt ich meinem eigenen Anspruch gerecht werde. –

Ich wohne nicht mehr zu Hause, gehe dort aber weiterhin ein und aus, als wäre es so. Mein Vater spielt in meinem gegenwärtigen Leben keine Rolle. Meine Mutter ist eine resolute Frau, was ich in wenigen Minuten zu spüren bekommen würde.

Sie saß auf dem Sofa. Ich merkte sofort, dass die Luft brannte. Vor sich hatte sie eine Haarbürste liegen, ein für mich nicht interpretierbares Utensil. Sie hatte sich mit einem kurzen Jeansmini und einer kurzärmeligen Bluse genauso ausstaffiert wie ich mich. Vor einem halben Jahrhundert hätte eine 45jährige Frau in diesem Outfit zu Getuschel geführt; heute gilt es als völlig in Ordnung. Weniger in Ordnung waren ihre Worte. „So, du Früchtchen, dann wollen wir mal einige Dinge besprechen." „Was meinst du, Mama?" Ich hoffte, dass meine Stimme einigermaßen fest klang. „Dir scheint es ja recht gut zu gehen, was mich immer gefreut hat. Ich weiß auch, dass du das deiner Rolle als influencer verdankst, nachdem ich 'rausgefunden hatte, was das ist." „Jaaa...?" „Nun habe ich von einem Portal – richtig? Richtig! – erfahren, das du betreibst und das anscheinend darauf beruht, dass du Mädchen Schmerzen bereitest." „Frauen, keinen Mädchen." „Sei es wie es sei, ich denke, dass das über alles moralisch Vertretbare hinausgeht." „Aber die Mäd..., die Frauen melden sich freiwillig." „Klingelt's dir bei den Begriffen verführen, Hörigkeit oder Gruppendruck, meine Liebe?"

Ich schwieg, denn ich wusste nichts zu antworten. Meine Mutter fuhr fort: „Ich frage dich: Kriegst auch du deinen Teil ab?" „Nein." „Ich habe dich nie geschlagen und hätte nicht für möglich gehalten, dass das dereinst sinnvoll sein könnte. Nun ist dieser Zeitpunkt gekommen. Auch du sollst wissen, wie es ist, den Arsch vollzukriegen."

Ich senkte den Kopf. „Was hast du vor, Mama?" „Was ich gerade sagte. Leg' dich über mich. Ich werde dich jetzt, mit 25 Jahren, zum ersten Mal in deinem Leben verprügeln. Du bist kräftiger als ich und könntest dich entziehen. Deshalb befrage ich dich weiter: Hältst du mein Vorgehen für angemessen?" Ich hielt den Kopf bereits gesenkt. „Ja, Mama." „Und bist du bereit, deine Strafe zu empfangen?" „Ja, Mama." „Dann tritt näher, meine Tochter."

Meine Mutter ist Linkshänderin. Deshalb legte ich mich mit dem Kopf zu ihrer Rechten mit meinem Schoß über ihren rechten Oberschenkel auf die Couch, sodass sich ihr mein Po in einladender Rundung entgegenstreckte. Ihren linken Oberschenkel schwang sie über meine Kniekehlen und hielt mich auf diese Weise fest umklammert. Für einen ahnungslosen Beobachter sahen wir vermutlich wie zwei Lesben aus, die zur Vorbereitung sexueller Aktivitäten ihre nackten Beine ineinander verkeilt hatten. Dem war jedoch ganz und gar nicht so. „Bette dein Haupt auf das Kissen und entspann' dich, Judi."

Ich versuchte zu gehorchen und mich zu entspannen, so gut es ging. Meine Mutter legte beruhigend ihre rechte Hand auf die Stelle oberhalb meines Rockbunds, die auf Grund meiner hochgerutschten Bluse entblößt war und nahm die Haarbürste vom Tisch. Sie holte aus und sagte: „Was gleich geschieht, geschieht nicht, um dich zu demütigen. Glaubst du mir das?" „Ja, Mama." „Gut. Es wird zehn Minuten ohne Unterbrechung gehen. Es wird dir nicht helfen zu schreien oder zu weinen. Denk' an die Mädels, die bei dir auf dem Schafott liegen." Ich widersprach nicht, denn mir war klar, wie sinnlos das wäre, seufzte ergeben und schloss die Augen. Dann sauste die erste von unzähligen Raten auf mein Hinterteil nieder.

Mein lieber Mann, war das eine Abreibung! Ich hielt lange aus, ohne mich zu mucksen, aber irgendwann brachen die Dämme. Ich heulte und flehte und meine Tränen flossen in Sturzbächen. Es nützte mir nichts. Es gab diesmal auch kein Kodewort für den Ausstieg. Erst als nach gefühlten hundert Jahren die zehn Minuten um waren, ließ meine Mutter ihr Folterinstrument sinken. „Jetzt machen wir's wie in der guten alten Zeit, meine Liebe, wenn du Bockmist gebaut hattest: Du begibst dich auf dein Zimmer und denkst nach. Wenn du genug nachgedacht hast, darfst du hier wieder auftauchen. Das kann in einer Stunde sein oder morgen früh." Damit hob sie ihr linkes Bein und gab mich frei. Ich stand auf, rieb schluchzend meine misshandelte Körperregion und verschwand wortlos eine Etage höher.

Mir war nie der Gedanke gekommen, mich selbst der Behandlung zu unterziehen, die mein Portal anpreist. Vielleicht war das ein Fehler gewesen. Ich marschierte auf und ab – nach sitzen war mir nicht zumute – und tröstete mich mit dem Gedanken an die Abrechnung vom vergangenen Abend. Nach dieser hatte just gestern der Einnahmepegel an der ersten Million geleckt. Das meiner Mutter freudestrahlend mitzuteilen war der ursprüngliche Zweck meines Besuchs gewesen. Nun mutete mich die Freude nichtig und der Triumph schal an. In meiner Klausur erkannte ich, dass meine Mutter auf andere Qualitäten ihrer Tochter stolzer wäre als darauf, sie im Reigen der Millionärinnen mittanzen zu sehen. Und ich erkannte, wie sehr sie mich liebt.

Die Stunde reichte meinem Gesäß nicht zum Abkühlen, mir indes zum Nachdenken. Ich stieg die Treppe hinunter und sagte: „Danke, Mama."

Stella auf Burg Stelz

„Während der Zeit der französischen Revolution waren alle Herrscherhäuser Europas verunsichert, ob der Funke nicht auch auf das eigene Volk überspringen könnte. Die meisten Feudalherren versuchten dem entgegenzuwirken, indem sie Bespitzelung und Unterdrückung ihrer Untertanen verstärkten, damit ihnen keinesfalls Anzeichen dafür entgingen und sie sofort mit Waffengewalt ausrückten, sollten ihnen welche zu Ohren kommen.

Graf Hugo zu Stelz war einer der wenigen, der es mit Zugeständnissen an seine Bürger versuchte....."

Anscheinend erfolgreich, dachte ich, denn seine Burg Stelz wurde nie zerstört und kann deshalb heute vollumfänglich besichtigt werden. Die vielfach kolportierte Frage: ,Wann wurde die Ruine gebaut?' trifft auf sie folglich nicht zu. Auch die Ermahnung von Eltern an ihre Kinder, die Ruinen nicht zu ruinieren, verpuffte bei ihr.

Wir hatten bereits unglaublich viele Räume durchquert, die der Unterbringung des zahlreichen Gesindes, aber auch der in jener Zeit allgegenwärtigen Hofschranzen dienten. Da die Anlage nur im Zusammenhang mit einer Führung zugänglich ist, hatte ich mich seufzend einer angeschlossen, wohl wissend, dass meine persönliche Gewichtung der Örtlichkeiten und Exponate vermutlich anders als die der Burgführerin ausfiele. Tatsächlich verharrte die Gruppe endlos vor kitschigen Möbeln und Bildern und hetzte an Details vorbei, die kunsthistorisch wichtig, aber unauffällig waren. Ich bin Kunsthistorikerin und kam zu dem Schluss, dass ich versuchen sollte, in dieser Eigenschaft eine Genehmigung zu einem individuellen Rundgang anzustreben.

Jetzt drückte mich die Blase. Als ich an der Kasse gefragt hatte, wann der nächste Besichtigungstermin sei und die Antwort „jetzt gleich" erhalten hatte, hatte mir die Zeit gefehlt, mich vorher zu erleichtern. Es blieb mir nichts anderes übrig als die Führerin unauffällig nach dem stillen Örtchen zu fragen. „Die Treppe da hoch und durch eine schmale, moderne Holztür links – das ist für Damen." „Danke."

Die Treppen in alten Burgen sind schmal und lang – von behindertengerecht keine Spur. Wer damals alt und klapprig wurde, hatte halt Pech, es sei denn, er – oder sie – wäre ein hohes Tier. Dann wurde er oder sie in einer Sänfte getragen. Immerhin befand sich die Tür mit der stilisierten Frauenfigur dort, wohin ich gewiesen worden war.

So, erledigt. Die Treppe 'runter und…; da waren ja zwei Türen. Durch welche war ich gekommen? Ich öffnete die linke und sah mich erneut vor einer Treppe. Das konnte nicht sein. Und die rechte? Ebenfalls eine Treppe. Hatte ich Halluzinationen? Auf gut Glück lief ich durch den relativ breiten Flur, der sich geöffnet hatte, wieder nach oben. Einerseits, dachte ich, ist immer nur eine Gruppe auf einmal in dem Gemäuer zugelassen, sodass ich zu ihr zurückfinde, sobald ich Stimmen höre, andererseits – hatte ich mir das nicht ein bisschen gewünscht, hier allein und ohne Aufpasserin herumzustromern? Allerdings würde das Herumstromern planlos geraten, weil ich keinen – naja, keinen Plan der Burg besaß.

Der Korridor, durch den ich jetzt flanierte, sah großzügiger als das, was mir bisher geboten worden war. Ich wusste, dass ich mich in einem der oberen Geschosse aufhielt und sich dort die Gemächer des Grafen befinden. Die werden natürlich als Höhepunkt der Besichtigungsrunde für den Schluss aufgespart. Ich öffnete eine Doppelflügeltür, was sich als Kraftakt herausstellte.

Toll! Das war zweifellos das Schlafzimmer des Grafen, all' die barock-kitschigen Möbel und im Zentrum das Himmelbett sprachen eine deutliche Sprache. Kein Quadratzentimeter der Wände und der Decke waren von Malereien verschont und das Inventar mit so viel Gold eingefasst, dass es beinahe weh tat. Erstaunlich fand ich, dass die Kordelabsperrungen fehlten, die den Besucher normalerweise davon abhalten, zu nah an die Ausstellungsstücke heranzukommen. Auch die obligatorischen Schilder ‚nicht berühren!' vermisste ich. Oder hatte ich mich in einen gesperrten Teil der Burg verirrt? Meines Wissens....

Ein tiefer Seufzer und ein Geräusch, das wie herzhaftes Gähnen klang.

Ich fuhr zusammen. Um Himmels willen...? Ich sah zweierlei: Am Fußende des Bettes stand ein Stuhl, auf den achtlos Garderobe geworfen worden war, und ein Stück weiter eine Kommode, auf der Alltagsgegenstände wie eine Waschschüssel deponiert waren, aber keineswegs so ordentlich, wie es sich für ein Museum gehörte. Sogar ein paar Wasserflecken, die niemand weggewischt hatte, waren bis zu meinem Standort sichtbar.

Dann geschah etwas, was mich erschrocken zusammenfahren ließ: Die üppige Bettdecke geriet in Bewegung, wurde zurückgeschlagen und ein Wesen setzte sich abrupt auf. „Was..., was...?" stotterte es, dessen Oberkörper sichtbar wurde. Dann sah es mich.

„Unverschämtes Weibsstück! Was macht Es in Unserem Schlafgemach?" Ich war unfähig mich zu bewegen, geschweige denn etwas zu sagen. „Antworte Es", donnerte der Mann, als der er sich mir mittlerweile darbot, „oder Wir werden zu drastischen Maßnahmen greifen." Sein Blick fiel auf meine Gestalt, die sich ihm in voller Schönheit präsentierte. „Wie läuft Es überhaupt herum? Ich werde Es lehren, sich züchtig zu bedecken." Ich war oben mit einem ärmellosen Kleid, das halb meine Oberschenkel verbarg, und unten mit Riemchenschuhen bedeckt – wie eine junge Frau an einem Sommertag eben bedeckt ist.

Der Unbekannte erhob sich zur Gänze. Sein mit Rüschen überhäuftes hellblaues Nachthemd fiel mir ebenso ins Auge wie die Tatsache, dass er einen halben Kopf unter mir endete. Ich fand endlich meine Sprache wieder. „Wer...; wer sind Sie und wie kommen Sie hierher?"

Nun explodierte er endgültig. „Unverschämtheit: Weiß Es nicht, wie Es mich anzureden hat?" „Äh, nein." „Euer Erlaucht, wie sonst? Warte Es, für diese Unverschämtheit wird Es bestraft." Während er an einer Kordel zog, die von oben herabhing, wirbelten Kaleidoskop-Bruchstücke durch meinen Schädel. Euer Erlaucht? Das war einst die förmliche Anrede für die Häupter gräflicher Geschlechter. „Sind Sie..., seid Ihr etwa Graf Hugo zu Stelz?" „Selbstverständlich, Tölpel, Es! Wie kann Es das nicht wissen?

Warum kommt denn niemand?" Ich räusperte mich. „Ich fürchte, hier ist niemand", klärte ich den Grafen auf. „Unsinn, Weibsstück, hier sind Hunderte von Bediensteten. Warum...?" „Geben Sie's auf, Euer Erlaucht. Kann ich etwas für Sie..., äh, für Euch tun?" Der Graf sah mich erstaunt an. „Sie kann Uns den Stock von der Kommode bringen." Nana, Herr Graf, ist die Selbstanrede in der ersten Person Plural nicht dem König vorbehalten? Immerhin sah ich mich ohne Aufhebens vom Neutrum zum Femininum befördert. Meine Lähmung hatte ich inzwischen überwunden, marschierte an dem Zwerg vorbei und betrachtete das Sammelsurium auf der Ablage. „Den hier?" Es handelte sich um einen weißen Holzstab, wie er gern für Diaschaus benutzt wird. „Ja. Gib Sie ihn Uns." „Bitte." „Jetzt über das Bett bücken." Ich sah erstaunt auf das Männchen hinunter. „Wozu das?" „Damit Wir Sie für Ihre Unverschämtheiten züchtigen."

Es wäre mir ein Leichtes gewesen, ‚Seine Erlaucht' umzustoßen und aus dem Raum zu rennen, aber aus unerfindlichem Grund übermannte mich plötzlich die Abenteuerlust. Mal sehen, wie das Spiel weitergeht, dachte ich. Ich bückte mich gehorsam über die Matratze. „So?" „Genau. Zehn Stockhiebe dafür, dass Sie Uns inkommodiert hat, und zehn weitere, dass Sie es Uns gegenüber gehörig an Respekt fehlen lässt."

Während ich noch überlegte, ob ich mir das wirklich bieten lassen sollte, hatte der Graf mein Kleid über die Hüften geschoben und starrte fassungslos auf meine weitere ‚Bedeckung'. „Was..., was ist das?" „Ein Slip." „Ein was?" „Eine Unterhose." „Eine Ho..., eine Hose? Was ist Sie doch für ein schamloses Weibsbild! Zehn mehr!" Langsam

145

wusste ich nicht mehr, ob ich lachen oder weinen sollte, und beschloss, solange mitzumachen, bis es mir zu bunt würde. Ich verlegte mich aufs Betteln. „Bitte nicht, Euer Erlaucht, 20 sind genug, um mich zu bestrafen. Ich verspreche mich zu bessern und zu benehmen."

Der Graf räusperte sich. „Dann beseitige Sie dieses…, dieses Ding." Ich ließ mein Höschen zu Boden fallen. „Gut so?" „Wir wollen es gelten lassen. Außerdem sind Wir in mildtätiger Laune. Ihrem Gnadengesuch ist stattgegeben. 20."

Ich weiß nicht, was mich ritt, die ‚Stockhiebe' ohne Protest und ohne, dass ich mich wehrte, einzustecken. Ich rief sogar bei jedem Vollzug, der darniedersauste, brav „danke, Euer Erlaucht!" und „ich hab's verdient!" Im Nachhinein glaube ich, dass ich die Schmerzen anstrebte, um aus dem merkwürdigen Traum zu erwachen. Mein brennender Po weckte mich jedoch keineswegs auf, sondern überzeugte mich, dass alles Wirklichkeit war.

Mich zu verprügeln hatte dem Herrn Grafen offenbar Spaß bereitet, denn die Ausbeulung an einer bestimmten Stelle seines Überwurfs war unverkennbar, so weit das Ding auch geschnitten war. Die wallenden Gefühle brachten ihn auf die Idee, wer oder was ich sein könnte sowie die Erklärung für mein ‚schamloses' Auftreten. Im Übergang vom Barock zum Klassizismus pflegten die Burgfräuleins in knöchellangen Gewändern herumzulaufen, die den Männern jener Zeit jegliche Möglichkeit nahmen, einen Seitenblick auf Frauenbeine zu erhaschen. „Ist Sie die angeforderte Liebesdienerin?" Soso, eine Nutte hatten der Herr Graf sich bestellt. Ich gab ein unbestimmtes „hm-m" von mir. WACK! hatte ich den 21. Hieb sitzen, denn den Stock hielten Herr Graf immer noch in der Hand. „Antworte Sie ordentlich, oder es gibt doch noch die Zehn!" „Ja, Euer Erlaucht, danke, Euer Erlaucht, ich bin die bestellte Liebesdienerin." „So ist es besser. Da Sie aus irgendwelchen Gründen so riesengroß ist, bücke Sie sich wieder wie eben mit gespreizten Beinen über das Bett."

Ich war gespannt, ob ich tatsächlich eine Ladung empfangen würde oder ob sich das Trugbild irgendwann in Luft auflösen würde. Bevor ich zu Ende gedacht hatte, spürte ich bereits einen harten Gegenstand in meiner Vagina. Herr Graf näherten sich dank seiner putzigen Dimensionen in genau der richtigen Höhe, verstanden auch ordentlich zu stoßen und spritzten mir ganz gut 'was 'rein. Das versöhnte mich mit den 20, nein 21 Stockhieben.

Dann waren Herr Graf fertig. Ich zog mein Höschen wieder hoch und fragte: „Zufrieden, Euer Erlaucht?" „Wir werden Sie lobend erwähnen, auch dass Sie sich für die Stockhiebe gehorsam bedankte, wie es sich für eine Niedrige geziemt. Eine gute Idee meines Zeremonienmeisters, mir einen Zyklopen zu schicken. Wir hatten schon lange einmal von hinten im Stehen…. Mit Ihr passt's bequem. Wie heißt Sie?" Niedrige, du Pygmäe?! Soll ich dir mal in high heels eine Hochbeinige vorführen? Heuchlerisch antwortete ich: „Stella, Euer Erlaucht." „Das ist ein rechter Name für eine Dirne. Jetzt verlasse Sie Uns, damit Wir ungestört Unsere Nachmittagstoilette angehen. Ihren Lohn hole Sie beim Schatzmeister. Sie darf einen Zuschlag geltend machen, weil Wir sehr zufrieden waren."

Ich hauchte „danke, Euer Erlaucht" und war draußen. Soso, Stella ist ein rechter Name für eine Nutte. Soso, ich bin ein Zyklop. Jetzt wusste ich Bescheid! Verwirrt sah ich mich um. Von Ferne öffnete sich eine Tür und meine Gruppe tauchte auf, voran die Burgführerin. „Wo haben Sie gesteckt?" rief sie über den Flur. „Tut mir leid, ich hatte mich verirrt." „Kann passieren. Das Wichtigste haben Sie nicht verpasst, nämlich die persönlichen Gemächer des Grafen Hugo zu Stelz."

Die Führung näherte sich ihrem Ende. „Das Intimste zum Schluss", erfuhren wir Touristen, „nämlich das Schlafzimmer des Grafen. Wie ich Ihnen erzählte, war er früh verwitwet und hat auch nicht wieder geheiratet. Damit blieb Hugo kinderlos und sein Geschlecht starb aus. Schade, denn in das Bett passen zur Not drei Leute."

147

Wir betraten den Raum. Unverkennbar, er war es. Nur dass jetzt alle Möbel vor neugierigen Zugriffen durch Kordeln in angemessenem Abstand geschützt waren. Um ihren Zweck zu verdeutlichen, hingen zusätzlich überall Schilder mit der Aufschrift ‚nicht berühren'. Elektrische Leitungen und Lampen vervollständigten die Gewissheit, sich im Industriezeitalter zu befinden. Der Stuhl, über den Seine Erlaucht achtlos die erlauchten Klamotten geworfen hatte, war vorhanden, stand aber woanders und bot eine leere Sitzfläche. Die Ablageplatte der Kommode blitzte und blinkte und gab keinem Stäubchen eine Chance, sich auf ihr niederzulassen, geschweige denn einem Gegenstand. Ich war mir sicher, dass sich unter den Bergen von Rüschendecken, die auf dem Himmelbett drapiert waren, keine Gestalt räkeln würde. Ich hatte den anderen der Gruppe eins voraus: Ich wusste, dass die Matratze für einen Zyklopen wie mich genau die richtige Höhe aufweist, um sich auf ihr bequem abzustützen und beglücken zu lassen. Seine Erlaucht Graf Hugo zu Stelz mag früh verwitwet gewesen sein; nichtsdestotrotz hatte er nach dem Ableben seiner Gattin seinem besten Stück ab und zu Zugang zu einer weiblichen Öffnung verschafft.

Da ich Videokameras an allen möglichen und unmöglichen Ecken vermutete, wagte ich mich erst an meinen Unterleib, als ich mich beim Ausgang wieder zu den ‚Damen' verzog. Dass mein Po immer noch mit abnehmender Tendenz heizte, hatte er mir unablässig mitgeteilt, seit mich Seine Erlaucht gezüchtigt hatten, und auch die klebrige Feuchte in meiner Grotte begleitete jeden meiner Schritte. In der Kabine fühlte ich unter mein Kleid und roch an den Fingern. Kein Zweifel, männliche Hinterlassenschaft; soviel Erfahrung hatte sich im Lauf der Zeit doch bei mir angesammelt.

Vom Parkplatz aus ist Burg Stelz in vollem Trutz und gleichzeitiger Eleganz sichtbar, wie sie ungezügelt himmelwärts stürmt. Sie dürfte aus diesem Blickwinkel aus vor 200 Jahren genauso ausgesehen haben, nur dass es damals natürlich noch keinen Parkplatz gegeben hatte und das Areal vermutlich zugewuchert gewesen war. Ich entnahm meiner Handtasche das Smartphone, drückte für ein Abschiedsfoto auf den Auslöser und betrachtete lange Zeit versonnen das Display. Das Gemäuer präsentierte sich im wunderschönen Licht eines sonnigen Spätnachmittags. Ist das ein typischer Touristenschnappschuss oder ein Blick in die Vergangenheit? In den Fluren hängen Gemälde des letzten Grafen Hugo, die ihn im üppigen Tuch seiner repräsentativen Amtstracht darstellen. Ich fühle mich in meiner Eigenschaft als Zyklop nunmehr autorisiert, diese Pracht in den passenden Maßstab zu rücken.

Endlich saß ich im Auto und startete die Zündung. Was sollte ich von all' dem halten? Trug ich 200jähriges Sperma mit mir herum? Ich zuckte mit den Schultern und fuhr nach Hause. –

Ich merkte schnell, dass Kleines in mir heranwuchs – der Schwangerschaftstest wäre unnötig gewesen. Ich bin allerdings seit zwei Jahren solo. Wenn ich die unwahrscheinliche Möglichkeit außer Acht lasse, dass sich nachts einer zu mir schlich, mir einen 'reindrückte, während ich schlief, und spurlos wieder verschwand, bin ich mir sicher, mich während dieser Zeit mit keinem Mann eingelassen zu haben außer….

Alle Mütter halten ihre Kinder für Prinzessinnen und Prinzen. Demgegenüber ist meine Gräfin oder mein Graf, die oder den ich austrage, echt und stammt sogar von einem seit 200 Jahren ausgestorbenem Geschlecht ab. Das soll mir erst einmal eine nachmachen!

Bis heute bedaure ich, dass ich nicht mehr dazu gekommen war, mir meinen verdienten Lohn plus Zuschlag wegen belobigter Willfährig- und Gehorsamkeit beim Schatzmeister von Burg Stelz abzuholen.

Party bei Anna

Ein bisschen nervös war ich schon, als wir bei Anna und ihrem Mann Klaus klingelten. Die drei Ehepaare Anna und Klaus, Bea und Frowin und Clio und Gottfried waren eine verschworene Gemeinschaft, die einmal im Monat ein neckisches Treffen veranstaltete. Diese Treffen waren, soweit es Boris verstanden hatte, aus einer haarscharf an Ehebruch vorbeigeschrammten Belustigung der gelangweilten und frustrierten Frauen hervorgegangen, die die Männer zum Anlass nahmen, ein wenig Pep in die Sache zu bringen oder besser gesagt von den Frauen bringen zu lassen.

Klaus war Boris' Kollege und obwohl sich bei Männern der Austausch sexueller Vorlieben meistens im Erzählen zotiger Witze erschöpft, hatte Klaus doch einmal aus dem Nähkästchen geplaudert, nachdem mehrere Biere während eines gemütlichen Abteilungsabends seine Zunge gelockert hatten. Boris hatte genickt und irgendwann dahingemurmelt, während die beiden allein vor einem Bildschirm saßen, um eine Statistik zu begutachten, dass seine Frau Hennie – das bin ich – durchaus Interesse an solchen Spielchen habe.

Natürlich kann man gewisse Spielchen miteinander spielen, aber für gewisse andere sind zwei Personen einfach zu wenig. So kam es, dass wir heute zu einer Schnupperteilnahme eingeladen waren.

„Hallo Boris. Und du musst Hennie sein. Willkommen!" Die Dame des Hauses hatte die Tür geöffnet und zeigte ein strahlendes Lächeln. Boris war bereits öfter hier gewesen, ich jedoch noch nie. Ich begrüßte Klaus, den ich hin und wieder anlässlich eines Kaffees auf neutralem Boden gesehen hatte, und schaute mich neugierig um. Klaus und Boris erfüllten bei ihrem Arbeitgeber adäquate Positionen, was ungefähr gleichen Wohlstand zur Folge hatte. Allerdings waren unsere Gastgeber deutlich progressiver eingerichtet als wir, weil Boris einem recht konservativen Geschmack huldigt. Ich würde es nie laut sagen, aber hier gefiel es mir deutlich besser. Der erste Punkt zugunsten des Abenteuers, das uns bevorstand.

Zum Glück hielten alle Partyteilnehmer die Fahne der Pünktlichkeit hoch und um Zwei waren wir vollzählig. Wer uns als ahnungsloser Außenstehender betrachtete, dem musste eine gewisse Uniformität auffallen: Alle Acht, Männer wie Frauen, waren in kurze – sehr kurze – und knackenge Lederhosen gewandet, die eine bestimmte Körperpartie unübersehbar betonten.

Ich merkte schnell, dass Clio die Forschste unter uns war und häufig das Reden über- und das Heft in die Hand nahm. „Jungs und Mädels", eröffnete sie die Veranstaltung, obwohl wir uns bei Anna und Klaus eingefunden hatten, „der heutige Anlass läuft unter ‚Lederhosen-Party', wie jeder sehen kann. Die Idee kommt von Bea, die so ein Ding seit ewigen Zeiten – entschuldigung, ewig alt bist du ja gar nicht! – besitzt und sich damit hin und wieder im stillen Kämmerlein vergnügt. Bea?"

„Naja", fing diese den Ball auf, „ihr könnt euch denken, worin dieses Vergnügen besteht. Allein schränkt es sich allerdings sehr ein. Deswegen dachte ich, ich weite es auf uns alle aus – in der Hoffnung, dass es sich mindestens potenziert. Ihr werdet sehen…."

„Der Kaffee ist fertig", unterbrach Anna das Vorgeplänkel. „Der gehört mit zum Ritual, Hennie und Boris", wandte sie sich an uns Neulinge.

Das Gebotene war von ausgezeichneter Qualität. Wie in geheimer Absprache unterhielten wir uns über Kunst und Kultur, als wäre das der Grund für unser Beisammensein. Ganz vermochte ich die Musterung der Beinpaare nicht zu unterdrücken, die sich alle relativ wohlgeformt und schlank, aber dennoch kräftig präsentierten. Die auffälligsten Unterschiede bestanden in den Bräunungsstufen je nach Veranlagung und je nachdem, ob die Besitzer zum Sonnenbaden oder nicht neigten. Mein Fahrgestell hielt in beiden Kategorien – Form und Farbe – mit, wie ich aufatmend feststellte, ist aber Durchschnitt gegen Clios. Das Biest weiß das natürlich ganz genau und hatte eine geschickte Art, es durch aufreizendes Räkeln zum konkurrenzlosen Blickfang aufzuwerten. Beruhigt nahm ich wahr, dass sich dennoch hier und da ein Männerauge auch auf meine Schenkel verirrte, und ermutigte es – das Auge – durch Lächeln und dadurch, dass ich sie – die Schenkel – leicht öffnete, weiter darauf zu ruhen. In unregelmäßigen Abständen strich ich mit der Hand über ihre Innenseiten oder umfasste meine Knie, um weitere Aufmerksamkeit zu erregen. Anna und Bea kamen leider schnell auf denselben Trichter; nur Clio hatte nicht nötig, dabei mitzutun. So arbeitete sich trotz der feingeistigen Gesprächsthemen die Erotik nach und nach an die Oberfläche.

„So, Jungs und Mädels", ergriff Clio erneut die Initiative, „genug der Ouvertüre.

Ihr wisst, welchem Zweck dieses Beisammensein dient, Boris und Hennie?" Wir nickten. „Ganz kurz, wie es dazu kam. Wir Drei, Anna, Bea und ich, hatten uns einmal bös' danebenbenommen und unsere Ehen standen auf der Kippe. Um sie zu retten, boten wir unseren Gatten unsere Kehrseiten an. Die Hoffnung, dass sie dadurch versöhnt seien, erfüllte sich. Zudem entdeckten wir, dass uns die vermeintliche Sühne großen Spaß bereitete – uns allen, nicht nur den Männern.

Wir beschlossen, eine monatliche Flagellantenparty mit Partnertausch durchzuführen. Wir nennen es aus kulturellen Gründen Flagellantismus statt Spanking, obwohl das eigentlich etwas anderes ist. Partnertausch betrachten wir nicht als Ehebruch, sondern als Abwechslung und Bereicherung. Ich nehme an, ihr seht es genauso, Boris und Hennie. Konsequenterweise gelten Nuttenregeln: Halsabwärts jeder Mann bei jeder Frau und umgekehrt, Gesicht – zu Deutsch küssen – nur beim eigenen Partner beziehungsweise der eigenen Partnerin."

„Woher weißt du das?" platzte ich heraus und erschrak über mein Ungestüm. Clio erwies sich als hartgesotten. „Ich war einmal in diesen Kreisen zugange", erklärte sie ungerührt, „und hab' Gottfried aus Berechnung so gut bedient, dass meine Berechnung aufging und er mich begeistert geheiratet hat. Er hat mich nämlich unbedingt küssen wollen."

Ich warf einen verstohlenen Blick auf Clios Ehemann. Ihn schien weder die Tatsache zu erschüttern, dass er Opfer einer Berechnung geworden war, noch die öffentliche Auskunft, dass er mindestens einmal im Leben ein Bordell aufgesucht hatte. Mich beschlich das Gefühl, dass Clio einem Mann jeden Spaß zu bieten versteht, den dieser wünscht. Ich nahm mir vor, sie dereinst zum Aufdecken gewisser Geheimnisse zu bewegen.

„Jetzt zu den Regeln", war sie mittlerweile fortgefahren, „die ganz einfach sind. Nur flache Hand oder flache Werkzeuge sind erlaubt. Es darf zu keinen Verletzungen kommen. Die Intensität ist individuell verschieden. Keine oder keiner wird zu etwas gezwungen, was sie oder er nicht möchte. Bei ‚halt!' endet das Spanking sofort. Ziel sind ausschließlich die Backen, die Spalte oder die Rückseite der Oberschenkel in Ponähe. Verhältnismäßig neu ist, dass eine Frau eine andere spankt. Es hat sich herausgestellt, dass es die Männer ungemein anmacht, dabei zuzugucken. Noch Fragen?"

„Gibt es eine – wie soll ich sagen – Mindestspankzahl?"

„Jeder sollte einmal jede drannehmen, Hennie. Das ergibt sich beinahe automatisch, ohne dass wir das in Strichlisten nachhalten. Frowin ist übrigens unser Statistiker, der ausgeklügelte Matrizes erarbeitet. Manchmal ist das ganz lustig." „Heute nicht", meldete sich dieser, „ich wusste nicht recht, wie die Konstellation sein wird." „Also improvisieren, okay. Sonst?"

Uns fielen keine Fragen mehr ein, sodass sich Bea zu Wort meldete. „Das mit den Lederhosen ist ein besseres

Präludium, denn die fangen viel ab. Dafür knallt es herrlich. Passt auf." Sie gab sich lautstark selbst einen hinten drauf. „Das hast du aber geübt", urteilte ich. „Stimmt. Ich rechne mit einem Sieg, denn ich habe mir einen kleinen Wettbewerb ausgedacht." „Wettbewerb?"

Bea lächelte uns an und entnahm ihrer Handtasche ein Gerät. „Das ist ein Schallpegelmesser. Wer das lauteste Geräusch erzeugt, hat gewonnen. Ein Tipp: Um das zu erreichen, genügt es nicht, möglichst weit auszuholen; man muss auch die Handfläche genau passend wölben. Ich denke, wenn jeder jeder und jede jedem zehn draufgibt, reicht das. Einverstanden?"

Wir anderen grinsten uns an. „Einverstanden. Bist du die erste Delinquentin?" „Gern. Habt keine Hemmungen und haut ruhig voll zu. Es kommt zu kaum mehr als einem Kribbeln. Es bedarf auch keines Vorwärmens."

Bea stellte den Schallpegelmesser in passender Höhe auf ein Regal, schaltete es ein, bückte sich über eine zweckentfremdete Kommode und stützte sich mit dem Ellenbogen auf ihr ab. „Alphabetisch – Anna, Boris, Clio, Frowin, Gottlieb, Hennie und Klaus. Strengt euch an!"

Das Messgerät zeigte 103 Dezibel, die mein Mann mit seinen klodeckelgroßen Händen erzielte. Ich schauderte innerlich leicht zusammen, denn ich wusste ja, dass diese Pranken eine meiner Pobacken vollständig bedecken und bei inszenierten Bestrafungen für herrliche Wallungen in meinem Lustbereich sorgen. Verstohlen beobachtete ich die anderen aus dem Augenwinkel, als ich zurücktrat, den Schlitz der Lederhose öffnete und meine Vagina stimulierte. Ich weiß, dass ich in Sekundenschnelle komme, wenn ich wirklich erregt bin, und mich ebenso schnell wieder erhole. Keine und keiner hatte mein kurzes Stöhnen wahrgenommen – oder waren sie so diskret gewesen, es absichtlich zu überhören?

Bisher hatte ich mich immer nur mit Boris vergnügt und nie zugeschaut, wenn eine Frau gespankt wird. Mit zu meinem starken Empfinden trug neben Beas exponiertem Gesäß bei, dass in ihrer Bückpose der Busen bei jedem Schlag wahrnehmbar mitwogte. Wie wir alle hatte sie bei dem warmen Wetter ein dünnes, ärmelloses T-Shirt angezogen, das keinen Halt und praktisch keinen Sichtschutz bot. Als hätten wir uns verabredet, hatte sich keine von uns hinter einem Büstenhalter verschanzt. Schließlich winkten Streichel-, Drück- und Kneteinheiten im weiteren Verlauf der Party.

Meine zarten Hände versagten kläglich, als ich dran war, obwohl ich mich so anstrengte, dass mir nach den Zehn die Rechte wehtat. Erstmals hatte ich einen Frauenpo geschunden oder mich wenigstens bemüht, eine erstaunlich anregende Erfahrung.

Müßig zu erwähnen, dass Bea keinen Mucks von sich gab, das Kinn auf ihren verschränkten Händen ruhen ließ und die Augen geschlossen hielt. Während der gesamten Züchtigung lächelte sie selig vor sich hin. Lediglich der kurze Ruck nach vorn, den jeder Treffer auslöste, war ein Indiz, dass sie keinen Mittagsschlaf hielt.

Als die 70 durch waren, richtete sie sich auf und schmachtete: „Endlich weiß ich, wie es ist, wenn mich ein anderer bedient." Dann verkündete sie ungerührt: „Anna, du bist dran."

Als ich mich bückte, um meine Raten in Empfang zu nehmen, hatte ich ein bisschen Herzklopfen. Sie erwiesen sich wie prophezeit als überflüssig. Ich spürte bei jedem Aufklatschen ein wunderbares – ja, Beas Wortwahl traf es genau – Kribbeln und meine Lippen formten wie bei den anderen ein unbewusstes Lächeln. Boris hätte ich auch mit zugebundenen Augen erkannt, denn trotz Lederpanzerung waren die Dimensionen seiner Hände unverwechselbar. Ich begann regelrecht zu schnurren. Als wir uns zur Begrüßung visuell abgetastet hatten, hatten mich die anderen Frauen gefragt, wie schmerzempfindlich ich wäre – ich bin die Zarteste von uns Vieren, meine Lederhose war die der kleinsten Konfektionsgröße und auch mein

Allerwertester nicht ganz so apfelsinenförmig ausgeprägt wie die Gegenstücke meiner Konkurrentinnen – oder soll ich Genossinnen sagen? Jedenfalls hatte ich Anna, Bea und Clio hinsichtlich meiner Widerstandsfähigkeit beruhigen müssen.

„Boris ist eindeutiger Sieger", verkündete Bea enttäuscht, „kein Wunder bei den Schaufeln. Alle Achtung!" „Das Messgerät hättest du gar nicht gebraucht. Wir mussten uns förmlich die Ohren zuhalten."

„Jetzt, Mädels und auch Jungs, wird's härter", verhieß die Gastgeberin, nachdem wir eine Weile wild durcheinander gegackert und gebrummt hatten. „Es heißt Harnisch 'runter, denn Höschen und der Nackte sind dran. Außerdem kann man durch Krachlederne schlecht…, ihr wisst schon!" „Sollen wir denn schon…?" „Wie sieht's aus, Jungs?"

Jetzt, da die stabilen Schutzschilde entfernt waren, sahen wir, dass den Männern unter ihren Slips ein bestimmter Körperteil respektabel angeschwollen war. Als ich bei meinem Mann zugreifen wollte, sprang dieser erschrocken einen Schritt zurück. „Was ist denn, Boris?" „Ich könnte sofort, aber ich will nichts unter der Hand verschleudern, Hennie.

Ich nehme an, es kommt noch einiges?" wandte er sich an Anna. „Sicher, wir haben ja gerade angefangen. Andererseits sind wir Profis im Aufgeilen. Erfahrungsgemäß kriegen wir eure guten Stücke mehrmals pro Sitzung hoch.

Oder?" Die Frage richtete sie an Frowin, Gottlieb und Klaus, die zur Antwort eifrig nickten. „Du siehst's, Boris. Willst du gerade bei mir anfangen?" Ich sah, dass der Angesprochene förmlich erschrak. Es sollte ernst werden und nun verließ ihn der Mut. Andererseits hatten wir der Party inklusive Partnertausch zugesagt und konnten kaum mehr zurück, ohne uns zu isolieren und möglicherweise einen Bruch zu riskieren. „Boris", hauchte ich. Er drehte sich lange genug zu mir, um mein kurzes Niederschlagen der Lider wahrzunehmen, das Zustimmung bedeutete. Er würde in Kürze zuschauen – müssen –, wie mich ein anderer Mann nahm. Ich gebe zu, dass mich die Erwartung dieses Erlebnisses mit Vorfreude erfüllte.

Anna hatte zwei bereitstehende Hocker herangezerrt, sie im passenden Abstand zueinander aufgestellt, dass ihre Beine im richtigen Winkel gespreizt waren, nachdem sie sie bestiegen hatte, und zwei Knöpfe im Schritt ihres Höschens gelöst, sodass ihre nunmehr zugängliche Vagina Boris' Stößen entgegenfieberte. „Am Anfang haben wir's immer in high heels gemacht", flüsterte Clio mir zu, „aber das ist recht unbequem. Auf die Idee mit den Hockern kam Anna." Ich nickte geistesabwesend, denn nun sah ich zum ersten Mal im Leben meinen Gatten in Aktion aus der Sicht einer dritten Person.

Ich hatte den Eindruck, dass er seine Sache recht gut gemacht habe, denn Anna hatte während des Akts laut gestöhnt und stand nun hechelnd vor der Kommode, während sie das Wenige tat, was zu tun war, um wieder ‚anständig' auszusehen. Merkwürdig, wie erleichtert ich war, dass sich Boris nicht blamiert hatte, obwohl ich hätte eifersüchtig sein müssen.

Clio riss mich aus meinen Gedanken. „Wir lassen dich als nächste dran", beschied sie mir, „wen möchtest du?" „Ach so." Ich besah mir die drei Männer, die zur Auswahl standen, und war unschlüssig. „Weißt du was, Clio? Ich möchte keinen beleidigen. Kannst du mir nicht die Augen zubinden und meinen Stecher leise mit Hilfe eines Abzählreims bestimmen? Ich glaube, ich möchte es auch hinterher nicht wissen." „Eine Superidee. Ich glaube zwar, dass sie deiner Schüchternheit entspringt, ist aber dennoch super. Dann sollte Boris aber auch nicht wissen, wer's war." „Du hast Recht, Clio. Ich gehe solange in die Küche." Und Boris trollte sich. Ich glaube, er war froh, nicht zusehen zu müssen, wie seine Frau von einem anderen durchgefickt würde. Mir hatte es umgekehrt nichts ausgemacht.

Boris und ich hatten kaum je eine andere als die sogenannte Missionarsstellung durchgespielt, das heißt ich mit gespreizten Schenkeln auf dem Rücken und er auf mir, sein Ding in mir drin. Als einzige Variante hatte er zugelassen, dass ab und zu ich auf ihm saß. Und nun? Ich stand blind mit auf zwei Hockern in der gleichen Bückstellung wie beim Spanken, fühlte die Stöße eines sehr harten Kolbens und merkte, wie ich kam. Wie angenehm und sanft diese Methode war! Ich meinte zu spüren, dass der Samenspender viel tiefer als beim ,Missionar' eindrang. Dennoch blieb ich völlig frei von Unwohlsein und Beklemmung. Als einziger Nachteil des ,von hinten' fiel mir auf, dass der Flüssigkeitsdruck deutlich geringer als von oben ausfiel. Außerdem hatte das Zeug die Tendenz, sofort wieder abzulaufen. Dass das meiste auf den Boden tropfte, hatte ich ja gesehen, als sich Boris Anna vorgenommen hatte.

Ich war zufrieden. Mich hatte ein Orgasmus durchgeschüttelt – der erste in meinem Leben, den ich nicht Boris oder mir selbst verdankte – und die ,von hinten'-Stellung schätzen gelernt.

Clio nahm mich bei der Hand. „Ich führe dich zu deinem Männe in die Küche. Dort erst nimmst du die Binde ab. Wir rufen euch, wenn alle durch sind. Sonst könntest du aus den verbleibenden Wohltätern schließen, wer der Deine war. Einverstanden?" „Lieber ins Bad, sonst einverstanden."

Anna hatte dank ihres auf- und zuknöpfbaren Slips keine Säuberungsarbeiten leisten müssen, sondern einfach alles eingepackt. Ich hatte meinen mangels dieser zeitsparenden Einrichtung ausziehen müssen, wusch nun, da ich von der Binde befreit war, meinen Intimbereich sauber und fühlte mich wohl dabei. Anna dürfte unten herum recht klebrig verblieben sein. Ich weiß, dass es Frauen gibt, die das mögen.

Ich begab mich in die Küche. Solange Boris und ich darin verbannt waren, unterhielten wir uns über belanglose

Dinge, die unseren Haushalt betrafen. In Wahrheit nagte das angeschlagene Gewissen an mir, als wie prickelnd ich es empfunden hatte, von einem Kerl genommen worden zu sein, dessen Identität ich nicht kannte. Ich wagte mir nicht auszumalen, welch' ‚verbotener' Ringelpietz mit Anfassen sonst noch Spaß bereiten mochte.

Clio öffnete die Tür. „Wir sind durch. Auf zur nächsten Runde."

Ich stellte fest, dass Anna, Bea und Clio sich mit aufreizenden Miniröcken ausstaffiert hatten. „Oh, das hätte ich wissen müssen", bedauerte ich, „ich kann nur die Lederhose bieten, die ich anhabe. Gibt es einen bestimmten Grund für euer neues Outfit?" „Nicht direkt. Die nächste Disziplin ist aufs Höschen. Das ist bei Burschen nicht besonders sexy, sodass allein wir Mädels gespankt werden. Die Männer werden heiß, wenn sie oder wir selbst unsere Röckchen anheben, bevor es losgeht."

„Ich habe einen Jeansmini, der mir bedauerlicherweise etwas knapp geworden ist", meldete sich Anna, „wenn du den Gürtel enger schnallst, Hennie, könnte er dir passen. Wir probieren's." Flugs verschwand sie im Schlafzimmer und brachte mir kurz darauf eine Art Handtuch mit Saum. Da ich zwar schmaler, aber ein bisschen größer als Anna bin, gelang mir kaum, meine Unterwäsche zu bedecken. „Viel gibt's ja nicht anzuheben", bemerkte ich. „Umso besser", konterte Anna.

Clio hatte mittlerweile eine Art Horrorarsenal ausgepackt: Eine lederne Fliegenklatsche, eine Haarbürste mit großflächigem Kämmteil, ein Plexiglaslineal und einen breiten Lederriemen. „Früher, als in allen Haushalten Teppiche lagen, besaß jeder auch einen Teppichklopfer", plauderte sie, „und dem oblag neben der Aufgabe des Teppichklopfens dieselbe mit den Hinterteilen ungehorsamer Kinder. Meine Eltern erzählten mir, dass das Werkzeug bei ihnen häufig zum Einsatz kam.

Heute besitzt keiner mehr sowas", schloss sie bedauernd.

„Die nächste Runde folglich mit Arbeitsgerät?" schlussfolgerte ich. „Hm, ja. Die Hände unserer Burschen dürften sich vom Tanz auf den Lederhosen bisher nicht erholt haben." „Wie rücksichtsvoll!" „Nicht? Wir sind halt großherzig.

Im Ernst: Wer möchte womit?" „Ich möchte das Lineal. Das zieht unschlagbar!" meldete sich Bea. „Haarbürste." „Gut, Anna. Was möchtest du, Hennie? Ich glaube, die Fliegenklatsche tut am wenigsten weh. Ich lasse sie dir gern." „Wenn du sie lieber möchtest…." „Nein, schon gut. Lederriemen hatte ich bisher selten.

Und ihr, die Herren der Schöpfung?" Es schien völlig klar, dass keiner seine ,Eigene' bearbeiten würde. Bald war die Paarungen bestimmt: Klaus und Bea (Lineal), mein Boris und Clio (Lederriemen), Gottlieb und Anna (Haarbürste) und Frowin und ich (Fliegenklatsche).

„Ich brauch's wohl nicht zu sagen, ihr Herren der Schöpfung: Wer sich wieder stark genug fühlt, zieht nach dem Spank seinem Opfer die Hose 'runter und fickt es, wer nicht, eben nicht. Jeder 20. Die Delinquentin zählt mit. Los geht's." Clios Ausdrucksweise bewies ihre völlige Schmerzfreiheit bezüglich verbalen Austeilens. Nichtsdestotrotz überkam mich ungewollt die Neugierde, ob Frowin….

Diesmal stellte sich Bea von Beginn an auf die Hocker, um nach Empfang ihrer Liebkosungen im Falle eines Falles gleich bereit zu sein. Klaus entledigte sich seiner Beinkleider. Ich vermied direkt hinzuschauen, mit welchem Genuss Klaus Beas Röckchen hochheben mochte, aber Clio stupste mich in die Seite: „Guck' ruhig, hier gibt's kein verschämtes Kopfsenken." Kein Zweifel, bereits vor Beginn des eigentlichen Akts wuchs Klaus' fünfte Extremität beträchtlich an.

Das Lineal gab ein fast peitschendes Geräusch von sich, wenn es auftraf. Bea sog hörbar die Luft ein, muckste sich aber sonst nicht. „Hol' dir ruhig einen 'runter, wenn dir danach ist", flüsterte Clio. Tatsächlich war mir danach; ich hätte nie gedacht, wie erregend es für eine Frau sein kann, eine andere Frau beim Bezug einer Tracht Prügel zu spannen.

Unmittelbar nachdem die 20 durch waren, schmiegte Bea ihr linkes Bein gegen das rechte, um Klaus zu ermöglichen, ihr Becken freizulegen, und öffnete sich sofort wieder. Ich sah kaum eine Sekunde, dass das Rosa von Beas Po dem ihres Höschens nicht nachstand, bevor es durch Klaus' Lenden wieder verdeckt wurde. Es stöhnte und keuchte lange genug durcheinander, um meine eigene Lust zu vollenden. Als die kopulierende Symbiose verstummte, zog ich meine Finger unter dem geliehenen Jeansrock hervor. Ich sah aus den Augenwinkeln, dass zumindest Clio es mir gleichgetan hatte. „Kannst du eigentlich, sooft du willst?" „Naja, fast."

Klaus hatte sich in die Küche verzogen, bevor sich Clio und Boris in Positur stellten. Boris wickelte den Lederriemen so um seine Hand, dass dessen frei baumelnde Länge ungefähr 40 Zentimeter betrug. Soso, dachte ich, du weißt ja recht gut, wie der zu handhaben ist. Die Schläge damit klangen beinahe noch schmerzhafter als die mit dem Lineal, aber genauso schmerzfrei wie beim Reden schien Clio beim Empfang von Hieben zu sein. Wiederum ohne jede Eifersucht, sondern erleichtert wurde ich zur Zeugin, dass ‚danach' auch ‚mein' Boris seinen Mann stand und seine Sparringpartnerin erfreulich lange am Spieß röstete. Als sich Clio erhob, standen Schweißperlen auf ihrer Stirn, aber sie lächelte glücklich.

„Du bist ganz schön hart im Nehmen", lobte ich. „Ein Erbe meiner Nuttenzeit", erwiderte Clio ungerührt, „meine Puffmutti hatte bald 'raus, dass ich die ideale spanking woman abgab, und schickte meistens mich, wenn ein Freier so eine bestellte." Bevor sich mir die Frage stellte, ob auch Gottfried zu denen gehört hatte, beantwortete dieser sie selbst. „So lernte ich Clio kennen. Dabei waren es weniger ihre Pobacken als ihre fantastischen Schenkel, die mich zu meinem Antrag bewogen." Unwillkürlich senkte sich mein Blick und verharrte eine Weile auf den Antragsgründen. Ich seufzte.

Als drittes Foltergerät sauste die Haarbürste ungebremst auf das dargebotene Gesäß von Anna. Sie klang deutlich trockener als ihre Vorgänger. Ich hingegen war von der Fliegenklatsche enttäuscht. Das nächste Mal Lineal oder Lederriemen, dachte ich, während ich verarztet wurde. Wenigstens besaß Frowin als Vierter im Bunde wie seine Vorgänger Kraft genug, mich nach Vollzug des Spanks mit einer respektablen Menge seiner klebrigen Brühe abzufüllen.

Als er fertig war, seufzte ich wohlig. Bisher vier Mal, rekapitulierte ich, zwei im Handbetrieb und zwei dank steifer Kolben. Ich rieb meinen Po. Schön heiß ist er ja, dachte ich. Kein Wunder, dass das maskuline Lenden anspornt, wenn sie dagegen gedrückt werden. Ein unauffällige Musterung bestätigte mir, dass mein Mann dieses Mal ungerührt zugeschaut zu haben schien, wie seine Frau 'rangenommen worden war. Gut, dachte ich, wir sind anscheinend beide angekommen.

„Säubert euch ein bisschen, Kinder", verkündete Anna, „gleich ist Pause mit einer Stärkung."

Kaum gesagt, trug Klaus ein Riesentablett mit Häppchen ins Wohnzimmer, auf die wir uns ohne Federlesens stürzten. Sex verbraucht reichlich Energie und führt folglich zu Hunger.

„Was ist das eigentlich?" „Sogenannte Kanapees, Toast mit edlem Belag und Aspik dünn überzogen. Kommt aus Frankreich und ist auch in der Schweiz sehr beliebt. Greift zu!"

Während Frowin als Mathematiker und ich als Informatikerin eine Weile herumtheoretisierten, bis zu welcher Normalform eine Datenbasis sinnvollerweise heruntergebrochen werden sollte, schwebten verschiedene Klangfetzen um mich herum. „...bei Wilhelm Busch besteht die Hauptbeschäftigung von Knaben darin, wechselweise von Vater,

Lehrer oder Pfarrer mit dem Rohrstock den Arsch voll zu kriegen…" „…einen Grill ja nicht mit sauren, sondern mit basischen Substanzen reinigen; du wirst sehen, der blitzt und blinkt in kürzester Zeit wie neu…" „…bis zum zweiten Weltkrieg existierte eine 444 Kilometer lange Eisenbahnstrecke von Belgrad nach Sarajewo in bosnischer Schmalspur – 760 mm –, die der schnellste Zug in neun Stunden und zehn Minuten schaffte…"

„Nach Max Vetter enthält eine ideale Tabelle einen Primärschlüssel, ein Datenattribut und einen Fremdschlüssel", dozierte Frowin gerade. Ich versuchte mich zu konzentrieren. „Die fünfte Normalform, die du ansprichst, sorgt bei einem Anhänger der reinen Lehre für leuchtende Augen, da habe ich keinen Zweifel", erwiderte ich, „aber die kaufmännische Praxis spricht eine andere Sprache. Da sollten alle Attribute eines Autos in der entsprechenden Sachtabelle vereint sein, auch wenn Redundanzen mit der von Motorrädern auftreten, sonst vergeht beim Zusammenkratzen der Gesamtdaten zu viel Zeit. Mit der dritten Stufe ist das durchaus konform." Frowin setzte zu einer Antwort an, als Anna auf den Tisch klopfte, der außer ein paar Krümeln und leeren Wassergläsern vollständig geplündert war.

„Wir kommen zum zärtlichen Teil", verkündete sie. „Mädels, macht euch oben herum frei, damit unsere Kerle Material zum Begrabschen und Aufgeilen vorfinden."

Wir Frauen stellten uns, nur mit einem als Rock getarnten Handtuch um unsere Becken bekleidet und in appetitlichem Winkel geöffneten Beinen nebeneinander auf. Kein Zweifel: Die Weiber wussten, wie Gockel zum Krähen…, äh zum Sabbern zu bringen sind.

Ich spürte meine Brüste anschwellen, als die Hände zweier Männer sie gleichzeitig beackerten, während ein Dritter meine Schenkel umfasste und diese ausgiebig auf ihre Festigkeit prüfte – ätsch, nicht nur deine, Clio! Wie zu Beginn gefordert blieben Wangen, Mund und Haare tabu – Annas Party war ausschließlich dem Unterleib gewidmet.

163

Natürlich durften auch wir Frauen an das andere Geschlecht 'ran. Mir schwebte jedoch etwas anderes vor.

„Clio?" „Ja?" „Darf auch eine Hennie dein Fahrgestell befummeln?" „Klar."

Angeblich war einst Marlene Dietrich mit den schönsten Beinen der Erde gesegnet gewesen, aber meines Erachtens stimmte das nicht – Clio durfte sich als Titelinhaberin für alle Ewigkeit wähnen. Ein merkwürdiger Bewusstseinswandel hatte von mir Besitz ergriffen. Ich empfand keinen Zickenneid mehr, sondern genoss einfach Anblick und Haptik der perfekten Formen. Im Grunde betrachtete ich sie als neutrales Kunstwerk.

Die T-Shirts waren wieder übergezogen, aber die Slips außen vor geblieben. „So, Jungs und Mädels, fertig zur ultimativen Spankingrunde", verkündete Clio. „Anna und ich, wir haben uns etwas Neues ausgedacht.

Da wir heute – ich hoffe, ab heute – mit vier Paaren eine gerade Anzahl haben, dachten wir an zyklische Vertauschung. Ich schicke voraus, dass unsere Jungs andeuteten, dass sie nicht immer selbst aktiv sein möchten, sondern ganz gern einmal zusähen, wie eine Frau eine andere spankt. Nun können bei unserer Konstellation die beiden unbeschäftigten Mädels entweder parallel einem einen lutschen oder sich belutschen lassen. Zwei Kerle müssen sich's halt alternierend verkneifen.

Einverstanden?" „Gern einverstanden." „Okay, dann bestimmen wir Aktivitäten und Reihenfolge. Hennie, bist du bei einer Fellatio dabei?" „Probiert habe ich's – haben wir's noch nie. Andererseits bin ich zu allem bereit. Was man nicht probiert, kann man nicht beurteilen.

Dennoch wäre mir lieber…." „Ja?" „Naja, Cunnilingus – das ich belutscht werde. Der Gedanke erregt mich jetzt schon." „Okay." „Und noch 'was." „Ja?" „Darf ich bei dir zuschauen? Ich meine, wegen deiner herrlichen…." Clio lachte. „Klar. Gottfried, besorgst du's ihr? Und Anna legt mich übers Knie. 20 – nein, sagen wir 30."

Klaus hatte mittlerweile einen Küchenstuhl mitten in den Raum gestellt und zwei Isomatten in zwei Metern Entfernung davor ausgerollt. „Fangen wir ohne Verzug an. Anna, setz' dich auf den Stuhl; Hennie, du kniest dich empfängnisbereit auf die eine Matte und Gottfried rutscht unter dich mit dem Gesicht nach oben; Boris, du stellst dich auf die andere Matte und Bea kniet vor dir. Klaus und Frowin, ihr seid bei der nächsten Runde dran."

Clio anzuschauen, wie sie über Annas dürftig bedecktem Schoß lag, die Arme auf der einen Seite auf den Boden aufgestützt und auf der anderen Seite ihr Unterteil in Schräglage und voller Länge ausgestreckt, war auch als statisches Bild einen Herzinfarkt wert. Anna schob liebevoll das Textil, das ein Kleidungsstück zu sein vortäuschte, über Clios Hüften, sodass die weiblichen, bereits vom Lederriemen tief geröteten Rundungen gänzlich freilagen und begann mit dem Versuch, das Dunkelrosa weiter zu verdunkeln. Als Annas Hand das erste Mal auf Clios straffen Schinken klatschte und deren Brüste unter dünnem Stoff ins Schaukeln gerieten, kam ich fast von allein. Als ich Gottfrieds Zunge spürte, brach der Damm innerhalb von Sekunden. Ich glaube und fürchte, mein Stöhnen übertönte Annas Anstrengungen. Auch als das Spanking vorüber war, wallte es in mir nach und mein galaktischer Orgasmus klang zaudernd aus. Kaum, dass ich mich nach Boris umzusehen die Konzentration aufbrachte, ob auch er zufrieden war. Seinem Grinsen nach ja.

Schnaufend und keuchend brachte ich meinen Wunsch heraus, die nächste Delinquentin zu sein. Frowin, vor dem Anna kniete, und Clio, die von Klaus belutscht wurde, erfreuten sich neben der Dienstleistung an ihnen anscheinend an der Aussicht auf meinen wackelnden Po und meinen ebenso wackelnden Vorbau, denn beider Aufmerksamkeit wies in meine Richtung und ihre Gesichter leuchteten in einem Entzücken, das mir innere Zufriedenheit schenkte. Beas Bemühungen verpufften, meinem Po Pein zu bereiten. Einzig angenehme Wärme spürte ich sich ausbreiten, die rasch in meine vordere erogene Zone drang und diese zum Jucken brachte. Dass mein Bauch Beas lediglich symbolisch bedeckte Oberschenkel kreuzte und Druck auf diese ausübte, stimulierte mich zusätzlich – Bea vermutlich auch.

Da es gerecht zugehen sollte, wurden für die letzte Doppelrunde die Rollen vertauscht. Während ich Anna spankte, wurde Bea von Boris und Klaus von Clio bedient. Zum Schluss versohlte Clio Bea den Hintern und Frowin beglückte Anna mit seiner Zunge und ich Gottfried mit meiner. Zunächst war ich erschrocken, als der erigierte Penis von meiner Mundhöhle Besitz nahm. Ich gewöhnte mich jedoch schnell daran. Ihn keinesfalls deine Zähne spüren lassen, hämmerte ich mir ein, immer mit der Zunge die Eichelspitze und den Lippen deren Ansatz…; boah, spritzte das druckvoll in meinen Schlund! Ich kam kaum mit dem Schlucken nach und deswegen auch nicht dazu, mir Gedanken über Ekel oder Nicht-Ekel zu machen. Kaum vernahm ich, wie Clios Hand auf Beas Backen auftraf, bis das Geräusch erstarb. Auch Gottfrieds Hodeninhalt war erschöpft. Ich kam langsam zu mir.

„Boah", sagte ich immer wieder, „boah, boah!" „Schlimm?" fragte Clio. „Nein, überhaupt nicht. Alles in Ordnung. Allerdings hätte ich mir nicht träumen lassen, so schnell so viel Zeug entsorgen zu müssen." Clio lachte. „Hauptsache, es war dir nicht zuwider. Wir hatten ja am Anfang gesagt, dass keiner und keine zu etwas gezwungen wird, was er oder sie nicht will. Mir scheint…" „…alle können alles mitmachen. Ich bin dabei." „Schließe ich daraus, dass wir in Zukunft auf euch rechnen dürfen?" Ich sah Boris an, der heftig nickte. „Ja, ganz sicher." „Super."

Vor meinem geistigen Auge ließ ich die drei Nummern Revue passieren. Die Unterschiede der Schwänze hatte ich deutlich gespürt. Hm, dachte ich, vom zweiten weiß ich, dass es sich um Frowins gehandelt hatte. Da mein Dritter Freudenspender Gottfried war und die Partylogik anscheinend bestrebt ist, dass sich keine Paarung wiederholt und es kein angetrautes Paar miteinander treibt, lag der Schluss nahe, dass der Erste, der Unbekannte, Klaus gewesen war. Frowin hatte beim Ausarbeiten der Matrizes einen Doktortitel verdient, denn alle Bedingungen hatte er erfüllt. Als einziger Kompromiss war verblieben, dass die Cunnilingus-/Fellatiopaarungen der ultimativen Runde sich hatten ‚treu' bleiben müssen.

Die Party näherte sich ihrem Ende. Wir räumten gemeinsam auf und begannen mit der Verabschiedung. Ich hatte mich wieder in meine Lederhose gezwängt und stand unentschlossen allein im Vorgarten, als sich Clio mir näherte. „Hau nochmal drauf", flüsterte ich ihr zu. Sie lächelte und verpasste mir einen mit einer Kraft, dass ich beinahe auf die Nase gefallen wäre. „Schnell", drängte ich. Clio wusste genau, was ich meinte, ging in die Hocke, fuhr mit ihrer Hand in mein rechtes Hosenbein und begann den sensitiven Bereich zu reiben. Sofort krümmte ich mich zusammen und stöhnte heftig. „Weiter", bettelte ich und sah die Vision eines endlosen Orgasmus vor meinem inneren Auge. Ich schaffte mehrere Minuten, bevor mein Unterleib ‚genug!' meldete. Ich stand in der Kniebeuge und mit den Händen auf die Oberschenkel gestützt heftig atmend da, stieß „danke!" hervor und wunderte mich, dass uns niemand gestört hatte. Als hätte sie meine Gedanken gelesen, sagte Clio: „Sie haben uns sicher durchs Gebüsch gespannt zugeguckt und Anna und Bea ebenso sicher synchron mitgefingert. Mach' dir nichts draus. Wir sind halt alle kleine Ferkel."

Dann wurde es ernst mit dem Abschied. „Das nächste Mal Gummihöschen ohne dämpfendes Futter, Mädels", schlug Clio vor, „ihr werdet sehen, da drauf mit Haarbürste oder Plexiglaslineal, das zieht fantastisch." Wir stimmten begeistert zu und versicherten uns gegenseitig, uns unbändig darauf zu freuen.

Der Gang zum Auto kam mir wie eine Ewigkeit vor, denn in meinem Kopf lief währenddessen ein Monumentalfilm ab, der weit davon entfernt war, mich mental zur Ruhe kommen zu lassen. Hatte mich mein bisher spießbürgerliches Leben belastet, war es Boris' Verhalten entsprungen oder gebrach es uns bisher einfach an Fantasie, ihm zu entrinnen? Die heutige Spanking- und Partnertauschparty hatte jedenfalls alles ins Gegenteil verkehrt. Mein eigener, ungezügelter Sexdrang hatte niemanden mehr überrascht als mich selbst, hatte ich ihn doch bisher in vermutlich nicht wiedergutzumachender Weise unterdrückt.

Ich warf einen heimlichen Seitenblick auf meinen Mann. Er war es gewesen, der Klaus' Vorschlag zugestimmt hatte, einmal an den Spielchen der damals drei Ehepaare mitzuwirken. Hatte er sich überlegt, auf was er sich einließ? Oder sah auch er das Ganze als Befreiungsschlag? Er hatte mir ein paar Mal den Hintern versohlt, aber auf meinen ausdrücklichen Wunsch und ohne diese Steilvorlage zu einem Fick über meine heiße Kehrseite zu nutzen. Heute war er aus sich herausgegangen und genauso engagiert bei allem dabei wie seine drei Geschlechtsgenossen gewesen. Diesbezüglich hoffte ich auf die Zukunft.

Meine eigene Psyche gab mir Rätsel auf. In protestantischer Arbeitsethik aufgewachsen, bestand in meiner Kindheit und Jugend das Leben aus Mühsal und Plage. Sex, essen, trinken und schlafen war auf das Notwendige reduziert, um zum Weiterfunktionieren fähig zu sein. Sogar trinken und laut lachen war verboten – eine Erziehung, über die heutige Psychologen und Ernährungsberater die Hände über dem Kopf zusammenschlügen –, und zwar nicht, weil es ungesund wäre. Meine Eltern und Großeltern hatten nie gesagt: „Das ist nicht gesund", sondern immer nur: „Das ist nicht gut." Heute weiß ich, dass das verpönte Vergnügen ihr Missvergnügen hervorgerufen hatte. Durst nach harter Anstrengung und Humor in einer skurrilen Situation und beidem durch genussvolles Schlucken beziehungsweise befreiendes Lachen abzuhelfen entspricht natürlichem Verhalten. Religiös gesteuerte Menschen versuchen jedoch ihren Schützlingen konsequent natürliches Verhalten auszutreiben, da das ihrer Meinung nach nicht gottgefällig ist.

Und Sex…? Natürlich muss der sein, um die Fortpflanzung sicherzustellen, aber daraus ein Vergnügen zu machen ist wiederum nicht gottgefällig. Heute waren alle Dämme gebrochen und wir hatten ausgelebt, was auszuleben war – und ich hatte mich aufs Äußerste amüsiert. Mein Gesäß stand herrlich in Flammen und meine Lustgrotte – ja, meine Lustgrotte, denn die Vagina ist nichts anderes! – gab mir Meldung, dass sie sich erstmals als gebührend gefüttert betrachtete. Ich hatte mich hin und wieder von Boris vermöbeln lassen, wenn ich mich aus lächerlichem Anlass schuldig fühlte, und zu meinem Schrecken festgestellt, dass ich die Bestrafung genoss. Die unmittelbare Folge war, dass ich mich noch schuldiger fühlte.

So ein Unsinn, aus Sicht der vergangenen Stunden! Unwillig schüttelte ich den Kopf. „Was hast du?" fragte Boris. „Du kannst einsteigen. Die Tür ist offen." „Ach so, entschuldige!"

Während der Fahrt lief mein inneres Kino weiter. Eine letzte Hürde stand mir bevor und ich beschloss, ihre Überwindung nicht auf die lange Bank zu schieben. Die Krachlederne hatte ich in einem Trachtenladen erstanden, aber für das Gummihöschen musste ich in einen Sexshop. Natürlich könnte ich das gewünschte Utensil online bestellen, aber genau das widerspräche meinen frisch erkämpften Moralvorstellungen. Nein, ich würde erhobenen Hauptes den Sexshop betreten, und zwar gleich am Montag.

Sarahs Anleitung

Hallo Mädels!

Willkommen zu meiner Sendung ‚Anmach-Tipps für Nicht-Angemachte'.

Zunächst meine Versicherung, dass alles, was Ihr hier zu sehen kriegt, absolut live und ohne Einsatz einer Konserve vonstatten geht. Jeder Fauxpax und Versprecher meinerseits schlägt unmanipuliert zu Euch durch. Übrigens steht für mich auf jeden von der Sorte einer mit dem Kochlöffel hinten drauf. Ich hab' mir vorsichtshalber eine schützende Lederhose beschafft.

Jetzt zur Erklärung, was der Titel soll.

Was seht Ihr vor Euch? Eine ganz normale junge Frau, nämlich mich, Sarah, in einem ärmellosen Minikleid bis zu den halben Oberschenkeln, das so manches Manko offenlegt. Meine Beine sind nicht besonders lang und ein bisschen zu dick, ebenso meine fleischigen Armkugeln und Oberarme, meine Knie zu eckig und meine Hüften zu ausladend. Was Ihr sonst noch seht: Mein Maul macht einem Scheunentor und meine Ohren machen einem Satelliten-Sonnensegel Konkurrenz. Meine Haut ginge als Sandpapier durch. Füße wie Elbkähne und Hände wie Klodeckel vervollständigen das Bild. Ich bin ungefähr das Gegenteil eines models und freue mich, dass Ihr Euch in der Gewissheit sonnt, dass Ihr zehn Mal besser ausseht als ich.

Aber auch ich und die von Euch, die sich ähnlich beurteilen wie ich mich, kann beziehungsweise können gefallen. Wie? Indem wir nett und ein bisschen willfährig sind. Diese Willfährigkeit müssen wir dem bis jetzt in neutraler Haltung neben uns stehenden Typen klarmachen.

Das moderne Strafrecht verbietet leider, Mann zu sein. Wie um alles in der Welt kann sich einer an weibliches Fleisch 'ranmachen, ohne gleich drei Jahre Gefängnis zu riskieren? Jetzt kommt der Vorteil der Unscheinbaren und grauen Mäuschen zu Tragen. Neben euch steht einer am

Tresen, kein Herkules, eher leicht übergewichtig, nicht mehr der Jüngste und vor allem schüchtern. Folglich rechnet er sich bei der strahlenden Schönheit zur Rechten von vornherein keine Chance aus. Aber das Pummelchen links – ich! Hat es nicht sogar verstohlen 'rüber geschaut? Möglicherweise ist es nicht nur toleranter gegenüber einer Anmache, sondern wünscht sich sogar eine. Dass niemand sonst es beachtet, ist ja offensichtlich. Und richtig 'was zum Greifen und Kneten ist auch dran. Unterschätzt die Anziehungskraft von Naturpolstern nicht, Mädels!

Kein Mann widersteht der Versuchung, einer Frau hinten einen draufzuknallen, wenn sich ihm sozusagen sanktionslos eine Gelegenheit dazu bietet. Wenn er das getan hat, ist er in unserer Hand. Ein gewisses Maß an Empörung ist unerlässlich, aber wir müssen ihm auch durch verschmitztes Lächeln oder ein Augenzwinkern andeuten, dass wir das gar nicht sooo schlecht fanden. – He! Seht Ihr, plötzlich hat eine freischwebende Hand aus ätherischen Gefilden ihren Weg zu dem Meinen gefunden. Ein hinterer Stoßdämpfer mit gut federnder Polsterung ist unwiderstehlich!

Im Idealfall kommt er im einsamen Park von selbst auf die Idee. Sonst können wir unauffällig das Thema auf Spanking lenken und ihm erklären, was das ist. Ihr werdet nicht für möglich halten, wie viele das nicht wissen. Einerseits muss heute alles englisch sein, andererseits gibt es dafür keine deutsche Entsprechung, ohne einen halben Satz von Hintern oder Arsch oder Po versohlen oder so ähnlich herauszuwürgen. Das deutsche Fremdwort lautet Flagellantismus und die, die das ausüben, heißen Flagellanten. Neben der Tatsache, dass das noch sperriger als unser Halbsatz klingt und längst veraltet ist, bedeutete es auch etwas anderes, nämlich die Kasteiungen und Selbstkasteiungen Gläubiger ob ihrer Sünden im Schoß der katholischen Kirche. Mit Spaß hatte das nichts zu tun.

Den wollen wir aber haben. Vergesst übrigens nicht, rechtzeitig vor Eurem Angriff Eure Gesäßtaschen zu leeren, damit sich Eure Rundungen ohne hässliche Beulen vom

Handy oder sonst was anbieten. In den Siebzigern des vorigen Jahrhunderts trugen alle Jugendlichen eine Haarbürste rechts, deren Borstenseite herausragte. Selbst sanft über die Rundungen streicheln verbot sich so. Wie man so eine knackte, wäre mir als Typ ein Rätsel gewesen.

Übrigens quatsche ich wie ein Wasserfall, damit ich mein Soll von 2000 Wörtern erfülle. Für jedes, das fehlt, gibt's wieder…; das mit der Lederhose wisst Ihr ja schon.

Das Vorspiel wäre damit erledigt. Wir haben uns gefunden und lassen unsere Eroberung schon mal unsere seit langem darbende Muschi ausprobieren. Nun wollen wir ihm aber mehr bieten und geben ihm zu verstehen, dass wir es geil fänden, wenn unserem zweitbesten Stück – dem hinten – einmal ordentlich eingeheizt würde.

Wie aber anfangen? Erst einmal, Mädels, eine beruhigende Erklärung. Natürlich tut es zunächst weh, eine Tracht Prügel zu beziehen. Aber der Fortgang des Abends wird Euch nicht nur über die Schmerzen hinwegtrösten, sondern sogar begeistern. Ich mache Euch so kribbelig, dass Spanking Eure neue Sucht wird.

Wie ich Euch dazu bringe, im Folgenden in meiner ausgeklügelten Liveschau.

Ich gehe nun in die Totale. Ihr seht drei Männer, eine Couch und zwei Stative mit Kameras drauf. Es handelt sich um keine Camcorder, sondern moderne Systemkameras, die in so hoher Auflösung filmen, dass Ihr im Nachhinein Einzelbilder herausfiltern könnt. Ihr habt vermutlich nur einen Mann zur Verfügung; in dem Fall müsst Ihr alles vorbereiten und automatisch ablaufen lassen.

Es geht um Spanking. Fast alle Männer empfinden es als vergnüglich, einer Frau auf den Hintern zu hauen, vor allem, wenn sie wie ich rundum gut gepolstert ist. Einer meiner Assistenten begibt sich zur hinteren und der andere zur seitlichen Kamera. Wie Ihr seht, befinden wir uns in einem ganz normalen Wohnzimmer ohne teure Studiolampen, allerdings reichlich befenstert. Wir arbeiten mit available light, was wörtlich verfügbares Licht heißt. Auf Deutsch nennt man das am Elegantesten natürliches Licht. Es schadet nichts, die Kameras auf die höchste ISO-Zahl zu stellen, bei der Aufnahmen ohne Bildverrauschen möglich sind. Bei four thirds empfehle ich nicht über 800 zu gehen, bei APS-C 1250 und bei Vollformat 1600. Als Brennweite empfehle ich die sogenannte Normale, die genau dem menschlichen Blickwinkel von 51° entspricht. Das sind bei four thirds 25mm, bei APS-C 34mm und bei Vollformat 50mm. Geht Ihr drunter in den Weitwinkelbereich, bekommt Ihr Elefantenärsche, geht Ihr drüber in den Telebereich, seht Ihr gestaucht aus und bekommt außerdem Probleme mit der Schärfentiefe. Ein tolles Bokeh wie bei einem Porträt braucht Ihr ja nicht.

Wie Ihr seht, hat es sich mein dritter Assistent mittlerweile auf der Couch bequem gemacht. Er hat den besten Job, wie Ihr gleich sehen werdet, denn er wird meinen Po polieren. Das ist bei Euch natürlich die Aufgabe für Euren Kerl. Wen Ihr übrigens nicht seht, ist der vierte, der filmt, wie alles abläuft.

Jetzt lege ich mich beim Dritten über den Schoß und stütze mich mit den Händen ab. Das Kleid ist meine einzige Hülle und mit Absicht luftig und nicht eng. Meine üppigen Brüste hängen in der Luft und haben unter dem dünnen Stoff reichlich Platz zur Entfaltung. Dann wirft mein Assistent – schon passiert, mein Fummel ist über meinen Rücken geglitten, mein Gesäß liegt frei und der erste Treffer – au! – kann landen.

Die richtige Dosierung ist wichtig. Warum erzähle ich Euch in wenigen Minuten. Zunächst abwechselnd meine rückwärtigen Backen, wie sie sich farblich entwickeln, und meine Breitseite mit dem schaukelnden Busen; dann mein wenig attraktives Gesicht, wenn es sich nach einem besonders gelungenen Klatscher heftig verzieht – Ihr glaubt gar nicht, wie sexy das aussieht.

So, jetzt – au! – autsch! – boah, der saß! – puh! – wow! – manomanomann! – noch einen! – gut, mehr! – ah, weiter! – ouououououououou…! – hmmmhmmmhmmm…!

Ihr seht meine Schinken sich wunderbar verdunkeln und ich nähere mich dem Idealzustand. Ich höre zwar die Hand draufknallen, aber Schmerzen spüre ich keine mehr. Ich genieße die sich in mir wohlig ausbreitende Wärme. Theoretisch kann es beliebig so weitergehen – hmmm –, aber auch das größte Vergnügen muss einmal ein Ende nehmen.

Jetzt lassen wir das Ganze Revue passieren. Seht Ihr, wie ich mich zu Beginn quäle und fast weine, sich meine Züge im Lauf des Spanks mehr und mehr entspannen und ich schließlich selig lächle? Wenn sich die Wärme bis zu Eurem vorderen sensitiven Bereich vorgearbeitet hat, könnte es sogar bis zu einem Orgasmus ohne weitere Stimulierung reichen. Ich musste ihn heute leider unterdrücken, denn ich bin ja sozusagen im Dienst.

Das mit der Dosierung müsst Ihr üben. Ihr könnt es mit der Ampel probieren, das heißt grün bedeutet in Ordnung, mach' weiter oder fester, gelb gerade noch zum Aushalten und rot halt, das ist zu heftig. Möglicherweise ist grün Eure Farbe, möglicherweise gelb. Manche mögen's härter.

Ob Ihr es erotischer findet, in die Kamera zu lächeln oder zu schreien oder lustvoll zu stöhnen, ist individuell verschieden. Es kann passieren, dass Euer Typ Schiss kriegt, wenn Ihr zu heulen oder zu kreischen anfangt. Das spricht zwar für ihn, nützt Euch aber nichts. Dann heißt's Zähne zusammenbeißen und in Abständen gut! oder mehr! zu hauchen. Vermeidet alles, was ihn erschrecken könnte. Denkt immer dran, Mädels: Wir sind die Stärkeren!

Meine Jungs sind nunmehr soweit: Ich zeige Euch einige herausgefilterte Bilder, die meine Assistenten für Euch zu einer Diaschau aufbereitet haben. Zunächst drei von hinten, die hauptsächlich meinen Folterknecht im Augenblick des

Vollzugs zeigen. Im ersten seht Ihr – neben meiner ausladenden Rückfront – nur einen Haarschopf, der zu jeder Brünetten gehören könnte. Im zweiten hebe ich den Kopf und sehe wie neugierig schräg hinter mich und im dritten schaue ich zur Seite und lasse einen Schmerzensschrei los. Das törnt doch wirklich an, oder?

Dann zwei Fotos im Ganzkörperprofil, wie meine hindrapierte Gestalt liebkost wird. Im ersten ein Blick wie Überraschung, im zweiten einer offensichtlichen Entzückens. Da sieht sogar mein Astralleib mit dem dicken Schenkel, der exponierten roten Backe, dem kräftigen Stützarm und dem herabhängenden Vorbau beinahe gut aus. Achtet drauf, dass der auch im Bild ist!

Zum Schluss nur mein Antlitz in zwei Dreierstaffeln. In der ersten zunächst meine weit geöffnete Rachenhöhle, die wiederum Überraschung signalisiert, gefolgt von geschlossenen Augen und einem verhalten geöffneten Mund ohne Zähne und mit – Pein und Ergebenheit.

Dann die Phase, in der ich den Spank zu genießen begonnen habe. Gespitzter Mund, der tut, als wolle er pfeifen, und sich in Bild zwei und drei in ein Grinsen hineinsteigert. Super, Mann, du hast's im Griff, ruhig fester! ist die Aussage.

Jede von Euch wird sich von einer anderen Version angemacht fühlen.

Einen Vorteil haben Filmchen wie der gezeigte von Euch selbst, und das gilt für beide: Ihr müsst euch nicht x Mal verhauen lassen, sondern könnt Euch ein wirklich gelungenes immer wieder anschauen und Euch dabei aufgeilen. Sinnvoll ist es auch, wenn der Partner abwesend ist, Euch unten herum aber plötzliche Gefühle packen. Mädels, Ihr dürft Euch ebenso gern während seines Genusses einen 'runterholen wie Euer Kerl sich einen wichsen, denn er verspritzt sein Zeug ja in Gedanken an Euch in die Landschaft. Das solltet Ihr ihm gönnen. Habt kein schlechtes Gewissen! Übrigens auch dann nicht, wenn Ihr

175

Euch bereits während meiner kleinen Vorführung eigenhändig einen besorgt habt. Ich selbst mach' das beim Zuschauen auch.

Das war's schon. Wenn Ihr's vor einem großen Spiegel treibt, könnt Ihr Euch ja, Mädels, während der Abreibung selbst zuschauen und braucht keine Kamera. Allerdings müsst Ihr Euch dann jedes Mal von neuem vermöbeln lassen, wenn Euch's Jucken überkommt. Wenn es Euch wirklich überkommt, ist's ja auch gut so.

Ich nähere mich den 1800 Wörtern – was die moderne Technik alles fertigkriegt! Zum Glück hat sich der Stimmensensor übertölpeln lassen und mein unartikuliertes Gewimmer und Geseufze mitgezählt, während ich verarztet wurde.

Versprochen habe ich mich, glaube ich, auch nicht – oje, dann geht mein Po heute leer aus. Okay, nicht ganz, denn er hat ja bereits bei meiner Vorführung gute Dienste geleistet und Euch den Weg in den siebten Himmel gewiesen.

Dies ist übrigens meine 42. Sendung dieser Art. Das ist deshalb bemerkenswert, weil wir ja alle seit Douglas Adams' mit größter Sorgfalt zusammengestelltem interstellaren Reiseführer ‚Per Anhalter durch die Galaxis' wissen, dass 42 die Antwort auf alle Fragen der Menschheit nach dem Leben, dem Universum und dem ganzen Rest ist. Nach den Fragen wird noch gesucht.

Ich verabschiede mich mit einer längeren Einstellung auf mein verwüstetes Hinterteil – warte, ich muss erst das Kleid wieder hochheben! – und wie ich sachte daran reibe. Ich hoffe, mein weißer Handrücken auf der dunkelrosa Unterlage hebt Euren Lustpegel um eine weitere Stufe. Sofern ja, lasst's bei Euch unten herum ruhig noch einmal richtig prickeln.

Wie ich sehe, reiße ich soeben die 2000-Wörter-Latte. Macht's gut, Ihr Lieben, und bis zum nächsten Mal.

Eure Quasselstrippe Sarah

Hallo Mädels!

Willkommen zu meiner Sendung ‚Anmach-Tipps für Nicht-Angemachte', Folge 43.

Anlässlich des Bombenerfolgs meiner 42. widme ich mich nochmals dem Thema Spanking. Ich habe zwar das Gefühl, dass hinter der einen oder anderen Sigi, Chris oder Niki, die mir geschrieben hat, ein Kerl steckt, der gern nochmals zugucken will, wie sich meine Schinken in einen Pavian-arsch verwandeln, aber das nehme ich sogleich wieder zu-rück – soll meinen, ich werde nicht versuchen, der Sache mit detektivischen Mitteln auf den Grund zu gehen.

Tauchen wir gleich ‚in medias res' ein, wie es unter Einge-weihten heißt. Mein heutiges Kapitel hat das Anliegen, Euch die Vielfalt von Spankingspielen nahezubringen. Das vorige Mal habe ich mich einfach einem übers Knie gelegt und meinen Hintern versohlen lassen. Durchaus spaßig, aber konventionell bis zum Geht-nicht-Mehr. Abseits von sado-maso gibt es indes jede Menge Möglichkeiten, ohne nennenswerten Aufwand Herzens- oder, treffender gesagt, Beckenwärme anzufachen.

Zunächst ein Quickie im Stehen. Heute habe ich unter mein luftiges Kleid einen rosa Slip gezogen, das sich bei Anhe-ben des Überstoffs der männlichen Geilheit anbietet – seht ihr, eine behaarte Pranke tut das gerade über der linken Backe und die andere haut kräftig auf meine Unterwäsche. Die ist aus Nylon, damit's besser pfeift. Nun das Ganze seitenverkehrt wiederholt und im Handumdrehen habe ich im Vorbeigehen zwei schöne saftige Klapse eingefahren. Das funktioniert jederzeit, auf einem Spaziergang oder auf einer Treppe, wenn keine Zeugen in Sicht sind.

Keine Bange, Sigi, Chris und Niki, die Farbe werdet Ihr auch auf der Unterlage zu sehen kriegen. Habt ein bisschen Ge-duld.

Es darf auch zu Accessoires gegriffen werden, aber bitte nur zu solchen mit Oberflächenwirkung – also keinesfalls Peitschen oder sowas. Dass Fesseln tabu sind, versteht

177

sich von selbst. Fliegenklatschen, Haarbürsten und breite Lineale sind hingegen nicht nur erlaubt, sondern tragen zur erwünschten Abwechslung bei.

Unser nächstes Spiel hat Schulmädchenbestrafung zum Thema. Körperstrafen in Erziehungsanstalten waren bis in die 1960er Jahre gang und gäbe, vor allem in von Nonnen geführten für höhere Töchter. Nun hat unsere Delinquentin – ich – ihre Hausaufgaben nicht gemacht und soll 20 abgezählt erhalten. Zu diesem Zweck knie ich mich auf meine Bank, stecke die Unterschenkel unter die Rückenlehne und stütze meine Ellenbogen auf dem Tisch ab. In einer perfekten Kurve fiebert mein Po der Züchtigung entgegen.

Die Einführungsrunde wird in voller Montur mit dem zweckentfremdeten mathematischen Lehrgerät absolviert – au, aua, bitte, Frau Lehrerin, nicht mehr schlagen, bitte nicht mehr … aua! – aber die gestrenge Lehrerin erfüllt gnadenlos ihre Pflicht, bis die 20 durch sind.

Nun mein Kleidchen über die Hüfte geworfen und mit der Haarbürste aufs Höschen gedroschen. Seht Ihr, wie gefühlvoll meine Vollstreckerin ihrer Aufgabe gerecht wird? Erst zwei Sanfte – patsch, patsch!, dann der Ernstgemeinte – PATSCH! Au, aua … Na, das kennt Ihr schon. Dazu ein Tipp, Mädels, den ich Euch bereits in der vorigen Sendung mit auf den Weg gab: Lasst Euch nicht schweigend und still verbläuen, sondern sondert Geräusche ab, die zwischen Pein und Vergnügen oszillieren, also schnaufen und keuchen, aber zuweilen auch kichern und wiehernd lachen. Eben gerade so, dass Ihr Eurem Kerl signalisiert, wie Euch die Tracht Prügel empört, Ihr sie aber gleichzeitig genießt. Ihr könnt auch mit den Unterschenkeln strampeln und radfahren. Versetzt Euren Spankingserver aber auf keinen Fall in Angst. Ist er Kavalier, wird er Euch auch immer wieder fragen, ob alles in Ordnung sei oder er aufhören solle.

Die Variante wäre auch abgehakt und ihr seid immer noch nicht zufrieden? Dann versetzen wir uns in eine perverse Religionsschule, in der es bei Fehlverhalten auf den Nackten geht. Also: Textil 'runter und Backen freigelegt. Sind sie nicht schon schön rosa, Sigi, Chris und Niki? Gut, dass wir Frauen unter uns sind. Jetzt kommt die Fliegenklatsche zu Wort. Die zieht am besten und ist meine Favoritin, wie ich an dieser Stelle bekenne. Die Nonne kann weit ausholen und sauber platzieren … sssss, boah, kommt das gut! Entschuldigt, dass ich mich auf Zischlaute beschränken werde, bis das Plastikteil seinen Tanz beendet haben wird.

So, puuh! Das war eine Abreibung, die sich gewaschen hat. Spätestens jetzt, Mädels, sollte bei Euch Juckreiz einsetzen, vielleicht sogar ohne Fingerbeihilfe – und Ihr, Sigi, Chris und Niki, habt Gelegenheit, Euch einen zu wichsen. Ich baue derweil ein anderes Szenario auf.

Wie Ihr wisst, gehen wir hier nicht bis Äußersten – normalerweise jedenfalls nicht. Für unseren flotten Dreier bleibt uns allerdings nichts anderes übrig. Die junge Frau, die sich gerade ihres schwarzen Nonnenhabits entledigt, ist meine Freundin Wilma, die sich bereit erklärt hat, außer Täterin auch Opfer zu spielen. Geschieht ihr Recht, denn sie war es ja, die mich bis jetzt befeuert hat. Es handelt sich bei ihr übrigens nicht um Freds Ehefrau aus der Feuersteinfamilie, sondern um eine ganz normal heiße Zeitgenossin aus dem Hier und Heute.

Nun stelle ich mich in Positur, alldieweil sich Wilma über ein Sideboard bückt und, während ich sie ausgiebig spanken werde, meinem ersten Peiniger einen lutscht. Glaubt mir, sie tut es gern. Und glaubt mir, Mädels, es geht ab wie eine Rakete, gleichzeitig vertrimmt zu werden und Freude zu spenden. Noch besser ist es, nach dem Einsatz einen 'reingedrückt zu kriegen, aber die weitere Abfolge überlassen wir Eurer Fantasie und Eurem häuslichen Umgang.

So, es geht los. KLATSCH! – Zum Donner, macht das Spaß – KLATSCH! –, mal selber hinlangen zu dürfen! Wilma kann ja zum Glück nichts sagen, weil sie – KLATSCH! – den Mund voll hat. Es gibt keine vorher festgelegte Anzahl an Schlägen – KLATSCH! –, sondern bis ich merke, dass der Mann – KLATSCH! – genug hat. Das scheint aber noch lange nicht – KLATSCH! – der Fall zu sein.

179

Langsam erlahmt mein Arm. Ah, jetzt ist der Abgang erfolgt, ich seh's dem Typ an den Augen an. Allmählich mildert sich mein Trommelfeuer zu einem Tätscheln und Wilma gibt des Mannes bestes Stück frei. So, Wilma – ja, spül' dir erst einmal den Rachen aus –, nun hoffe ich, dass du dich wohl – danke für die Bestätigung – und zu weiteren Schandtaten bereit fühlst. Nein, erschrick nicht, es gibt nur noch ein bisschen Haue. Und zwar von dem von dir beglückten Mann, während du dir im Stehen selbst einen 'runterholst. Hinten Wärme und vorn Wallungen, meine Lieben, führt nämlich zur höchsten Stufe der Wolllust.

Mädels, heute ging's ins Eingemachte, was ich Euch sonst im stillen Kämmerlein überlasse. Wie Ihr seht, ist es beileibe kein Sakrileg, Euch von einer Geschlechtsgenossin spanken zu lassen. Auch gegenseitiges Einheizen hat seinen Reiz. Dann solltet Ihr darauf achten, dass beide oder alle denselben Rötungsgrad aufweisen. Wilma, wie sieht's bei dir aus? Einige Zuwendungen mehr müsstest du eigentlich einstecken, damit zwischen uns Gleichstand herrscht. Für diesmal hast du Glück, denn unsere Sendezeit neigt sich dem Ende zu. Pech, sagst du? Umso besser!

Zum Abschluss gibt's für Euch, liebe Mädels, aber auch für Euch, Ihr Kerle, eine Steigerung im Vergleich zum letzten Mal. Ihr dürft Euch einige weitere Minuten nicht nur meine, sondern auch Wilmas Rückleuchten angucken und wie wir sie gegenseitig streicheln und kneten. Viel Spaß, erfolgreiche Erregung und bis zur nächsten Sendung, in der es um weibliche Selbstbefriedigung gehen wird. Endlich mal eine Chance für meine Muschi, zum Zuge zu kommen. Bis dann!

Eure Quasselstrippe Sarah